북극곰의 기적

For Amelie, my fairy tale girl

아밀리에, 나의 동화 속 소녀에게

북극곰의 기적

글 | 케리 버넬   옮김 | 김래경

1장 달빛에 비친 지도

캐나다 해안에서 한참 떨어진 곳, 얼어붙은 북쪽 깊은 바다에 사방이 얼음으로 둘러싸인 섬이 있다. 누구나 다 아는 그런 흔한 얼음이 아니다. 얼음은 신비로운 빛으로 반짝인다. 얼음 속에는 범고래 지느러미, 아기 장화 한 짝, 오래전 침몰한 배의 선수상처럼 영원히 잊힌 것들이 많이 갇혀 있다.

늦봄이면 얼음 곳곳이 녹아서 광활하고 차가운 바다로 흘러간다. 오월에서 팔월 사이에는 살얼음으로 남아 성에가 끼어 반짝이는 섬의 희귀한 호수 수면 위로만 언뜻 보인다. 가을이 오면 바다가 서서히 얼어붙는다. 물결치는 푸른 파도가 하나도 남지 않을 때까지 서두르지 않는다. 나뭇잎이 울긋불긋 물들고 캄캄한 밤이 낮보다 길어지는 겨울로 접어들면, 마침내 곰들이 나타난다. 눈처럼 새하얀 거인들이 푹신푹신한 네 발로 고요히 무리 지어 느릿느릿 밀려들어 온다. 굶주림으로 두 눈을 번뜩이며 주둥이로 바삭하고 청명한 공기를 킁킁거린다.

섬사람들은 섬에 깃든 역사와 곰 섬이라는 이름을 자랑스러워한다. 소

박한 나무집이 여기저기 흩어져 있고 얼음으로 둘러싸인 섬을 사랑한다. 소규모 캐나다 산림 지역과 숲을 힘차게 가로지르는 레이븐(*큰까마귀) 강, 섬에 하나뿐인 산봉우리와 그곳에서 사시사철 녹지 않고 반짝이는 호수를 아낀다. 여름에도 희미한 북극 달빛을 받으며 레러티(*진귀한) 호수에서 스케이트와 하키를 즐길 수 있어서 좋다. 겨울이면 이름도 들어본 적 없는 머나먼 곳에서 찾아온 수많은 방문객이 마을을 지나다가 눈보라를 피해 잠시 쉬어가기도 하고 북쪽으로 더 올라가기 전에 친구 집을 찾기도 해서 좋다. 주민들은 첫눈이 내리면 문과 가슴을 활짝 열어서 모두를 환영한다. 창문 너머에서 북극곰들이 거리를 어슬렁대는 시간이면 다 같이 횃불을 밝혀 들고 일찌감치 집으로 돌아가 핫 초콜릿을 마시며 얼음 전설을 노래하고 겨울 신화를 속삭인다.

섬사람들은 과학자와 환경 운동가들이 북극곰의 이주라고 부르는 현상을 '곰과 함께하는 삶'이라 칭하며 가장 큰 기쁨으로 삼는다.

이런 섬은 어둡고 밝은 이야기를 많이 품었다. 마브 잭슨이 누구보다 잘 알았다. 다섯 번째 생일 밤에 평생 잊지 못할 이야기를 레이븐 강에서 경험했기 때문이었다.

가장 무심한 사람조차 깊은 인상을 받을 이야기였다. 그래서 마브가 어디를 가든 이야기가 먼저 퍼졌다. 마브는 곰과 싸우고도 살아남아 떠오르는 태양을 맞이한 소년으로 알려졌다. 실제 벌어진 일은 전혀 그게 아니었지만, 사람들은 마브가 용기와 희망으로 빚어진 소년이라고 믿으며 암묵적으로 마블(*경이로움)이라 부르기 시작했다. 섬사람들이 말하는 마블 이야기는 대략 이렇다.

춥고 위험한 한겨울 밤, 마블이 정원으로 몰래 기어 나왔다. 마브는 곰 섬이 낯설었다. 마브 가족이 토론토에서 이사 온 지 일 년도 지나지 않았다. 마브 가족은 거친 겨울 섬에 여전히 적응하는 중이었다. 도시와 달라도 너무 다른 이곳은 별이 빛나는 어둠과 수수께끼 그리고 신비로움으로 가득했다. 늦은 밤을 위한 동화와 노래를 꾸준히 배우면서 친절하고 강인한 섬사람들을 알아가고 있었다.

물론 마브도 규칙은 알았다. 비행기에서 내리자마자 북극곰 순찰대가 다음 사항을 가장 먼저 알려준다.

＊ 해 진 뒤 나가지 마시오.

＊ 눈보라 칠 때 절대 혼자 집에서 나가지 마시오.

＊ 북극곰이 나타나면 절대 눈을 마주치지 말고 보호소로 가시오.

하지만 그때 마브는 고작 다섯 살이었다. 가슴은 뜨겁고 눈은 독수리처럼 빛났다. 아니, 마브는 말썽꾸러기가 아니었다. 배가 별을 따라가듯이 그저 얼음에 끌린 아이였다.

마브는 머리부터 발끝까지 아이스하키복 차림이었다. 천만다행으로 헬멧까지 썼다. 손에 스틱을 들고 정원으로 살금살금 빠져나왔다. 스케이트 끈을 발목에 느슨하게 둘러 묶었고 무거운 퍽(*납작하게 생긴 고무 원반인 아이스하키용 공)은 주머니에 넣었다. 마브는 곧장 레이븐 강으로 향했다. 밤바람을 등지고 강을 따라 남쪽으로 가면 섬에서 가장 작은 호수인 클레러티(*깨끗하고 투명하다는 뜻) 호수가 나왔다. 큰 연못 크기밖에 안 되는 작은 호수지만, 눈보라가 들이치지 않는데다가 눈 무게로 휘어진 낙엽송 두 그루는 천연 하키 골대가 되어주었다.

하지만 마브는 클레러티 호수까지 가지 못했다. 레이븐 강에서 곰을 만났다. 겨울처럼 무시무시한 입으로 마브를 물어 허공으로 쳐들었다. 마브는 목이 터져라 소리 질러다. 마브 가족은 물론이고 이웃과 겨울철 관광객까지 우르르 뛰쳐나와 도자기에 망가진 의자, 실내화 한 짝 등 가리지 않고 닥치는 대로 곰한테 집어 던졌다. 하지만 오히려 곰의 분노가 극에 달했다.

공포에 휩싸였으면서도 마브가 용케 하키 스틱으로 곰 눈을 정통으로 때렸다. 곰이 다칠 만한 힘은 아니었지만 암컷 곰은 깜짝 놀랐다. 곰이 잠깐 움직임을 멈춘 사이 '한물간' 스토니가 총을 쐈다. 총알은 불붙은 은 화살처럼 날아가 곰의 윤기 나는 털을 스치고 차에 맞아 튕겨 나갔다. 곰이 마브를 떨어뜨리자 군중이 몰려가서 마브를 구했다.

이렇게 해서 마브가 마블이 되었다. 마브는 목숨을 건졌지만 모험을 기억할 흉터를 얻었다. 그뿐인 줄 아는가? 하키 실력도 월등히 늘었다.

마브는 가족 아닌 다른 사람한테 실제 벌어진 일은 그게 아니라고 말하기를 이미 오래전에 포기했다. 동화 같은 이야기를 그냥 믿게 놔두는 편이 쉬웠다.

마브 기억은 이랬다. 그날은 마브 생일이자 난생처음 하키를 친 날이었다. 아빠가 생일 선물로 하키 장비를 사줬다. 마브 가족과 막역한 친구인 코치도 종일 시간을 함께 보냈다. 마브는 코치가 가로로 들어준 스틱을 손으로 꼭 잡고 신이 나서 온 아이스하키 경기장을 뒤뚱거리며 다녔다. 마브는 행복에 겨운 나머지 집으로 돌아와 생일 촛불을 불어 끈 뒤에도 끝끝내 하키 장비를 벗지 않은 채 소파 위에서 잠들었다.

마브는 아기 울음소리에 잠이 깼다.

집 안이 캄캄했다. 어슴푸레한 가로등 불빛에 비친 성에 낀 유리창이 솜

사탕 같았다. 마브가 고개를 들고 헬멧에 장착된 안면 보호대 철망 틈으로 보니 11:50이라고 불이 들어온 복도 벽 전자시계가 눈에 들어왔다. 마브가 숫자 의미는 몰랐지만 모양은 기억했다.

다시 소리가 났다. 희미하게 앙앙대는 울음소리가 곧장 마브 영혼으로 파고들었다. 마브는 앞이 잘 보이지 않았지만, 비틀비틀 뒷문으로 가서 헬멧을 쓴 채 귀를 벽에 바짝 붙였다. 누구라도 곰을 피해야 할 경우를 대비하거나 밤늦게 도착한 관광객이 쉼터가 필요할지도 모르기에 섬의 여느 집처럼 뒷문은 잠가두지 않았다.

장갑 낀 마브의 작은 손으로도 문손잡이가 쉽게 돌아갔다. 마브는 별이 드문드문 보이는 밤을 가만히 응시했다. 귓가를 스치며 웅웅 울어대는 한겨울 돌풍에 몸서리를 쳤다. 멀지 않은 곳에서 바짝 약이 오른 아기 울음소리가 났다. 마브는 심장에 스틱을 바짝 붙이고 밖으로 나갔다.

* 해 진 뒤 나가지 마시오.

수만 개 눈송이가 헬멧 철망 사이로 휘몰아쳐 들어왔다. 마브 속눈썹이 눈으로 하얗게 덮이고 얼어붙은 두 뺨이 찌르듯이 아팠다. 앙앙 우는 아기 울음소리가 기이한 자장가처럼 눈보라 속으로 마브를 끌어당겼다. 마브는 정원으로 나와 인적 없는 거리를 가로질러 레이븐 강둑으로 올라섰다. 천둥으로 물든 하늘이 두꺼운 얼음에 비치고 점점이 박힌 작은 별들이 마법처럼 빛을 뿌렸다. 그리고 저기 강 한복판에 바구니가 보였다. 하늘을 나는 썰매에서 떨어진 선물 같았다. 그 고리버들 바구니 안에 쉬지 않고 끈질기게 울어대는 아기가 있었다.

마브는 기이하면서도 신비로운 장면에 홀려서 가만히 서 있었다. 깊은 밤이 다섯 살짜리 꼬마와 아기를 위해 시간에서 벗어나 잠시 흐름을 멈춘 듯 이상한 느낌이었다.

달처럼 밝고 큼직한 눈송이가 마브 눈앞을 가리자 아기 울음소리가 세상 전부가 되었다. 울음소리에서 풀려 나온 은빛 실 한 가닥이 마브를 휘감아 앞으로 잡아당겼다. 강풍이 비명을 지르며 휘몰아치고 하늘에서 갓 내린 눈이 요동쳐도 마브는 조금씩 앞으로 나아갔다.

* 눈보라 칠 때 절대 혼자 집에서 나가지 마시오.

뭐, 그러기엔 이제 너무 늦었다. 마브는 생각하지 않았다. 스케이트 날로 빙판에 올라서서 스틱으로 중심을 잡고 불안하게 비틀거리며 밤 깊은 강 위를 걸었다. 마브는 두 번 넘어졌고 매번 다시 벌떡 일어났다. 스케이트 끈이 헐렁해서 얼음을 지치는 대신 발을 질질 끌었다.

레이븐 강은 보기보다 폭이 훨씬 넓었다. 마브는 바다를 가로지르는 기분이었다. 한 번에 한 발씩 위태롭게 미끄러지며 나아갔다. 바구니까지 대여섯 걸음 남은 순간, 마브는 누군가 지켜보는 듯한 묵직한 시선을 느꼈다.

* 북극곰이 나타나면 절대 눈을 마주치지 말고 보호소로 가시오.

고개를 든 마브가 정면으로 마주한 시선은 더없이 놀라웠다. 주둥이가 달리고 지금껏 본 적 없는 작은 얼굴이었다. 마브는 거의 넋을 빼앗겼다. 세상 귀여운 새끼 곰이 깊은 밤 숲속 같은 눈동자를 빛내며 마브를 향해 총총 뛰어오고 있었다. 장난스러운 새끼 고양이처럼 여기에서 쭈르르 미끄럼을 타고 저기에서 팔딱 뛰었다. 펄펄 흩날리는 눈송이를 노리고 날카로운 이빨이 돋은 주둥이를 딱딱거렸다. 데구루루 재주도 한 번 넘더니 배를 바닥에 대고 털북숭이 불가사리처럼 빙그르르 돌았다. 마브가 헤벌쭉 웃었다.

아기가 약이 오른 듯 으앙 울음소리를 높이고 마구 발길질을 해댔다. 별빛 속 새끼 곰이 눈을 깜박이며 소리가 나는 쪽으로 작고 까만 주둥이를 돌렸다. 잠깐 고개를 털더니 이내 아기를 향해 네 발로 신나게 펄쩍펄쩍 뛰어가기 시작했다. 마브는 깜짝 놀라서 심장이 멎을 뻔했다. 조심조심 발을 끌다시피 천천히 움직여서 새끼 곰과 바구니 사이로 간 뒤, 바구니 안에서 꼬물거리는 아기를 힐끔힐끔 살폈다.

자그마한 여자 아기는 단단히 화가 나 있었다. 골이 잔뜩 난 얼굴을 검은색 곱슬머리가 후광처럼 둘러쌌다. 아기는 꼭 움켜쥔 두 주먹으로 모직 담요를 팡팡 내리치며 자그마한 두 발로 눈송이에 발길질을 날렸다. 한쪽 발은 분홍색 장화를 신었지만 다른 쪽 발에는 조그마한 양말뿐이었다. 마브한테는 아기가 새끼 곰보다 훨씬 야생으로 보였다. 그런데도 마브는 아기를 쳐다보다가 어느새 아기한테 사로잡히고 말았다. 피부는 마브처럼 가을 갈색이고 드디어 마브를 마주 보는 두 눈은 별 사이로 보이는 하늘처럼 끝없이 깊은 검은색이었다.

그 무엇도 아기 삶을 가로막지 못하리라. 북풍, 산맥, 굶주린 포식자 북극곰도 어림없을 것이었다. 우주에서 자리를 차지하겠다고 아이가 요구하고 있으니 우주는 그저 들어줄 도리밖에 없을 터였다. 아이를 위해 달빛을 더 환히 밝히고 계절의 흐름을 풀고 별자리를 바꾸리라.

얼어붙은 레이븐 강이 쩍쩍 소리를 내며 갈라지고 밤공기에서 피비린내가 훅 끼쳤다. 또다시 누군가 지켜보는 서늘한 느낌이 마브를 휙 훑고

지나갔다. 마브는 고개를 살짝 기울여서 헬멧 옆 틈새로 시선을 돌렸다가 지평선으로 보이는 가공할 크기의 그림자를 포착했다. 어미 곰이었다! 새끼 곰과 똑같이 생긴 북극곰이지만 단지 압도적으로 컸다. 거대한 발톱으로 야생을 깎아 만든 형상이었다.

하지만 워낙 멀리 있어서 마브가 달아날 시간은 충분했다. 침착하게 천천히 움직이기만 하면 되었다.

다만, 아기를 그대로 두고 떠날 수가 없었다.

마브가 정신을 차리고 보니 자기가 어느새 앙앙거리는 아기를 향해 미끄럼을 타고 있었다. 스케이트가 사방으로 삐딱 빼딱 미끄러지며 삶과 죽음 사이에서 줄타기를 했다. 마브는 쭈그리고 앉아서 바구니를 들어 올리려다가 반쯤 넘어지는 바람에 아기를 깔아뭉갤 뻔했다! 얼음이 너무 미끄러웠다. 마브는 스틱으로 바구니를 슬쩍 밀어서 바구니가 레이븐 강을 수월하게 미끄러지며 무성한 월귤나무 덤불 속으로 들어가는 모습을 지켜봤다. 그림자가 아기를 덮자 울음소리만 남고 모습은 사라졌다. 마브는 비틀비틀 바구니를 쫓아가려고 했지만, 스케이트 때문에 좀체 속도가 나지 않았다. 어차피 아기가 든 바구니는 잘 숨겼으니 마브는 그길로 집에 가서 어른들을 불러올 참이었다.

그런데 마침 기다란 겨울 외투 차림의 형상이 얼음 위로 얼핏 보였다. 마브는 마음이 놓여서 짧게 숨을 내쉬었다. 어른이었다. 아기는 무사할 것이었다.

마브가 서둘러서 눈 쌓인 강둑으로 돌아가려는데, 뼈도 으스러뜨릴 만큼 무시무시한 울음소리가 들렸다. 그제야 마브는 어미 곰이 가까이 있다

는 걸 깨달았다. 너무 가까웠다. 이내 마브는 두려움으로 온몸을 떨었다.

마브 기억은 여기에서 뚝 끊어졌다. 정신을 잃은 마브가 곰의 무자비한 아가리로 떨어졌을지도 몰랐다. 육체에서 빠져나간 영혼이 나무 위로 훨훨 날아가서 우주 먼지로 되돌아가기 직전이었거나, 습격 받는 공포가 너무 커서 차라리 잊었을 수도 있었다. 그다음 기억은 날고 있는 느낌이었다. 거대한 곰이 마브를 물고 좌우로 흔들어댔다.

마브는 겨울 외투 차림의 형상도 아기도 죄다 잊고 목이 터져라 엄마를 외쳐 불렀다.

마브와 달빛, 그리고 곰뿐이었던 레이븐 강이 삽시간에 떼 지어 몰려나온 사람들로 뒤덮였다. 밤을 쪼개는 엄마의 비명이 마브 귀에 들렸다. 눈앞으로 실내화 한 짝이 날아갔다. 언뜻 총알을 장전한 총신도 보였다. 마브가 두 손으로 하키 스틱을 잡고 힘껏 뒤로 휘두르자 뭔가 부드러운 것에 맞았다. 세상이 움직임을 멈췄다. 총이 발사되는 소리에 마브 귀가 먹먹해지더니 이내 곰 아가리에서 풀려나 얼음장 같은 바닥으로 떨어졌다.

드디어 정신이 돌아온 마브가 눈을 떠 보니 섬에 있는 작은 병원 안이었다. 일반 가정집과 비슷한 크기였다. 부모님은 매달리다시피 서로를 꼭 끌어안고 조용히 흐느끼고 있었다. 매릴리 의사 선생님은 눈이 피곤해 보였지만 마브를 보며 웃고 있었다.

"아기, 괜찮아?"

마브가 입을 열어봤다. 실로 꿰맨 상처 때문에 입술과 한쪽 눈이 당겼다. 초승달 모양 흉터로 영원히 남을 상처였다. 아무도 대답하지 않았다. 마브가 헛소리를 한다고 생각했다.

'무슨 아기? 얼음 위에는 너밖에 없었는데……'

마브는 같은 이야기를 하고 또 했다. 하지만 아무도 도움이 되지 않았다. 마을 이웃이나 겨울철 관광객, 늦은 밤 여행객 누구 하나 본 것이 없었다.

'마브, 네가 윙윙대는 바람 소리를 아기라고 착각했을 거야.'

해가 갈수록 기억이 흐릿해졌다. 그래도 마브는 갈색 피부 소녀 꿈을 가끔 꿨다. 겨울처럼 하얀 곰과 같이 살고 눈동자가 보석처럼 빛나는 소녀는 분홍색 담요를 망토처럼 걸치고 북쪽 하늘 아래에서 춤을 췄다. 마브는 소녀가 그때 그 아기라는 기대를 절대 버리지 않았다. 가장 깊고 은밀한 마음 한구석에서 아이가 있었다는 걸 알기 때문이었다. 살려는 의지가 강한 아이였다.

2장 곰 섬의 가을

마브가 침대에서 일어나 앉아 몸을 부르르 떨었다. 초록색 커튼을 걷고 쑥대밭이나 다름없는 작은 마당을 내려다봤다. 파리한 햇살이 울긋불긋한 꽃잎에 입을 맞추건만 세찬 바람결이 잔디를 가만히 내버려 두지 않았다. 곰한테서 공격을 받은 뒤로 칠 년, 아니 거의 팔 년이 흘렀다. 하지만 짧은 여름이 어느새 가을로 접어들 무렵이면 여전히 그날 밤 기억이 되살아났고 소녀 꿈도 더 자주 꿨다. 얼굴에 흉터를 남긴 어미 곰이 어떻게 되었는지도 궁금했다. 어미 곰을 다시 볼 수 있을까? 올해도 섬으로 돌아오려나? 어미 곰은 오래전에 잃어버린 무언가를 찾아 아직도 북극 어딘가를 헤매고 있을 터였다.

마브는 침대에서 뛰어 내려와 하키 양말을 찾아 신고 방 안 가득한 냉기에 눈을 껌뻑였다. 구월 초밖에 안 됐는데 공기에서 벌써 겨울 맛이 났다.

'엄마가 좋아하겠다. 겨울답게 얼음이 두껍게 끼겠어.'

섬 주민은 하나같이 얼음을 중요하고 소중하게 여겼다. 하지만 해마다

얼음 어는 시기가 점점 늦어져서 너나없이 걱정이 태산 같았다. 그중에서도 마브 엄마 인디의 고민이 가장 깊었다. 연구소에서 기후 변화를 연구하는 인디는 녹아내리는 얼음에서 섬을 보호하고 곰이 굶주리지 않도록 살피는 역할을 담당했다.

마브는 몸을 비비 꼬면서 청바지 안으로 다리를 밀어 넣은 뒤 크기가 넉넉한 후드티를 걸쳤다. 강과 바다가 일찍 얼겠다고 생각하니 신이 났다. 저무는 햇살 속에서 스케이트도 더 오래 타고 눈도 더 깊이 쌓이고 곰이 사냥할 시간도 더 길어질 터였다.

마브의 기대감이 대번에 확 높아졌다.

'이번 겨울은 정말 끝내주겠는데?'

마브가 거울을 들여다보면서 후드를 내렸다. 초록색 감도는 짙은 눈동자가 거울 속에서 마주 보고 있었다. 갈색 얼굴 한쪽에는 사라지지 않는 은색 흉터가 있었다. 마브는 제일 좋아하는 야구 모자를 집어 들어 머리에 쓴 뒤 제멋대로인 머리카락이 납작해지도록 꾹꾹 눌렀다.

마브는 어디를 가든 거의 항상 그 야구 모자를 썼다. 마브 하키 팀 상징을 금실로 새겨 넣은 짙은 붉은색 모자인데 지금은 색이 많이 바랬다. 산봉우리에서 달을 향해 주둥이를 치켜든 북극곰이 마브 팀 상징이었다. '기적의 북극곰'이라는 팀 이름도 상징 아래쪽에 수놓아져 있었지만 시간이 흐르면서 실이 다 풀렸다. 마브는 마지막 실 한 가닥을 뽑아버리고 계단을 뛰어 내려와 오븐 한쪽에 쌓인 프렌치토스트를 한 조각 입에 집어넣었다.

"마브, 거기 말고 탁자에 앉아."

한쪽 구석에서 엄마 목소리가 났다. 학교가 시작하기 전 마지막 토요일이었지만 엄마는 매일 일찍 일어났다. 천천히 섬을 한 바퀴 달리면서 식물과 진행 중인 실험을 확인했다. 쉬는 날 연구소에 들를 때도 있었다.

"엄마, 밖이 추워 보여요."

마브는 집에서 가장 즐겨 앉는 장소인 조리대에 그대로 앉아서 엄마를 보며 장난기 가득한 미소를 지었다.

인디는 연구 중인 논문을 읽다가 고개를 들었다.

"진짜네."

인디가 결국 아들의 사랑스러운 미소에 넘어가서 맞장구쳤다. 마브는 잘 모르지만 마브가 슬쩍 웃을 때면 흉터 진 쪽 입술이 올라가면서 세상이 빛으로 가득 찼다. 크나큰 기쁨이 깃든 미소였다.

부엌문이 벌컥 열리면서 미야가 들이닥치더니 슬리퍼를 신은 채로 성큼성큼 바닥을 가로지르며 고래고래 소리쳤다.

"마브, 니가 시럽 다 먹어 치웠지?"

"아니거든."

미야가 눈에서 불을 뿜으며 거의 다 비어버린 유리병을 노려봤다.

"이걸 누구 코에 붙여! 엄마, 마브한테 욕심꾸러기 새끼 곰처럼 굴지 말라고 말 좀 해줘요."

미야가 주먹으로 팔을 한 대 치자 마브는 대단한 부상이라도 당한 듯 비명을 지르며 엄살을 부렸다.

인디는 웃지 않았다. 인디가 절대 웃지 않는 일이 몇 가지 있는데 그중 하나가 아들이 곰에 비유되는 것이었다.

물론 인디는 곰이 아들을 습격한 사건을 나름대로 극복했다. 잭슨 가족이 곰 섬으로 이사 온 이유도 곰의 행동 방식을 소규모로 연구하는 흥미롭고 도전적인 인디 일 때문이었다. 마브 아빠 리언은 공공시설도 거의 갖추지 않은 황무지에서 산다는 발상에 매료됐다. 다양한 북방 문화가 교차하는 이곳에서는 모두가 가족이나 다름없었다. 마브 가족은 섬을 위해 남았다. 두려울 때 달려와 안아준 친구들과 마브를 구해준 이웃을 위해서, 마브 상처를 정성껏 꿰맨 뒤 눈송이처럼 부드러운 목소리로 "이 상처로 빛이 들어올 거예요."라고 말해준 의사를 위해 남았다. 동네 사람들이 한데 모여 고향이라 부르는 신비롭고 기적 같은 이곳의 경이로움을 함께 노래하며 웃고 우는 겨울밤을 위해 남았다.

"냉장고에 시럽 또 있어."

인디가 서로를 붙잡고 씨름하는 남매를 보며 눈알을 굴렸다. 미야는 마브보다 고작 두 살 위였지만, 자기가 마브보다 훨씬 세련되고 지적이라고 믿었다. 미야도 남동생처럼 검은색 곱슬머리에 갈색 피부였다. 하지만 눈동자는 마브가 아빠를 닮아서 거의 갈색인 반면, 미야는 엄마처럼 초록색이 더 짙었다. 미야는 마브보다 키도 몇 뼘 더 크고 반짝이는 눈송이 가운을 두른 듯 온몸에서 자신감이 넘쳐났다. 하지만 마브는 늘 시선을 내리까는 쪽이었다. 물론 얼굴에는 흉터도 있었다.

미야는 동생 흉터를 마브의 초승달이라고 불렀다. 그 일이 벌어졌을 때 미야는 일곱 살 무렵이었지만 그날 밤의 공포를 생생하게 기억했다. 게다가 다음날 학교에 가보니 자기가 더는 토론토에서 온 여자아이 미야 잭슨이 아니었다. 곰과 싸운 전사의 누나 미야 잭슨이었다.

"시럽 갖고 와."

미야가 마브를 조리대에서 밀쳐 떨어뜨리면서 고함쳤다.

"못 움직이겠어! 다리가 제대로 박살났나 봐."

마브가 우겼다.

미야가 마브 모자를 휙 벗겨 가더니 챙이 목덜미를 가리도록 머리에 거꾸로 썼다. 그러고는 두 손을 실내용 가운 주머니에 푹 찔러 넣고 쿵쿵 소리를 내며 부엌을 가로질러 갔다.

"다리는 멀쩡하다!"

미야가 걸쭉한 목소리로 으르렁거렸다.

"넌 기적의 북극곰이다. 당장 일어나서 뛰어!"

이제는 인디도 웃기 시작했다. 미야는 코치를 흉내 내는 데 선수였다.

섬 아이들은 당당한 승부사 코치를 하나같이 존경하고 사랑했고 틈만 나면 흉내를 냈다. 잭슨 가족이 누구보다 코치와 가깝게 지냈다. 가족이 섬에 처음 도착했을 때 코치가 두 팔 벌려 환영해주었고 그런 코치는 잭슨 가족한테 가족 같은 존재가 되었다. 하키에 전혀 관심도 없고 코치한테 훈련 한 번 받아본 적 없는 미야가 코치 특징을 정확하게 잡아내는 이유도 다 그래서였다.

리언 잭슨이 문밖으로 머리를 내밀고 말했다.

"얘들아, 밖에 나가서 떠들면 안 되겠니?"

공항 야간 근무 뒤 돌아온 터라 졸음기 묻은 목소리가 잔뜩 가라앉았다.

"아빠! 일어나셨어요?"

미야가 꺅 소리치며 부엌 바닥을 가로질러 미끄럼을 타더니 아빠 품으

로 몸을 날렸다.

"잠은 다 잤네."

리언이 웅얼거렸다.

"여보, 들어가서 더 자. 얘들아, 이제 그만 좀 해. 너희 때문에 아빠가 깼잖아. 또!"

하지만 두 아이는 들은 척도 안 했다.

"아빠, 안녕?"

마브가 다시 조리대 위로 올라가 자리를 잡으면서 인사했다.

"어이, 아들!"

리언이 갈라지는 목소리로 알은체를 하면서 아들 머리를 헝클어뜨렸다. 마브는 아빠가 주말에 일찍 일어나면 좋았다. 깜짝 선물 같았다. 아빠는 공항에서 늦게까지 근무하는 터라 평일 아침 마브가 학교 갈 때면 자고 있기 일쑤였다. 마브는 아빠가 겨울에 딱 맞는 사람이라는 생각을 자주 했다. 끝 모를 어둠 속에서도 끄떡없고 달빛에도 만족했다. 그래도 아빠는 마브가 출전한 하키 경기를 한 번도 놓치지 않았다. 가끔은 훈련장에도 와서 코치와 얘기하는 틈틈이 마브를 응원했다.

미야가 조리대 위로 올라가 마브 옆에 비집고 앉았다.

"너희 둘 다 당장 내려와."

인디는 절로 한숨이 나왔지만 두 아이 모두 꿈쩍도 안 했다.

남매 무게에 눌린 조리대에서 끼이익 소리가 나자 리언이 얼굴을 찌푸렸다.

"당장 엄마 말 들……"

리언이 입을 열자마자 두 아이가 대뜸 조리대에서 펄쩍 뛰어 내려와 아빠까지 붙잡고 부엌 바닥 위를 구르며 웃음을 터트렸다. 결국 인디가 눈알을 굴리며 시럽을 가지러 갔다.

삼십 분 뒤 마브가 뒷문을 열고 나와서 정원을 가로질러 창고로 훈련 장비를 챙기러 갔다. 잭슨 가족의 하얀색 목조 주택은 경사진 언덕 조금 위쪽에 있었다. 지붕은 하늘색이고 문들도 지붕과 색을 맞춰서 하늘색이었다. 마당만 한 정원은 뒷문에서 희한한 각도로 꺾여져 있었다. 정원에는 상상을 뛰어넘는 잡동사니가 그득해서 마브는 장애물에 부딪히지 않도록 길을 내놨다. 지금은 벤치로 쓰는 낡은 나무 궤짝과 반쯤 녹슨 스노모빌, 이제는 마브나 미야가 타기에 너무 작아져 버린 그네 같은 온갖 물건으로 정원이 꽉 찼다. 그래도 꿈을 꾸다가 잠에서 깬 밤이면, 마브는 그네에 걸터앉아 길지 않은 어둠 속으로 스며들어올 여름 달빛 기다리기를 즐겼다.(*북극 지방 여름밤은 매우 짧다.)

창고에 다다른 마브가 망가진 문을 열고 안으로 들어갔다. 곳곳에 스키, 장화, 스노보드, 썰매, 백만 장쯤 되는 목도리, 모자, 장갑 같은 잭슨 가족 겨울 장비가 산더미처럼 쌓였다. 겉으로 드러난 곳에는 하나같이 스케이트가 있었는데, 그 위에 또 스케이트, 또 그 위에 스케이트를 겹쳐 쌓았다. 잭슨 가족은 토론토에서 섬으로 날아오자마자 스케이트를 사 모으기 시작했다. 그래도 이웃에 비하면 많이 산 축도 아니었다.

마브는 창고를 뒤지며 낚시하듯이 하키 장비(고약한 냄새 때문에 엄마가 집 안으로 들이지 못하게 했다)를 하나씩 찾아냈다. 마브는 눈을 감고도 할 만큼 기계적이고 자연스럽게 길쭉한 하키 가방을 확인해서 등에 멨다. 어깨를 가로질러 스케이트를 걸치고 모자챙을 내린 뒤 하키 스틱까지 손에 들고서야 경기장을 향해 출발했다. 멀리 돌아가는 길로 갈 참이었다.

시간도 넉넉한 데다 코비 스톤과 마주치기 싫었다. 코비는 오랜 경쟁 상대였다. 마브가 일곱 살 때는 코비가 휘두른 주먹에 젖니 하나를 잃었다. 얼음판에서 '우연히' 코비 발에 걸려 넘어진 일은 셀 수도 없이 많았다. 하지만 그것도 다 마브가 엄청나게 빨라지기 전 일이었다. 이제 마브는 그 누구도 따라잡지 못할 만큼 빨랐다.

마브는 여름 동안 코비를 못 봤다. 하키 철은 겨우내 이어지고 경기장도 항상 열어두지만, 마브와 솔(솔은 마브와 가장 친한 친구였다)은 팀 동료 몇 명과 함께 밖으로 나가 레러티 호수에서 연습했다. 섬 산꼭대기 신비로운 호수에서 어슴푸레한 북극 밤이 깊도록 스케이트를 탔다.

마브가 다니는 길은 레이븐 강이랑 나란히 갔다. 언덕을 오를수록 집들이 점점 사라지면서 바람에 제대로 자라지 못한 수풀이 나왔다.

곰 섬 가을은 눈부시게 찬란했다. 바람에 날리기 전 나뭇잎들이 가장 멋지고 화려하게 나무들을 치장했다.

"가을은 섬이 내밀한 속을 드러내는 계절이야."

엄마는 항상 이렇게 말했다. 맑고 깨끗한 산 공기를 들이마시니 마브도 엄마 말뜻을 알 것 같았다.

바로 그때 누군가 지켜보는 오싹한 기분이 들었다. 마브는 시선이 느껴지는 방향을 알아내려고 재빨리 좌우로 고개를 돌리며 주변 공기에 집중했다. 북극곰이 모습을 보이기엔 아직 일렀지만, 섬에는 마브를 지켜볼 다른 야생 동물이 많았다.

곰의 습격 이후 아니, 어쩌면 그보다 훨씬 전부터 마브는 주변 세상에 극도로 예민했다. 마브가 뛰어난 하키 선수인 데는 이런 면이 한몫했다. 마브는 매분 매초 주위를 빠짐없이 감지했다.

마브가 황금색으로 물든 숲속을 통과했다. 뒤쪽에서 나뭇가지 부러지는 소리가 들린 것 같았지만 뒤에는 아무도 없었다. 마브는 서두르지 않고 계속 앞으로 나아갔다. 나무 사이로 메이플우드 산이 보이자 잠시 멈춰 섰다. 섬에 있는 유일한 산이었다. 산꼭대기에 우거진 사탕단풍 때문에 메이플우드라는 이름이 붙었다. 나무가 자랄 만한 장소가 아닌데도 사탕단풍은 살아남았다. 메이플우드 산 정상에 있는 얼어붙은 호수와 북극곰, 섬은 이 같은 경이로움으로 가득했다.

마브 뒤로 멀찌감치 떨어진 곳에서 나뭇잎이 희미하게 바스락거렸다. 마브가 홱 돌아서서 모자를 위로 밀어 올리고 숲속을 뚫어지게 쳐다봤다.

"어이, 마블."

어딘가 한참 멀리에서 목소리가 났다.

"네?"

마브가 대답하는 순간 키 큰 남자가 한 손에 도끼를 들고 공터에서 나왔다. 눈이 노란 검은 개도 남자를 뒤따라 나왔다.

아직 마브한테는 눈앞으로 길게 드리운 남자 그림자밖에 안 보였지만, 목소리를 알아들은 마브가 빙긋 웃었다. 트러커 아저씨였다. 트러커는 산사람의 일원이었다.

산사람, 또는 숲 사람들은 딱 그 이름처럼 살았다. 개인이든 가족이든, 산사람들은 숲 곳곳에 흩어진 외딴 오두막에서 사는 삶을 택했다.

"훈련하러 가는 길이냐?"

아저씨가 묻는 말에 마브가 고개를 끄덕였다.

"핫 초콜릿 마실 시간 있나? 래가 반가워할 텐데."

마브가 씩 웃었다. 일찌감치 집에서 나온 터라 시간은 충분했다. 두 사람은 나무 사이로 함께 걸어갔다. 밤보다도 더 까만 개가 앞장섰다. 래는 미야 누나랑 동급생이지만 마브하고도 꽤 가까웠다. 잭슨네가 래의 눈보라 가족 즉, 날씨가 너무 안 좋아서 자기 집까지 못 갈 때 피하러 가는 집이기 때문이었다. 판자로 지은 트러커 아저씨 집은 작고 아늑했다. 기다란 밧줄에 가지각색 전등을 여러 개 매달아 걸고 겨울에 꽃이 피는 식물도 노끈으로 엮어 놨다.

마브가 통나무에 걸터앉자 트러커 아저씨가 양철 머그잔에 초콜릿을 넣어서 타닥타닥 피어오르는 작은 모닥불에서 녹였다. 아저씨 부인 쥬니퍼 아줌마는 가족을 만나러 러시아에 가고 없었지만, 래 누나가 나와서 우유를 따라줬다. 래는 개한테도 우유를 나눠줬다. 마브는 짐승의 달처럼 환한 눈동자를 보고 개도 야생의 일부임을 새삼 느꼈다.

세 사람 모두 통나무에 걸터앉아 잎이 무성한 숲속에서 고요한 여유를 즐겼다. 놀랄 만큼 달콤한 초콜릿 향기가 나무 사이로 퍼졌다.

"눈 맛이 나네."

트러커 아저씨가 연기를 빨아들이듯 공기를 들이마시며 말했다.

'트러커 아저씨라면 알고도 남지.'

트러커 아저씨는 극한 환경에서도 트럭으로 얼음을 실어 나르는 운전사여서 트러커라는 별명이 붙었다. 원래는 가족도 다 태우고 다녔지만,

이제는 딸이 학교에 다니는 데다 딸도 부인도 둘 다 섬에 남아 있는 쪽을 좋아했다.

"눈이 일찍 올 것 같아. 늘 그렇지만."

래가 조용히 말하더니 마브를 돌아봤다. 두 눈이 호기심으로 반짝였다.

"곰이 아직도 너 보러 와?"

마브가 단호하게 고개를 끄덕였다. 어느 해인가 마브 생일에 래가 잭슨 가족 집에 있었다. 그때도 어미 북극곰이 마브 창밖에 나타나서 영혼이 담긴 노래를 불렀다. 해마다 있는 일이었다. 총알 스친 상처가 은빛 흉터로 남은 똑같은 곰이 매해 고요하고 침착한 모습으로 나타났다.

"뭔가 애도하는 느낌이었어."

래가 말했다.

"맞아."

마브가 맞장구쳤다.

"미안했다고 말하는 것 같기도 해."

트러커 아저씨가 싱긋 웃었다.

"마블, 바로 그거야! 북극곰은 우리 인간이 생각하는 것보다 훨씬 더 지혜롭지."

마브는 핫 초콜릿을 다 마시고 다시 경기장으로 향했다. 가족 아닌 다른 누군가와 곰에 관해 거리낌 없이 대화 나누는 시간은 정말 큰 위안이었다. 트러커 아저씨, 쥬니퍼 아줌마, 래 누나는 아기가 있었다고 말하는 마브를 조금도 의심하지 않는 몇 안 되는 사람이었다. 북극 밤이 품은 비밀과 얼음이 간직한 전설이 많다는 것을 아는 사람들이었다. 그저 조용히 듣다가 마브한테 핫 초콜릿을 건네며 니브키아 이야기, 섬사람 모두가 좋아하는 전설을 들려줄 따름이었다.

번뜩이는 눈동자, 눈으로 빚은 전사들. 겨울에만 나타나며 곰과 영혼을 나눴다고 전해진다.

이상하게도 마브는 니브키아 신화만 들으면 가슴이 뜨거워졌다. 니브키아 신화에는 각기 다른 이야기가 여러 개 나왔다. 분노한 곰을 노래 한 곡으로 달래는 맹렬한 여인 이야기도 있었다. 여자는 곰이 위험해지면 나타나서 얼음 화살로 곰 사냥꾼을 얼려 죽였다. 니브키아 어머니 이야기도 있었다. 몹시 사나운 곰과 영혼을 나눈 어머니는 자신의 눈 아이가 마법 같은 존재로 자랄 때까지 인간 가족한테 맡겼다가 첫서리가 내리자 아이를 데리러 왔다.

마브는 레이븐 강에서 봤던 아이가 실제 있었고 얼음을 깎아 만든 아기가 아니라는 걸 알았지만, 유독 이 신화만은 옅은 안개처럼 마브한테서 걷힐 줄 몰랐다.

얼마나 많은 겨울이 지났는지 상관없었다. 마브는 알았다. 어딘가에 그 여자아이가 있다는 것을 그냥 알았다.

3장 튜즈데이

마브가 경기장으로 향하는 사이, 반짝이는 푸른 바다 너머 북극 가장 멀리 떨어진 어딘가에 있는 우리 안에서 한 소녀가 일어나 앉았다. 소녀는 똑바로 앉아서 세상에서 가장 사랑하는 곰을 꼭 끌어안았다.

썰매가 달린 작은 화차 덧문 사이로 시베리아 햇살이 비스듬히 비쳐 들어왔다. 허스키가 끄는 썰매로 이동하는 '북쪽의 별 카니발'이라는 작은 공연단이 빠르게 밝아오는 아침 햇살에 조용히 얼음을 물색하기 시작했다.

지금은 카니발이 대규모로 성장했지만, 원래는 무시무시한 러시아 전래 동화를 공연하는 작은 인형극단으로 시작했다. 카니발에는 곡예사 가족과 불붙은 고리를 통과하는 셰틀랜드 조랑말, 죽은 자를 소환하는 점술가는 물론이고 손을 맞잡고 얼음판을 가로질러 마법처럼 우아하게 스케이트를 타는 소녀와 북극곰까지 있었다. 소녀와 곰, 바로 '달 뜨는 화요일과 겨울의 약속'이라는 공연이었다.

하지만 공연은 마법이 아니었다. 수년에 걸친 혹독한 훈련과 연습, 그리

27

고 끝없는 헌신의 결과였다. 튜즈데이를 키우고 프로미스를 훈련한 사람은 그레타였다. 둘이 기억하는 한, 스케이트 공연 안무를 하고 불에 달군 쇠꼬챙이까지 동원해서 훈련 과정을 감시한 이도 그레타였다. 카니발을 소유한 유세프도 모든 리허설 공연을 열정적으로 참관했지만 매번 불안해했다. 카니발 운명이 걸린 공연 전체가 튜즈데이라는 소녀의 가냘픈 어깨에 달렸으니 그럴 만도 했다.

평소에는 아침이 튜즈데이가 하루 중에서 가장 좋아하는 시간이었다. 아직 아무도 잠에서 제대로 깨어나지 않은 어슴푸레한 새벽에는 사랑하는 곰 프로미스와 함께 마음대로 돌아다닐 수 있었다. 하지만 오늘 아침에는 둘 다 늦잠을 자 버린 데다 어제 리허설도 형편없이 치른 터라 튜즈데이는 기분이 좋지 않았다. 튜즈데이는 손가락을 꼼지락거리면서 순록가죽 엄지장갑을 벗고 손을 뻗어 차갑고 뾰족한 주둥이를 쓰다듬었다. 프로미스가 담요에 덮인 튜즈데이 무릎에 대고 코를 비비고 있었다. 프로미스가 다 안다는 표정으로 튜즈데이를 바라보며 커다란 검은색 두 눈을 껌뻑였다. 튜즈데이는 탐스럽고 두툼한 프로미스 털에 얼굴을 파묻었다. 얼음으로 덮인 산과 아침 이슬 냄새가 났다.

"넌 내 전부야."

튜즈데이가 중얼거렸다.

튜즈데이는 하루도 빠짐없이 프로미스한테 이렇게 말했다. 사실이기 때문이었다. 프로미스가 튜즈데이한테 똑같이 말해주지는 못해도 튜즈데이의 진심을 다 느낀다는 것을, 오직 가족만이 줄 수 있는 흔들리지 않는 사랑과 충직함으로 이를 증명하고 있다는 것을 튜즈데이는 뼛속으로 알

았다. 둘은 자유를 앗아간 카니발에서 거듭거듭 이어지는 계절을 이렇게 버텨냈다. 둘이 함께 얼음판을 누비며 춤출 때면, 튜즈데이는 저 너머 황혼과 춤추는 둘만 이 세상에 존재하는 기분이 들었다.

튜즈데이가 목에 걸고 있는 묵직한 황동 열쇠를 벗어서 우리 문을 열었다. 튜즈데이와 프로미스가 지내는 썰매 화차에만 덧문이 없었다. 소녀와 곰 둘 다 별빛을 받으면서 자야 한다는 식이었다. 튜즈데이가 추위를 어떻게 견디는지 아무도 몰랐다. 튜즈데이한테 외투와 담요가 많기는 해도 진짜 추위는 푸근한 곰 털이 막아주었다. 튜즈데이가 큼직한 모직 재킷을 벗고 가벼운 파카를 입은 뒤 손바느질로 만든 눈 장화를 천천히 신었다.

"가자, 눈 천사."

튜즈데이가 집채만 한 곰을 부르면서 쓰라린 손목을 문질렀다.

어제는 그레타와 말다툼을 심하게 했다. 프로미스가 거대한 스케이트를 안 신겠다고 온종일 버틴 탓이었다.

새삼스럽지도 않았다. 그레타는 프로미스를 늘 가차 없이 엄하게 대했다. 그런데 튜즈데이가 나이가 들면서 프로미스가 슬퍼하거나 못 견뎌 내는 순간을 느끼기 시작했다. 카니발 저 너머에서 프로미스를 부르는 야생의 속삭임이 들렸다. 뜨거운 쇠꼬챙이로 프로미스를 아프게 하는 그레타도 도저히 더는 참아줄 수가 없었다. 어제 프로미스는 여섯 시간에 걸친 리허설 도중에 초조하게 사방을 뛰어다니다가 발톱으로 튜즈데이 머리채를 한 움큼 뜯어내면서 바닥 위로 거의 질질 끌고 다녔다. 하지만 어디까지나 사고였다. 프로미스는 불안했을 뿐이었다. 그레타가 프로미스한테 다가가는 순간 튜즈데이가 몸을 날려 프로미스 앞을 막아서면서 가냘픈 손목으로 쇠꼬챙이를 쳐냈다.

튜즈데이가 고통에 겨워 비명을 지르자 프로미스가 울부짖었고 그레타는 공포에 질려 악을 썼다. 카니발 단원 전체가 도우러 달려왔다. 튜즈데이는 일단 얼음주머니로 손목을 감싼 뒤 프로미스를 칠 분이나 달랬다. 보통은 이 분도 안 걸렸다.

프로미스가 썰매 화차에서 느릿느릿 기어 나왔다. 궁금증을 참지 못하고 벌써 한입 가득 바짝 마른 월귤나무 열매를 우물거리고 있었다. 튜즈데이는 곰의 부드러운 이마를 손으로 한 번 쓱 훑어주고 안에서 사람들이 슬슬 깨어나기 시작한 화차들 사이로 살짝살짝 깡충대며 뛰어가기 시작했다. 덩치가 산만 한 곰이 바로 뒤에서 박자 맞춰 따라오는 것을 알았다.

눈은 아직 내리지 않았지만, 깽깽거리는 허스키들 울음소리와 냉기로 가득한 바람이 살을 에는 듯했다. '겨울이 지척이다.' 튜즈데이는 톨야 아저씨가 가장 좋아하는 문장을 떠올렸다. 톨야 아저씨는 카니발에서 주름이 제일 쪼글쪼글한 음악가였다.

"곧 프로미스랑 새로운 안무로 공연을 하겠지?"

튜즈데이가 혼잣말했다. 기분이 살짝 들떴다.

프로미스가 튜즈데이가 입은 긴 코르덴 치맛단을 질근거렸다. 튜즈데이는 장화 신은 발로 프로미스 주둥이를 가볍게 밀면서 단호하게 "안 돼."라고 말했다. 프로미스는 분한 듯 약하게 콧방귀를 뀌면서도 보조를 맞춰 걸었다. 늘 이랬다. 튜즈데이가 어디를 헤매고 다니든 프로미스가 기꺼이 따라왔다. 프로미스가 어기적거리며 어디를 배회하든 튜즈데이가 달음박질쳐서 뒤에 따라붙었다. 야생의 두 존재는 늘 서로의 곁에서 세상을 누볐다.

소녀와 곰, 곰과 소녀는 하나였다.

튜즈데이가 고개 들어 하늘을 보며 곧장 소품 썰매 화차로 향했다. 불을 피울 생각이었다. 어제 도와준 친구들한테 고마움을 전하는 인사이자 억울하긴 해도 그레타한테 잘못했다고 사과하는 표시였다. 리허설이 엉망으로 끝났을 때는 얼른 잊어버리고 긍정적으로 생각하는 게 최고였다.

카니발의 여느 화차처럼 소품 화차 역시 화려하고 알록달록해서 아름다웠다. 튜즈데이는 색칠된 나무문 두 짝을 열고 좁고 복잡한 짐칸으로 펄쩍 뛰어 올라갔다. 나방 날개와 여름 끝자락 냄새가 났다.

튜즈데이는 쪼그리고 앉아서 줄줄이 들어찬 구리 냄비와 더는 사용하지 않기에 천장에 매달아 놓은 꼭두각시 밑을 지난 뒤, 한때 멋졌던 무대 의상이 담긴 보물 상자 위로 기어 올라갔다. 발끝으로 균형을 잡고 힘을 모아 발목을 단단히 고정하고는 벌떡 일어나서 발가락을 쫙 펴고 자세를 잡았다.

튜즈데이가 숨도 멈춘 채 거대한 황동 냄비를 붙들고 씨름하듯 끌어내리더니 발바닥 전체로 바닥을 딛고 서면서 만족스러운 듯 나직이 한숨을 내쉬었다. 이내 짐칸 뒤쪽을 들쑤시며 자작나무 장작을 몇 도막 꺼내서 냄비에 아무렇게나 던져 넣었다. 작지만 날카롭게 벼린 도끼도 하나 찾아서 주머니 깊숙이 미끄러뜨려 넣은 뒤, 풀이 돋은 땅바닥으로 냄비를 밀어서 내려놓고는 서둘러 짐칸에서 내렸다. 튜즈데이는 짐칸 문을 도로 닫고 장작을 가득 담은 냄비를 화차가 모여 있는 야영지 한복판으로 용을 써서 날랐다. 곰이 애정을 드러내며 튜즈데이 발가락을 킁킁댔다.

"안 돼."

튜즈데이가 다정하게 말하며 주둥이를 다시 밀어냈다. 프로미스가 들릴 듯 말 듯 크릉 울었다.

튜즈데이가 정신을 집중해서 곰의 겨울빛 눈동자를 깊이 들여다봤다.

"앉아."

차분한 튜즈데이 목소리에 곰이 앉았다.

"기다려."

튜즈데이가 조금 더 단호하게 말하면서 굵직한 은색 통나무를 건넸다. 프로미스가 발톱이 돋은 두 발로 통나무를 붙들면서 흩날리는 진눈깨비에 기다란 속눈썹을 껌뻑였다. 튜즈데이는 곰 주둥이를 옆으로 돌려놓고 허공으로 도끼를 조금 쳐들었다.

"가만히 있어."

이건 명령이었다. 튜즈데이가 노련한 나무꾼처럼 도끼를 내려쳐서 통나무를 반으로 쪼갰다. 어두운 심장을 가진 은색 달 두 개.

'그레타 같아.'

튜즈데이가 생각했다. 걱정이 몰려와서 심장이 두근거렸다.

십 분 뒤, 작지만 모닥불이 활활 일었다. 타닥거리면서 불길이 타오르자 소리에 이끌린 동료들이 창백한 구월 아침 속으로 나왔다. 셰틀랜드 조랑말 조련사인 쥬드가 불을 보더니 고맙다는 듯 한 손을 머리에 붙여 인사했다. 쥬드는 튜즈데이 친구였다. 나이 든 인형꾼 한스와 프랑코는 다정하게 한쪽 눈을 찡긋했고, 아누슈카는 옷을 반밖에 안 입은 아이들한테 털옷을 입히느라 실랑이를 벌이면서도 고마운 표정으로 고개를 끄덕였다.

튜즈데이는 금세 마음이 가벼워졌다. 그레타와 지내기가 쉽지는 않아도 기이한 카니발과 이곳에 속한 괴짜 단원들을 사랑했다.

바닥에 닿도록 긴 늑대 가죽 외투를 입고 머리가 희끗희끗한 여자가 화차 밖으로 미끄러지듯이 스르르 나왔다. 심장이 약한 사람한테는 수면이 필요하다는 표정이었다.

"누가 불을 피웠어!"

여자가 이글거리는 눈빛으로 피로에 지친 단원들을 향해 악을 썼다. 튜즈데이 심장이 발가락까지 가라앉았다. 괜히 했다. 튜즈데이가 무슨 짓을 하건 그레타는 이제 절대 기뻐하지 않았다. 더는 아니었다. 그래도 누군가는 불을 피워야 했다. 다 같이 나서서 얼음을 찾은 다음에는 늘 이렇게 하루를 시작했다.

'어제 일로 화가 아직 덜 풀렸나?'

튜즈데이는 궁금했다. 곡예사 가족 중 가장 어린 루시가 까치발로 튜즈데이한테 오더니 옆에 앉아 조용히 감탄하며 프로미스를 보고 싱긋 웃었다. 튜즈데이는 그레타가 왜 저렇게까지 난리인지 문득 알 것 같아서 짧게 한숨지었다. 그레타는 프로미스가 다른 단원 곁에 가까이 다가가는 걸 지독히도 싫어했다. 곰을 믿지 않는 것 같았다.

'아니면 나한테 친구가 생기는 걸 싫어하나 봐.'

튜즈데이는 우울해졌다.

튜즈데이는 프로미스가 그 누구도 절대 일부러 다치게 하지 않으리란 걸 알았다. 튜즈데이 피부는 때로 프로미스가 퉁퉁대며 이빨을 함부로 움직여서 생긴 흉터로 뒤덮여 번들거릴 정도였다. 하지만 프로미스는 절대 뼛속까지 물지 않았다. 꿰매야 할 만큼 피가 난 적도 없었다. 어린아이한 테는 한없이 부드럽게 굴기도 했다. 그런데도 그레타는 프로미스가 모두 한테서 멀찌감치 떨어져 지내야 한다고 우겼다.

튜즈데이는 마음을 다잡고 고개를 한 번 까딱했다. 새까만 곱슬머리가 굽이쳤다.

"제가 피웠어요."

타오르는 불꽃을 똑바로 바라보며 대답했다.

"그건 네 일도 아니잖아!"

그레타가 벌컥 짜증을 냈다. 동료들이 일시에 숨을 멈췄다.

튜즈데이가 일어섰다. 때를 맞춰 튜즈데이 뒤로 슬쩍 모습을 드러낸 프로미스가 튜즈데이 머리카락에 주둥이를 묻었다. 프로미스 눈동자는 한밤중 숲속 색깔이었다. 이빨은 단번에 사람 목을 뜯어버릴 만큼 날카로웠다. 프로미스 심장은 오로지 튜즈데이를 위해 고동쳤다.

튜즈데이는 보호받는다는 느낌에 두 손을 엉덩이 양옆에 갖다 대고 어깨를 폈다. 그레타가 차가운 눈길로 둘을 가만히 응시했다. 다른 단원들이 불안하게 몸을 꿈틀거렸다.

"여기에서 우리랑 같이 아침 먹을 생각이면 저 야수는 화차에 남겨두고 와. 저놈은 공연하는 짐승이지 강아지가 아니야."

그레타가 반쯤 내뱉듯이 말했다.

튜즈데이가 움찔했다. 분노가 부글부글 끓어올랐다. 뒤에서 프로미스가 나직하고 길게 크르르 울었다. 숨결처럼 부드럽지만 막강한 힘이 깃든 소리였다.

그레타가 증오심에 불타는 눈빛으로 곰을 노려봤지만 아무 말도 하지 않았다. 그러더니 성큼성큼 걸어서 가버렸다. 죽을 끓일 귀리와 염소를 찾아 올 모양새였다.

튜즈데이는 주위를 둘러싼 단원들 어깨에서 긴장이 풀리는 걸 봤다. 하지만 튜즈데이 근심은 깊었다.

'그레타가 리허설 때 프로미스를 몰아붙이거나 밥을 안 주면 어쩌지?'

보통 여름철에는 카니발이 그럭저럭 끼니 걱정을 더는 편이었다. 눈이 없어서 위장술을 발휘하지 못하는 작고 하얀 북극 동물을 사냥했다. 하지만 겨울철에는 주로 생선과 말린 열매, 견과류와 염소젖만 먹고 살았다. 프로미스는 스스로 사냥하는 법을 배운 적이 없었고 유세프는 프로미스가 식량을 너무 많이 먹어 치우는 주제에 밥벌이를 제대로 하지 않는다고 징징댔다. 튜즈데이는 그럴 때 화가 났다. 튜즈데이와 프로미스는 보수를 전혀 받지 않았다. 그러니 밥벌이를 제대로 하지 않는다는 말 자체가 말이 안 됐다.

'그레타하고 얘기해야 해.'

튜즈데이가 손짓으로 쥬드를 불렀다. 쥬드는 동물들과 자연스럽게 친해지는 데다 유일하게 프로미스랑 있어도 괜찮은 단원이기도 했다.

"딱 이 분만 프로미스 좀 봐줄래?"

튜즈데이가 부탁하자 쥬드는 티 안 나게 프로미스 쪽으로 더 다가간 뒤 고개를 끄덕였다.

"여기 있어."

튜즈데이 목소리는 나직했지만 단호했다. 튜즈데이는 사랑하는 곰한테서 시선을 떼지 않고 그레타를 뒤따라 구불구불한 길에 들어섰다.

"튜즈데이!"

그레타 목소리는 날카로웠지만 화난 것 같지는 않았다. 그래도 튜즈데이는 깜짝 놀라서 움찔움찔 뒷걸음쳤다.

"뭐 하는 거야? 몰래 나를 따라왔어?"

튜즈데이가 침을 꿀꺽 삼켰다.

"사과드리려고요. 프로미스를 아침 식사 자리에 데려가서 죄송해요."

거짓말이었다.

그레타가 찌푸렸던 인상을 풀더니 피곤한 듯 한숨을 쉬었다.

"이모도 저한테 사과하고 싶으실 것 같기도 하고요."

튜즈데이가 발가락에 잔뜩 힘을 주고 용기를 끌어모아 덧붙였다.

뜻밖에도 그레타가 나지막이 하하 웃더니 동물 화차에서 작은 들통을 꺼내 거꾸로 뒤집어서 바닥에 놓고 그 위에 앉은 뒤 튜즈데이한테 가까이 와서 땅바닥에 앉으라는 몸짓을 했다.

"어제 네가 다쳐서 나도 유감이야. 하지만 튜즈데이, 네가 한 행동은 위험했어. 너랑 프로미스는 내가 하는 말을 무조건 따라야 하는 걸 알잖아."

"알아요. 하지만 프로미스가 너무 지쳐 있어서 전 그냥……."

"그건 네가 결정할 일이 아니야."

튜즈데이는 치밀어 오르는 화를 참으려고 얼굴을 돌렸다.

그레타가 손을 뻗어 튜즈데이 옆얼굴로 삐져나온 긴 머리카락을 귀 뒤로 넘겨줬다.

"프로미스가 널 집으로 데려온 첫날부터 너희는 서로가 곁에 없으면 영 밤에 자려 들지를 않았지. 그래서 나도 너희를 둘 다 받아들인 거야."

튜즈데이가 등을 꼿꼿이 세우고 그레타한테 얼굴을 돌렸다. 카니발에 튜즈데이가 나타난 이야기라면 튜즈데이도 잘 알고 있었다. 하지만 이제 는 그레타가 그 얘기를 꺼내는 일도 드물었다.

넌 아주 멋진 곳에서 왔고 네 부모님은 너를 몹시도 사랑했어. 하지만 두 분은 너를 보자마자 네가 다르다는 걸 아셨지. 넌 특별했어. 태어날 때부터 머리카락에선 눈송 이가 반짝이고 심장 위엔 곰 발바닥 자국이 있었거든. 그래서 두 분은 전 세계를 뒤 져서 북극곰이 있는 카니발을 찾아냈어. 네 부모님은 프로미스가 너를 찾아서 안으 로 데려가도록 한밤중에 너를 얼음 위에 두고 떠났지.

두 분이 작별 인사는 했을까? 쪽지라도 남겼을까? 사랑하는 튜즈데이, 두 분은 그 럴 필요가 없었어. 이게 네 운명이란 걸 알았거든. 오히려 네가 그 길을 가도록 도울 수 있는 걸 영광으로 여기셨어.

"난 별들이 수놓아진 담요 한 장으로 너희 둘을 감쌌지. 눈동자가 보석 처럼 빛나는 너, 그리고 발톱이 무시무시한 프로미스. 너희 둘은 함께 할 운명이란 걸 난 알았지. 프로미스가 북극성을 찾아왔어. 이곳을 선택한 건 프로미스야. 프로미스는 너도 선택했어."

튜즈데이는 그레타가 옳다는 걸 알았다. 프로미스가 튜즈데이 만큼 스케이트를 좋아하고 세상 무엇보다 튜즈데이를 사랑한다는 것 또한 알았다. 단지 튜즈데이는 프로미스의 야성을 느꼈다. 가끔 프로미스가 자유롭게 다니게 해주고도 싶었다.

"너희 둘을 계속 함께 자게 놔둘 생각은 절대 아니었어."

그레타가 말을 이었다. 후회하는 기색이 얼핏 엿보였다.

"하지만 너흰 정말 고집불통이었어. 어찌나 말을 안 듣던지. 프로미스는 철딱서니가 없고 막무가내였어. 너희가 함께 있으면 정말 못 말렸지. 하지만 이제야 알겠어. 그건 실수였어."

튜즈데이는 어느새 몸이 굳어버렸다.

"너랑 프로미스가 카니발의 영혼이라는 건 알아. 하지만 튜즈데이, 넌 내 말을 들어야 해. 안 그러면 리허설 시간 외에는 너희 둘을 떼어놓는 수밖에 없어. 더는 이런 무례한 행동을 참아주지 않을 거야."

"죄송해요. 잘못했어요."

튜즈데이는 진심으로 말하면서 울음을 터트렸다.

"말 잘 들을게요. 지금부터 당장이요. 야, 약속드려요. 프로미스를 위해서요."

"아무렴, 그래야지. 자, 이제 가서 곰을 찾아."

튜즈데이는 발에 날개라도 돋은 듯 황급히 자리를 떠나 유일한 가족 프로미스한테 돌아왔다.

"친구, 우린 여기 속했어. 우린 카니발 거야. 그래서 그레타 말을 들어야 해."

튜즈데이가 프로미스 털에 얼굴을 파묻고 속삭였.

커다란 두 눈동자가 튜즈데이 눈을 마주 봤다. 진지하고 깊은 눈빛이었다. 튜즈데이는 근심 걱정으로 심장 가장자리에 미세하게 금이 가는 걸 느꼈다.

'프로미스는 그레타를 믿지 않아. 그건 나도 마찬가지야.'

4장 아이스하키 경기장

경기장이 시야에 들어오자 마브가 씩 웃었다. 메이플우드 산이 우묵하게 들어간 곳에 지어진 경기장은 사시사철 문을 열었다. 그래서 아무리 매섭게 춥고 어두운 밤에도 깜빡거리는 스케이트장 불빛은 길 잃은 여행자를 위한 길잡이별처럼 섬 어디에서도 볼 수 있었다.

여자 청소년 선수들이 한창 연습 중이지만, 평평한 풀밭이라면 계절을 가리지 않고 피는 노란 북극 양귀비뿐 주차장은 거의 비었다.

마브가 안개 속에 가만히 서서 숨을 쉬자 숨결에 두 뺨이 얼어서 몸이 부르르 떨렸다. 주변에서 움직이는 그림자가 보였다. 마브는 일순 움직임을 멈췄다.

"실종된 애기라도 찾고 있냐?"

코비 목소리에는 비웃음이 가득했다. 마브는 반응하려다가 꾹 참았다. 쿵쿵 뛰는 심장을 애써 가라앉히고 재빨리 경기장 문으로 눈길을 돌렸다. 바로 저 문 너머에 코치님이 있을 텐데. 헤드폰을 써서 못 들은 척 그냥 안으로 들어갈까? 하지만 시간이 없었다. 코비가 벌써 또 공격해 왔다.

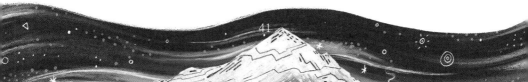

"잭슨, 내가 진짜 알다가도 모르겠는 건 이거야. 다른 애한테는 상대도 안 되면서 네가 곰이랑 맞붙어 싸웠다는 게 도대체 말이 되냐고."

전적으로 다 맞는 말은 아니었다. 경기장 안에 있는 커피점에서 마브가 코비한테 스무디를 집어 던진 적도 있었다. 딱히 마브가 잘했다는 건 아니지만, 코비가 반격하기 전에 다행히 코치가 먼저 끼어들었다.

스틱을 잡은 마브 손에 절로 힘이 들어갔다. 마브는 무릎이 떨리지 않도록 힘을 주고 스케이트를 내려놨다. 가방도 미끄러져서 땅바닥에 떨어지게 내버려 뒀다. 코비는 마브보다 한 살밖에 안 많았지만, 수년에 걸친 철저한 훈련으로 힘이 훨씬 셌다. 게다가 마브 키가 코비 어깨에도 못 미쳤다. 마브는 힐끔 코비를 쳐다봤다가 코비 뺨이 이미 시퍼렇게 멍든 것을 눈치챘다. 하키하다가 다쳤을지도 몰랐다. 하지만 코비가 입은 티셔츠도 몹시 더러워 보였다.

"잭슨, 대답 좀 해보라니까?"

둘 중 하나였다. 달아나거나 얻어맞거나.

"잭슨, 스톤, 어떻게 같이 있네? 잘 있었어?"

한여름 햇살 같은 목소리에 공기가 따뜻해지자 팽팽했던 긴장감이 버터처럼 녹아버렸다. 코비는 스틱을 떨어뜨렸고 마브는 깜짝 놀라서 모자를 뒤로 밀어 올렸다. 눈동자가 반짝이고 미소가 눈부신 키 큰 남자 모습에 두 아이가 동시에 활짝 웃었다.

"플로리안 형!"

마브가 먼저 정신을 차리고 크게 인사했다.

플로리안은 꿈같은 존재였다. 진짜배기였다. 플로리안은 경기에서 이기고 이기고 연거푸 이겼다. 소리 높여 외치는 플로리안이라는 이름이 바람을 타고 바다를 건너 툰드라를 지나고 산을 넘어 해안 도시 밴쿠버까지 가 닿더니 밴쿠버 캐넉스(*브리티시컬럼비아주 밴쿠버를 연고지로 하는 북미 아이스하키 리그의 하키팀) 팀에서 선수 자리를 제안받았다.

"밴쿠버에 있는 줄 알았어요. 하키 철 시작하지 않았어요?"

"뭐, 너희들 훈련 봐줄 기회도 거의 없었으니까. 너무 그러지 마."

플로리안이 어깨를 으쓱하며 웃음을 터트렸다.

"에, 그럼 그냥 우리 훈련 시켜주려고 밴쿠버에서 왔다고요?"

코비는 순수하게 놀란 것 같았다.

플로리안이 코비를 보고 장난스럽게 한쪽 눈을 찡긋했다.

"그래. 그리고 내가 아마 우리 누나 결혼식에도 가야 할걸?"

마브는 킥킥거리고 코비는 화난 척 굴려고 했지만 마음처럼 잘 안 됐다. 플로리안이 두 소년한테 가볍게 거수경례를 날렸다.

"오 분 뒤에 안에서 봐."

플로리안은 너무 쉽게 상대한테서 웃음을 자아냈다.

코비가 스틱을 집어 들고 성큼성큼 가 버렸다. 열기는 이미 식었다. 마브도 스케이트를 챙겨서 경기장 안으로 들어갔다.

은사로 짠 구름 위로 발걸음을 내딛거나 번개를 들이마시는 느낌이었다. 마브는 냉기에 살이 에이고 뼛속까지 저렸다. 작은 커피 바를 통과해서 접수처를 지났다. 실제로는 관광객을 받으려고 한겨울에만 여는 곳이었다. 마브는 계단을 올라가 먼지를 뒤집어쓴 트로피 장식장이 즐비하고 찬바람 부는 복도를 지나 탈의실로 들어갔다.

여름 내내 대부분 비었던 사물함들은 그럭저럭 깨끗한 편이었다. 동료 선수들도 주변에서 준비하고 있었다. 마브는 필요한 보호대를 다 차고 벤치에 걸터앉아 스케이트에 발을 밀어 넣었다가 발가락이 조이는 느낌에 움찔했다.

이것도 벌써 작아졌다고?

마브가 하키 영웅으로 알려진 덕분에 잭슨 가족은 하키 장비 사는 데 돈 쓸 일이 없었다. 늘 지역사회 운동용품점에서 후원을 받았다. 스틱이 부러지면 부탁하지 않아도 새것으로 교체되었다. 장갑이 찢어지면 마법처럼 새 장갑이 나타났다. 어깨 보호대 끈이 닳아서 얇아져도 선물처럼 새 끈이 도착했다. 운동용품점 재고가 바닥나면 전부 시어스(*미국 통신 판매 회사) 상품 목록에서 주문해야 한다는 점을 고려할 때 이는 절대 쉬운 일이 아니었다.

동료 선수 대부분은 다른 형제자매가 쓰던 장비를 물려받아서 스틱이 부러지지 않도록 테이프를 감고 또 감아서 썼다.

코비가 마브를 그렇게도 싫어하는 많고 많은 이유 중에 하나가 바로 이거였다. 코비 아빠는 한때 전문 아이스하키 선수였다. 섬에서 가장 유명한 스타 중 하나였지만, 경기 중에 벌어진 싸움에서 심각한 부상을 당하고 선수 생활을 접었다. 코비 아빠는 끝내 이를 극복하지 못했다. 코비는 아빠 재능을 물려받은 데다 열정은 오히려 더 뜨거웠다. 후원을 받고 팀의 마스코트로서 사랑받으며 경기에서 이겼을 때 헹가래를 받는 사람은 코비여야 했다.

마브는 발가락을 꼬물거려서 자리를 잡고 신발 끈을 단단히 졸라맸다.

발이 스케이트에 꽉 끼어서 아팠지만, 생일인 11월 7일에 새 스케이트를 받을 때까지는 어떻게든 버텨야 했다.

"다들 빙상으로. 퍽 갖고."

산에 내리는 비처럼 깊고 풍성한 목소리, 코치였다. 진짜 이름이 뭔지 아는 사람은 없었다. 코치랑 크리스마스를 네 번이나 보냈고, 얼음판 위에서건 밖에서건 온기를 나누며 셀 수 없이 많은 밤을 지낸 잭슨 가족조차 몰랐다. 모두가 그저 코치라고 불렀다. 58세라는 나이에도 잃은 것이 거의 없는 코치는 위풍당당했다.

소년들이 거울처럼 매끈한 얼음판 위로 줄지어 나아가자 코치도 애용하는 닳아빠진 스케이트를 신고 물 흐르듯 빙판으로 올라왔다. 코치 목소리에 경기장이 쩌렁쩌렁 울렸다.

"오늘은 너희 모두를 위한 깜짝 선물이 있다."

조용히 옆으로 빠지는 코치 얼굴에 주름이 잡히면서 미소가 번졌다.

"어이, 제군들!"

두 팔을 활짝 펼친 플로리안이 그보다 더 활짝 웃는 얼굴로 얼음 위를 미끄러져 왔다. 북극곰 선수들이 단체로 놀라면서 터트린 기쁨의 탄성이 물결처럼 퍼졌다. 아이들은 좋아서 제정신이 아니었다. 어미 백조를 둘러싼 새끼들처럼 플로리안 주위로 모여들었다.

마브가 스케이트를 지쳐서 가장 친한 친구 솔 쿠퍼한테 갔다. 체구는 작아도 날쌘 선수였다. 둘이 서로를 향해 고개를 끄떡였다. 그 사이 플로리안이 주황색 원뿔을 비스듬히 줄지어 세웠다.

"좋아, 잘 들어."

플로리안이 박수를 한 번 쳤다. 세상이 다 잠잠해졌다.

"오늘은 내가 너희들 코치다. 훈련이 끝날 때 너희 중 몇 명을 선발할 거야. 선발된 사람한테는 십일월에 전지훈련 기회가 주어진다."

이번에는 모두가 헉 소리를 냈다.

"일단 처칠 팀과 훈련하고 다음은 위니펙 선수들과 합류한다. 그다음엔 밴쿠버에 있는 우리 경기장으로 가서 스케이트를 신고 훈련할 예정이다. 우리 팀 선수 몇몇을 만날 수도 있고."

이제 소년들은 기쁨을 이기지 못하고 경기장 지붕을 날려버릴 만큼 함성을 질러댔다.

"진짜 죽여준다! 거의 일주일은 걸릴 거야."

솔이 숨을 몰아쉬며 말했다.

"열흘짜리야."

플로리안이 입 모양으로 말했다.

"스케이트로 원뿔 사이를 최고 속력으로 통과해라. 돌아올 때는 뒤로 온다. 퍽을 몰면서 오가는 거다."

모두가 잠깐 주저했다. 손에 스틱을 들고 몸을 최대한 낮춰서 바람처럼 빠르게 강철 날로 얼음 위를 달리는 건 그렇다 치고, 속력을 내면서도 정확하게 뒤로 스케이트를 타는 건 좀 더 어려웠다.

"잭슨, 출발!"

마브가 앞으로 튀어 나갔다. 스틱을 가로로 낮게 잡았다. 어렵지 않게 한쪽 다리로 무게를 옮겨 싣고 재빨리 다른 쪽 발로 샤세(*한 발을 다른 발 자리로 미끄러지듯이 옮기는 동작)를 한 뒤 원뿔 사이로 슬랄럼(*장애물 피하기)을 하면서

도 휘어진 스틱 날에서 절대 퍽을 놓치지 않았다. 마지막 원뿔에 이르러서 마브만의 특별한 동작을 선보였다. 미야한테서 배운 피겨스케이팅 기술이었다. 아이스 댄서처럼 스케이트 톱니 날로 선 채 균형을 잡고 원뿔을 돌아 완벽하게 방향을 바꾸고는 재바른 작은 생쥐처럼 뒤로 튀어 나갔다.

솔이 마브를 향해 엄지를 치켜들고 플로리안이 슬쩍 한쪽 눈을 찡긋했다.

"스톤, 헬멧 써. 네 차례다."

코비는 헬멧을 벤치에 그대로 둔 채 빨간 머리 한 가닥을 귀 뒤로 넘기고는 몽상에 빠진 아이처럼 경기장을 가로질러 미끄러졌다. 동료 선수 몇몇이 눈알을 굴렸다. 저 아이가 무슨 생각을 하는지 아무도 몰랐다.

한편 마브가 어째서인지 시선을 들었다. 왜 그랬는지 마브도 잘 몰랐다. 누군가 자기를 지켜볼 때 드는 일종의 오래된 직감 같은 거였다. 마브가 관중석을 자세히 살폈다. 과연, 얼음판에서 가장 멀리 떨어진 곳에 있는 스토니 아저씨의 차가운 눈길과 마주쳤다. 어미 곰을 쏜 저 남자는 코비 아빠였다. 그때 곰이 죽지 않았던 건 단지 스토니가 취한 상태로 총을 쏴서 빗나갔기 때문이었다.

마브는 깜짝 놀랐다. 한물간 스토니 아저씨가 시합에 모습을 드러내는 일은 드물었다. 훈련은 말할 것도 없었다. 아저씨는 화가 난 것 같았다. 빗질을 안 했는지 머리가 엉망이었다. 화장이라도 한 듯 두 뺨이 벌겠다.

마브 시선이 다시 코비한테 쏠렸다.

'아빠가 보고 있는 걸 아나? 그래서 저렇게 제멋대로 구는 건가?'

빨간 머리 소년이 원뿔 앞에서 멈췄다. 천천히 몸을 숙이고 갈 길을 가늠하듯 길게 휘파람을 불었다. 플로리안이 팔짱을 끼고 코비를 똑바로 바라봤다.

"헬멧 쓰라고 했는데."

플로리안이 입을 열었지만, 이미 코비가 총알처럼 튀어 나간 뒤였다. 드세게 치고 나가는 스케이트 날에 얼음이 지그재그로 갈렸다.

코비가 눈 깜짝할 새에 원뿔 사이를 통과했다. 스케이트 날로 얼음을 긁어대며 날다시피 뒤로 타는데 퍽이 보이지도 않았다. 마브 입이 절로 떡 벌어졌다.

"여름 내내 여기서 살았나 봐. 아니면 레러티 호수에서 연습했거나."

솔이 중얼거렸다.

마브는 고개를 끄덕였다. 자기가 제일 좋아하는 곳에서 스케이트 타는 코비 모습을 생각하니 별안간 속이 쓰렸다. 섬 산꼭대기 호수는 장관이었다.

코비가 마지막 원뿔을 무서운 속도로 돌았다. 코비는 스케이트 뒤축에 엎어진 원뿔에 걸려서 뒤로 나동그라졌지만, 용케 무릎을 접고 한 바퀴 구르더니 용수철처럼 튀어서 멀쩡하게 일어났다. 그러고는 우스꽝스러운 동작으로 과장해서 이마에 흘러내린 땀을 닦아냈다. 선수들이 와하하 웃음을 터트렸다.

플로리안은 웃지 않았다.

"스톤, 빙상 밖으로 나가. 장비 착용법도 제대로 배우지 않고 동료들과 같은 배를 탈 수……"

말은 플로리안이 시작했지만 코치가 나섰다.

"누가 이런 걸 재미있어 하나!"

얼음판 위가 조용해졌다. 코치가 다시 얼음판 위로 올라왔다. 슬리퍼를 신었는데도 스케이트 선수처럼 유연하게 움직였다. 마브가 재빨리 솔을 쳐다봤다. 둘은 무슨 일이 벌어질지 알았다.

"스톤, 너한테는 이게 장난인가?"

선수들이 일제히 눈길을 떨어뜨렸다.

코비는 진지하게 고개를 저었다.

"그렇다면 광대처럼 굴지도 마라! 헬멧은 어디 있나!"

코비는 아무 말 없이 손가락으로 벤치를 가리켰다. 코치가 코비한테 몸을 숙였다. 코비가 스케이트를 신어서 코치와 눈높이가 거의 비슷한데도 어째서인지 코치가 한참 커 보였다.

"한 번만 더 장비를 엉터리로 착용하면 출장 정지다."

코비 얼굴이 머리 색깔만큼 붉어졌다. 코비는 고개를 끄덕이고 벤치까지 스케이트로 가서 헬멧을 머리에 느슨하게 걸친 뒤 다음 훈련을 준비했다.

관중석 뒤편에서 그림자가 움직였다. 마브가 눈을 가늘게 뜨고 어둠 속을 들여다보니 스토니 아저씨가 경기장에서 나가고 있었다. 뜻밖에도 마브는 코비한테 연민이 일었다. 코비는 아빠한테 인정받으려고 항상 노력하는데 아빠 앞에서 망신을 당했다.

이제 코치는 선수 전원을 앞에 두고 말했다. 나지막이 말하는데도 목소리는 여전히 우렁우렁했다.

"뛰어난 선수가 되려면 뭐가 필요한지 알고 있나?"

소년들이 코치를 향해 고개를 끄덕였다. 미래를 꿈꾸는 어린 눈망울에서 빛이 났다.

"질주해야 한다. 돌진해야 한다. 시간을 얼려버릴 듯 소리치며 멈춰야 한다."

코치가 선수단 전체를 한눈에 담았다. 강렬한 시선이 선수들 헬멧에 달린 강철 보호대를 뚫고 심장까지 파고들었다.

"거기에 더해서 망할 놈의 장비를 제대로 갖춰 입어야 한단 말이다!"

코치는 그길로 성큼성큼 얼음판 밖으로 나가 버렸지만, 숨 돌릴 틈도 없이 플로리안이 훈련을 이어받았다.

마브는 코비가 팀에 없기를 반쯤 바랐다. 하지만 팀에 코비가 필요하다는 사실은 마브도 잘 알았다. 마브가 곰한테서 공격도 받지 않고 초승달 모양 흉터도 생기지 않아서 마블이 되지 않았으면, 마브한테는 하키가 이렇게까지 중요하지 않았을지도 몰랐다. 하키는 마브가 평생 따라다니는 신화 같은 이야기에서 벗어나 스스로 존재하기 위한 수단이었다. 과거에 일어났던 사건이 아니라 마브 자신으로 재능을 발휘하려는 방법이었다. 물론 후원과 무료 강습, 그리고 팀의 마스코트가 된 것도 많은 도움이되었다. 하지만 살을 에는 추위에도 수많은 시간을 들여 훈련하고 스케이트에 올라탄 별똥별이 되어 두려움 없이 섬광처럼 얼음판을 누비고, 그저 가벼운 손목 움직임만으로 퍽을 다루는 기술을 터득한 건 전부 마브 자신이었다. 이기겠다는 불굴의 의지에서 나온 것이었다.

훈련이 끝나자 선수들이 죄다 경기장과 가까운 좌석에 널브러졌다. 눈

속으로 땀이 흘러들고 숨을 고르는 중에도 심장이 미친 듯이 뛰었다.

플로리안이 짐짓 심각한 표정을 짓다가 이내 얼굴을 활짝 펴면서 웃었다.

"자, 이제 맞혀 봐."

누구도 선뜻 나서지 않았다.

"너희 모두 밴쿠버로 간다!"

미친 듯이 기뻐하는 환호성이 경기장 가득 울려 퍼졌다.

솔과 함께 경기장 밖으로 나왔을 때도 마브 마음속에서는 여전히 함성이 울려 퍼지고 있었다. 하늘에서 희미하게 진눈깨비가 흩날렸다.

그걸 눈이라고 할 수는 없지만 곧, 머지않아 눈이 내릴 터였다. 마브는 기다릴 수가 없었다. 마브는 집으로 향했다. 작아도 분주한 마을 베어즈빌을 통과해서 레이븐 강을 지났다. 강가에는 벌써 얇게 얼음이 끼었다.

딱히 의도하지 않았는데도 마브 눈에는 완전히 얼어붙은 강이 보였다. 강 한복판에 바구니가 있고 어린 새끼 곰이 신나게 바구니를 향해 달려가고 있었다.

5장 북극성

튜즈데이가 장갑을 벗고 연습용 스케이트 끈을 힘껏 잡아당겼다. 얼음
판을 생각만 해도 들떠서 심장이 두근거렸다. 밀려드는 자유로움과 머릿
결 사이로 부는 바람을 느끼며 빠르게 질주하면 프로미스 어깨만큼 높이
뛰어오를 수 있었다.

'난 영원히 스케이트만 타고 타고 또 탔으면 좋겠어.'

대기는 시월의 안개로 물들었다. 머지않아 바다가 얼어붙고 카니발이
겨울 공연을 위해 떠날 것이었다.

튜즈데이가 신는 연습용 스케이트는 빛바랜 갈색 가죽으로 만들었다.
낡은 노끈으로 묶어야 해서 튜즈데이가 잡아당길 때마다 끈이 조금씩 더
닳았다. 그래도 끈은 단단히 잡아 묶어야 했다. 스케이트를 헐겁게 신으
면 뛰어오르거나 톱니 날 끝으로 균형을 잡기가 거의 불가능했다. 부상을
무릅쓸 수는 없었다. 정신을 바짝 차려야 했다.

스케이트 날은 프로미스 것과 마찬가지로 뼈를 갈아 만들었다. 먼 옛날
얼음 땅에 살던 사람들이 신던 초기 스케이트가 딱 그랬다. 그레타가 원

래 형태를 거의 바꾸지 않고 직접 만들었다. 카니발은 근처 마을에서 멀리 떨어진 외딴곳에 머무는 터라, 야영지가 어디건 그 편이 화물 운송비를 내고 스케이트를 주문하는 것보다 비용이 훨씬 덜 들었다. 게다가 세상 누구도 곰이 신을 스케이트화를 맞춰주지는 않을 터였다. 그래서 그레타는 꼭두각시를 만드는 한스와 프랑코한테 발가락 부분 없이 신발 바닥만 견고하게 깎으라고 시켰다. 돌덩이처럼 단단한 발판에 날을 달아 프로미스 발바닥에 댄 뒤 끈으로 잡아매면 발은 꾸물거릴 수 있었다.

드레스 리허설(*의상과 분장을 갖추고 마지막으로 하는 무대 연습)이 아니어도 유세프는 얼음판 위 일분일초가 값비싼 다이아몬드라도 되는 듯 굴었다. 누가 까딱 실수만 했다 하면 견디기 힘들 만큼 짜증을 냈다.

"발."

튜즈데이가 납작하고 거대한 스케이트를 가만히 내밀었다. 프로미스가 졸린 듯 컹 울더니 바닥에 등을 대고 꿈틀대다가 무용수처럼 유연하게 한 발을 내밀었다. 튜즈데이는 부드러운 가죽끈으로 프로미스 발을 휘감아 묶으면서 발판을 밀어 넣어 신겼다. 프로미스 스케이트는 피겨 스케이팅용 스케이트보다 훨씬 넓었다. 스케이트 위에서 엄청난 몸무게로 균형을 잡아야 하는 만큼 날도 하나가 아니라 두 개를 달았다. 그랬더니 스케이트 한 짝이 작은 모형 썰매처럼 보였다. 레이스나 리본 대신 노끈을 달았다.

튜즈데이는 있는 힘껏 끈을 잡아당겨 묶은 뒤, 스케이트 맨 위와 북슬북슬한 프로미스 다리 사이로 손가락을 밀어 넣어 공간이 충분한지 확인했다. 그래야 프로미스가 무릎을 굽힐 수 있었다. 손으로 만지는 프로미스

다리가 무척이나 얇게 느껴졌다.

튜즈데이는 엉킨 긴 머리카락을 눈앞에서 치우며 입술을 잘근거리지 않으려고 신경 썼다. 튜즈데이는 프로미스 말고 다른 곰은 몰랐다. 멀리 떨어진 곳에서 얼음 위로 어슬렁거리는 곰 몇 마리를 본 적은 있지만 가까이에서 보면 어떤 생김새일지 알지 못했다.

'그래도 다리가 이렇게 얇지는 않을 거야.'

두려움이 차가운 발톱으로 튜즈데이 심장을 할퀴었다.

"먹을 걸 더 구해줄게. 오늘 밤 같이 나가서 열매라도 찾아보자. 아니면 토끼나 새끼 새. 너만 위한 잔칫상을 차려줄게."

프로미스가 끙끙 소리를 내면서 풍성하게 물결치는 튜즈데이 곱슬머리에 주둥이를 밀어 넣고 무심히 머리카락을 질근거렸다. 튜즈데이 머리는 검은색에 가까웠다. 하지만 아누슈카가 곱슬곱슬한 머릿결 사이로 기름을 발라서 빗겨주는 밤이면, 달빛에 비친 튜즈데이 머리로 쪽빛 줄무늬가 생겼다.

"가자, 프로미스."

튜즈데이가 속삭이면서 프로미스가 네 발로 서도록 가볍게 잡아당겨주고는 앞에서 천천히 몸을 돌려 프로미스한테 등을 보이고 섰다.

"일어섯!"

튜즈데이가 말하면서 손가락으로 딱 소리를 냈다.

비틀비틀 뒷다리로 일어난 프로미스가 잠시 스케이트 날로 균형을 잡은 뒤 발톱이 돋은 푹신한 앞발 두 개를 튜즈데이 여린 두 어깨에 올렸다. 튜즈데이는 느낌이 거의 없었다. 프로미스가 스케이트를 신고 땅 위를 걷기란 어려운 일이었다. 스케이트 끈을 제대로 조여 매느라 시간이 한참 걸렸다. 하지만 복장을 적절하게 갖춰 입지 않고 리허설에 가면 유세프가 성질을 있는 대로 부릴 것이었다. 그래서 둘은 이렇게 갈 수밖에 없었다. 작은 소녀가 거대한 곰 균형을 잡아주면서 말이다.

북극성(단원들이 카니발을 부르는 애칭) 단원들은 임시 무대랍시고 강가를 따라 조그맣게 표시해둔 곳에 모여 있었다. 톨야 아저씨가 낡아빠진 고물 아코디언을 사뭇 엄숙하게 연주하는 중이었다. 영롱한 눈빛에 진지한 표정의 쥬드가 불붙은 고리를 통과하는 셰틀랜드 조랑말 브레세이 고삐를 잡고 있었다. 꼭두각시를 만드는 한스와 프랑코는 지난밤 늦게 자서인지 실에 매달린 인형처럼 보이기 시작했다. 주연 곡예사인 아누슈카와 서배스천은 재주넘기 전문가 네 아들딸과 같이 있었다. 모두가 경외감 어린 다정한 눈빛으로 튜즈데이를 쳐다봤다.

강 한복판에 있는 커다란 두 바위 사이에 낀 유빙을 작게나마 무대로 삼았다. 공연단은 이 정도 스케이트장에 만족해야 했다. 점술가 자리나가 유빙을 가로질렀다. 손가락으로 뜨거운 석탄을 뿌리듯이 극적으로 두 팔을 앞으로 뻗으면서 목소리 높여 외쳤다.

"정령이여, 숲의 정령이여, 당신 영혼을 보여 주소서! 당신 이야기를 들려주소서!"

튜즈데이는 조금이라도 자리나를 응원하고 싶었다. 자리나는 넋을 놓고 볼 만큼 영혼 소환술사 역할을 생생하고 헌신적으로 해내고 있었다.

'올겨울에는 구경꾼이 많이 왔으면 좋겠다. 캐나다 사람이 전부 다 카니발에 오면 좋을 텐데.'

튜즈데이가 생각했다.

러시아와 그린란드에서 두 계절을 보냈지만 공연마다 찾아오는 관객 수가 적어서 카니발이 거둬들이는 매출액이 갈수록 줄어드는 바람에 그레타와 유세프가 더 많은 관중을 찾아야 했다.

"모두가 춤추는 곰을 보고 싶어 하지는 않아. 오히려 반대하는 사람이 있는 판인걸. 그래서 이렇게 자주 옮겨 다니는 거야. 툰드라나 얼음으로 뒤덮인 곳만 찾아다니는 이유도 관련 부서가 우리를 쫓아오지 못하게 하려는 거고."

쥬드가 확신에 차서 튜즈데이한테 말했다.

튜즈데이가 좁은 얼음판을 눈으로 훑었다. 혹시라도 패이거나 튀어나오거나 갈라진 곳이 있으면 스케이트를 타다가 걸려 넘어질 수도 있었다. 다행히 얼음판은 꽤 매끄러워 보였다. 튜즈데이가 감사한 마음을 담아 프랑코와 한스를 향해 고개를 끄덕였다. 그레타가 밤을 거의 꼬박 새우며 눈을 뒤집고 얼음판에서 찾은 흠을 둘 중 한 사람이 매끄럽게 갈아냈으리란 걸 아는 터였다.

"튜즈데이, 준비!"

둑 너머에서 유세프가 날카롭게 외쳤다. 계절과 상관없이 유세프는 언제나 파리에 사는 예술가처럼 차려입었다. 검푸른 베레모를 쓰고 겨자색 네커치프(*장식이나 보온 목적으로 목에 두르는 정사각형 얇은 천)를 두르고 자연을 본 딴 페이즐리(*휘어진 깃털이나 식물 모양 무늬) 셔츠와 발목 길이 청바지를 입고 도서관에서나 신을 법한 신발을 신었다. 그나마 눈이 올 때는 정교하게 재단한 두툼한 토끼 가죽 윗도리를 입고 눈 장화를 신어서 변화를 줬다. 유세프는 수염도 안 길렀다.

유세프 목소리에는 징징거리는 울림이 있어서 아무리 권위를 내세우려 해도 그저 골난 아이처럼 들렸다. 튜즈데이는 대답 대신 고개를 끄덕였다. 맨손 두 개를 프로미스 발에 올린 뒤 등을 완전히 곧게 세우고 울퉁불퉁한 풀밭을 가로질러 움직였다. 정면을 주시하며 정신을 집중했다.

자리나가 영혼 소환술을 끝냈고 이젠 '정령'이 등장했다. 곡예사 가족이 옆으로 재주넘기를 하면서 빙산을 멋지게 가로질렀다. 팔다리가 어찌나 빨리 돌아가는지 별들이 춤추는 것 같았다. 톨야 아저씨가 아코디언을 삐걱거리면서 한숨짓듯 음울한 곡조를 연주하자 카니발 전체가 숨을 멈췄다.

쥬드가 다가와서 엄청난 무게의 곰을 잡아주자 튜즈데이가 프로미스 손을 놓았다. 쥬드가 재빨리 한쪽 눈을 찡긋하며 응원을 보냈다. 튜즈데이가 스케이트에서 날 집을 벗기고는 무릎을 꿇고 앉아서 프로미스 날 집도 벗긴 뒤 빙산으로 올라갔다. 리허설일 뿐인데도 흥분과 열기가 파도처럼 밀려와 온몸을 휘감자 튜즈데이는 순식간에 생기로 가득 찼다.

튜즈데이가 쥬드한테 눈부시게 환한 미소를 보내고 프로미스한테 한 손을 뻗어서 얼음 위로 이끌었다. 프로미스가 스케이트 신은 발을 한 번에 한 걸음씩 내디뎠다. 튜즈데이는 바람결에 휘날리는 곱슬머리부터 날카로운 스케이트 날 끝까지 온몸이 반짝이고 있었다.

땅에서 얼음 위로 올라선 직후, 불과 몇 초 전에도 잠잠했던 곳에서 발이 미끄러지는 느낌, 이에 비할 것은 아무것도 없었다. 가슴 속 심장이 조여들고 뼈들이 중심을 잡았다. 하늘을 나는 꿈이 현실이 된 듯 모든 것이

마냥 가능해 보였다.

튜즈데이가 프로미스의 상처투성이 발을 잡고 무한한 신뢰를 담은 커다란 두 눈을 가만히 들여다봤다.

"사랑해."

튜즈데이가 입 모양으로 말하자 프로미스가 미묘하게 고개를 끄덕였다. '나도 알아.'라고 말하는 것 같았다.

"준비!"

튜즈데이가 깨끗하고 분명한 목소리로 지시하자 프로미스가 작은 두 귀를 씰룩이며 짧고 엄숙하게 컹 소리를 냈다. 튜즈데이는 프로미스를 놔준 뒤 화살처럼 등을 곧게 세우고 무릎을 굽힌 채 두 발끝을 넓게 밖으로 향한 자세로 두 팔을 살짝 올리고는 시선을 관객석에 두고 미끄러지면서 빙산을 한 바퀴 쉬이 돌았다.

강둑에서 지켜보는 북극성 단원들이 숨을 죽였다. 자세를 잡을 뿐인데도 튜즈데이는 두 날개를 펼치는 천사 같았다. 물로 빚은 존재인 듯, 튜즈데이가 선보이는 동작에는 물 같은 유연함이 있었다. 땅에서는 그저 어린 애지만, 얼음 위에 올라선 튜즈데이는 우주의 여왕이었다.

유세프가 크라바트(*남성용 스카프) 위치를 바로잡은 뒤, 휘갈겨 쓴 대본에서 지문을 소리 내어 읽었다.

"장난감 상자가 열리고 커다란 곰 인형과 작은 소녀 인형이 들려 나온다."

튜즈데이가 살짝 몸을 떨었다. 아직 연습하지 않은 부분이었다.

'프로미스를 어떻게 상자에 넣지?'

튜즈데이는 곧 머리 밖으로 생각을 밀어냈다.

"조명이 어두워지고 상자는 비었다. 무대에는 곰과 인형만 남았다. 숲의 마법이 이루어진 것인가? 정령의 마법으로 저 둘이 생명을 얻었을까?"

유세프가 계속 읽어 내려갔다.

톨야 아저씨가 고물 아코디언으로 낮고 몽롱한 음을 연주하기 시작했다. 곡예사 가족이 각각 작은 은색별을 하나씩 들고 강 양쪽에서 몸을 앞으로 숙였다. 별이 햇빛을 반사하자 얼음판이 반짝였다. 튜즈데이가 두 팔을 활처럼 구부려서 머리 위로 번쩍 쳐들고 시곗바늘처럼 삐걱거리며 뻣뻣하게 움직였다.

튜즈데이가 부엉이처럼 고개를 휘리릭 돌려서 프로미스를 정면으로 보며 입 모양으로 일어나라고 분명하게 지시를 내렸다. 음악이 점점 고조되는 사이, 정신을 집중한 프로미스가 힘을 써서 한 번에 하나씩 거대한 앞다리 두 개를 들었다. 곰 인형이 살아나서 호흡을 시작했다.

튜즈데이가 두 팔을 사선으로 활짝 펼치고 태엽으로 움직이는 오르골 발레리나처럼 제자리에서 천천히 돌기 시작했다. 프로미스를 향해 단호하게 고갯짓을 하자 곰도 순순히 튜즈데이를 따라 했다. 튜즈데이가 한 발로 앞을 찍었다가 다른 발로 앞을 찍으며 나아갔다. 프로미스도 뒤뚱뒤뚱 튜즈데이를 따라가자 관객이 미소 지었다.

음악이 잦아들고 곰과 소녀가 서로를 마주 봤다. 곧 음악이 다시 대기를 가득 채우자 튜즈데이와 프로미스가 기쁨에 겨워 두 팔을 활짝 열고 비행하듯이 얼음을 가로질렀다. 튜즈데이가 단호한 표정으로 프로미스 앞발

을 잡아서 자기 허리 위에 놓더니 그대로 몸을 띄워 한 마리 백조처럼 공중으로 날아올랐다.

하지만 프로미스는 연습한 것처럼 도중에 멈추지 못하고 튜즈데이를 그대로 지나쳤다. 안간힘을 써서 균형을 잡고 스케이트 날을 직각으로 맞붙여 얼음을 긁으며 멈추려고 했지만 바위를 향해 속절없이 미끄러져 갔다. 대번에 곡예사 가족이 별을 던져버리고 도와주러 튀어나왔다.

쥬드도 프로미스보다 먼저 바위에 가 닿으려고 강둑을 따라 내달렸다. 스케이트 톱니로 흠잡을 데 없이 제자리에서 돌던 튜즈데이가 한 다리를 뒤로 번쩍 들어 올린 아라베스크(*한쪽 다리로 서서 다른 쪽 다리를 그 다리에 대하여 뒤로 직각으로 곧게 뻗친 자세) 자세로 추락하는 혜성만큼이나 빠르게 곰을 향해 활주했다.

유빙 끝으로 거침없이 미끄러져 가는 프로미스는 겁에 질려 눈을 휘둥그레 뜬 채 새하얀 앞발을 마구 버둥거렸다. 튜즈데이가 쏜살같이 앞으로 치고 나가서 프로미스 쪽으로 홱 돌아섰다. 프로미스한테로 몸을 날린 튜즈데이가 한쪽 무릎은 낮게 구부리고 다른 쪽 다리는 뒤로 쭉 펴며 두 팔로 프로미스 허리를 있는 힘껏 끌어안고 양쪽 스케이트 날을 얼음 깊숙이 박아 넣었다. 묵직한 프로미스 무게가 가슴을 때리자 튜즈데이 몸이 뒤로 확 밀렸다. 튜즈데이는 두 눈을 꽉 감고 이가 으스러지도록 힘을 주며 스케이트 날로 얼음을 더 깊이 파고들었다. 마침내 곰과 소녀가 아슬아슬하게 멈춰 섰다.

프로미스가 잔뜩 겁을 집어먹고 울부짖었다. 균형을 잡겠다고 발을 버둥거리는 통에 프로미스 발톱이 간신히 버티고 선 튜즈데이 등을 할퀴었다. 두 다리가 흔들리지 않게 온전히 집중하고 있는 튜즈데이 눈으로 땀이 흘러들어 갔다. 그 와중에도 쇠꼬챙이를 들고 다가오는 그레타가 시야 가장자리로 들어왔다. 튜즈데이는 프로미스가 침착해지기를 간절히 바라며 필사적으로 곰을 끌어안았다. 서서히, 차차 프로미스가 잠잠해졌다. 북극성 단원들이 참았던 숨을 가만히 내쉬었다. 튜즈데이는 마음이 놓이다 못해 기절하기 직전이었다. 욕을 퍼붓거나 잠시 쉬자고 요구할 수도, 나이팅게일처럼 웃어젖힐 수도 있었다. 하지만 튜즈데이는 공연하는 사람이었다. 고개를 든 아름다운 얼굴에는 아무 감정도 드러나지 않았다. 두 눈은 여전히 신비로운 인형처럼 반짝이고 날렵한 몸은 공연을 마무리할 준비가 되어 있었다.

모든 순서가 끝나자 다 같이 박수갈채를 보내며 다시금 미소 지었다. 유세프는 공연 도중에 벌어진 영화 같은 구출 사건을 딱히 마음에 두지 않는 것 같았다.

'아예 공연 일부로 넣을지도 몰라.'

튜즈데이는 심장만 미친 듯이 뛰었다.

그레타는 나무들 사이에 서서 입을 꽉 다문 채 인상을 썼지만 별다른 말은 하지 않았다. 불쌍한 튜즈데이가 사랑하는 곰을 얼음 위에서 데리고 나와 이끼 낀 나무 둥치에 앉히고 스케이트를 벗겨줬다. 프로미스가 혼이 나가 멍해 보이는 표정으로 무겁게 숨을 몰아쉬었다.

'어지럽나? 피곤한가? 배고픈가?'

튜즈데이는 축축해진 프로미스 이마 털을 닦아주고 프로미스 스케이트 날을 확인하면서도 머릿속으로 계속 생각했다.

튜즈데이가 나지막이 저주를 내뱉었다. 네 개 날 중 하나가 원래보다 뭉툭했다. 스케이트 날은 달빛처럼 날렵하게 빠지는 곡선이 살짝 들어가 있어야 했다. 덜 휘어질수록 날 가장자리를 사용하기가 어려웠다. 가장자리가 날카롭지 않으면 얼음판에서 속수무책이었다. 튜즈데이는 조용히 스케이트를 내려놓고 두 손에 얼굴을 묻었다. 눈에서 뜨거운 눈물이 쏟아졌다.

"다 내 잘못이야."

흐느낌 사이로 한숨이 나왔다.

'뭉툭한 날 때문에 다 망칠 뻔했어. 프로미스가 넘어질 뻔했어. 다칠 수도 있었어. 그레타가 프로미스를 몰아세우면서 끔찍한 쇠꼬챙이로 찔러댔을 거야.'

튜즈데이는 가만히 흐느꼈다. 프로미스가 슬픈 듯 한숨짓더니 네 다리로 구르듯이 다가와서 들썩이는 튜즈데이 어깨를 머리로 가볍게 툭툭 건드렸다. 튜즈데이가 프로미스의 따뜻한 얼굴에 머리를 기댔다. 프로미스가 축축한 코로 튜즈데이 목을 문질렀다.

"알았어. 괜찮아."

잠시 뒤 튜즈데이가 말했다.

"너 뭐라도 좀 먹자."

소녀와 곰은 열매나 견과류를 찾아보려고 함께 숲속으로 들어갔다. 어린 두 심장이 정확히 같은 속도로 뛰었다.

6장 핼러윈

소파 끝에 걸터앉은 마브가 마지못해 낡은 미국식 트러커즈 캡(*야구모자
와 비슷하지만 크기를 조절할 수 있다. 트럭 장거리 대형 트레일러 운전사가 주로 써서 붙은 이름)을
똑바로 썼다. 아빠가 진짜 수사슴 뿔 한 쌍을 달아 났다. 엄마는 사슴뿔에
은색 물감을 뿌렸고 미아는 거미줄 같은 걸 늘어뜨려 났다. 이게 다 숲속
나라 동물이라는 올해 핼러윈 주제를 따른 결과였다. 사슴뿔은 기괴하면
서도 기가 막히게 근사했다. 마브한테 다소 무거울 뿐이었다.

곰이 나타나는 시기가 가까워진 탓에 마브는 도통 다른 일에 집중하기
가 어려웠다. 마브는 성장하면서 섬과 주파수를 맞추기라도 한 듯 곰이
이곳에 발 딛는 순간을 알았다. 미묘하지만 분명한 그 느낌에 뼈까지 따
끔거렸다. 게다가 머지않아 세상 만물 사이에서 빛나는 내 곰을 만나리라
는 기대감으로 늘 가슴이 두근거렸다.

"그게 분장한 거야?"

미아가 물었다. 미아는 최신 유행이 뭔지 아는 멋쟁이 다람쥐로 꾸몄다.
빨간 입술연지로 얼굴을 칠하고, 하나로 틀어 올린 머리에 가짜 부직포

귀를 붙인 헤드폰을 써서 양옆으로 귀가 튀어나왔다. 깃털 총채와 옷걸이 철사로 북슬북슬한 꼬리도 큼직하게 만들어서 주황색 스키 레깅스에 핀으로 꽂았다.

문득 마브는 분장에 더 신경 써야 했나 싶었지만, 아무래도 변장은 영 마음에 안 들었다.

마브는 누나와 한 손으로 공중에서 손뼉을 마주 쳤다. 누나는 심하다 싶을 만큼 분장에 공을 들였지만 그래도 나름 멋있었다. 마브는 모자챙을 올리고 계단 위 미야 누나 뒤에 있는 래(트러커의 딸)를 봤다.

래는 마브 엄마한테서 빌린 흰색 드레스를 부드러운 깃털로 장식해서 길게 늘어뜨려 입었다. 미야가 드레스 뒤에 침대 시트를 고정한 뒤 양쪽 모서리 끝을 래 손목에 묶어 놨다. 덕분에 래가 두 손을 들면 날개처럼 보였다. 미야는 종이로 작은 부리도 만들어서 래 코 위에 붙였다. 래가 부엌으로 들어와서 천천히 한 바퀴 돌자 효과가 끝내줬다.

"누나는 올빼미구나."

마브가 씩 웃었다. 현관문이 벌컥 열리더니 아빠가 들어와서 윗도리에 갓 쌓인 눈을 털어냈다.

"잭슨 씨, 얼른 와서 멋들어진 당신 아이들 좀 봐요. 진짜 무시무시하죠?"

엄마가 말했다.

아빠가 몸을 기울여서 부엌 안을 들여다봤다. 작고 작은 섬 공항에서 긴 교대 근무를 끝내고 돌아온 아빠는 아무리 피곤해도 겉으로 드러내는 법이 없었다.

"다들 굉장한데?"

아빠가 눈썹에 맺힌 물방울을 털어내고 마브 것과 똑같이 생겼지만 약간 더 커 보이는 사슴뿔 모자를 썼다. 아빠는 위엄 있고 당당해 보였다.

아빠는 항공 교통 관제사이자 공항 열쇠 관리자였다. 사람들이 안전하게 섬에 드나들도록 날씨에 따라 항공기 운항을 조정하는 일을 주로 하는데, 겨울에는 몹시 까다로워지는 일이었다.

"갈까?"

아빠가 현관문을 열었다.

마브는 오늘 밤에 곰들이 나타날 것 같은 확신이 들었다.

바깥 거리는 이미 사람들로 가득했다. 가족마다 햇불을 밝혀 들고 눈길을 걸어 마을로 향했다. 겨울 동안 섬사람들은 해가 진 뒤 절대 혼자 나가지 않았다. 길에 눈이 그다지 많이 쌓이지 않았으면 무리 지어 차를 탔다. 아니면 다만 몇 사람이라도 모여서 레이븐 강을 따라 스케이트를 타고 갔다. 햇불을 들고 더 복잡한 거리로 다니기도 했다. 불꽃을 들고 다니는 데는 뭔가 끝내주게 멋진 구석이 있었다.

인디는 담쟁이덩굴 화환을 머리에 쓰고 이끼 색 긴 망토를 옷 위에 걸쳐 입었다. 겨울 숲속 여신 같았다.

"얘들아, 가자."

바람처럼 문밖으로 나간 인디가 숲속 나라 어린이 무리를 보고 말했다. 마브는 잠시 엄마한테서 곰도 알아서 공격하지 않을 여성의 모습을 봤다. 누구보다 가벼운 발걸음으로 거침없이 세상을 활보하며 절대 두려움에 굴하지 않을 사람이었다.

떠들썩하게 밖으로 나온 일행이 흩날리는 눈보라를 맞으면서도 즐겁게 깔깔 웃고 꺅꺅 소리 질렀다. 리언이 모두에게 불붙은 큼직한 나무 막대기를 하나씩 나눠줬다. 진눈깨비가 횃불에 닿자 타닥거리며 불꽃이 튀었다. 하늘은 캄캄했지만 유쾌한 기운으로 가득했다. 섬 전체가 신기한 마법의 불길로 타오르는 것 같았다.

언덕 아래에 다다랐는데 갑자기 사람들 사이에서 날카로운 목소리로 수군거리는 속삭임이 소용돌이쳤다. 마브는 온몸에 난 털이 곤두서는 것 같았다. 두려움과 기대감으로 뼈까지 떨리는 기분이었다.

'어미 곰인가? 섬에 일찍 왔나?'

미야가 동생을 돌아봤다. 갈색이 도는 미야의 초록색 눈동자가 다람쥐 분장을 한 얼굴에서도 반짝였다.

"곰이야."

미야가 입을 뻥긋거렸다. 마브는 심장이 부르르 떨렸다.

'내 곰인가?'

마브는 잠시 눈을 감고 깜깜한 밤공기에 집중해 봤지만, 흥분한 군중 말고 딱히 느껴지는 것은 없었다.

모두가 초조해하면서도 그저 조용히 발걸음을 서둘러서 횃불을 들고 벌써 언덕 아래 모여 있는 무리한테 합류했다. 인디가 걱정스러운 눈길로 아들을 쳐다보자 리언이 아무 말 없이 손을 뻗어 아내 손을 잡았다. 정적이 군중을 감쌌다. 타닥거리며 불꽃 튀는 소리와 쌕쌕대는 억눌린 숨소리만 들릴 뿐이었다.

그런데 군중 속 어딘가에서 꼬마 아가씨가 외쳤다.

"엄마, 쩌기 고옴. 눈 곰 이다."

군중이 한 몸인 듯 동시에 고개를 돌려 바다로 이어지는 길을 응시했다. 무시무시한 발톱이 돋은 발로 터벅터벅 걷는 존재, 제왕의 위엄이 서린 거대한 놈이 저 멀리로 보였다. 녀석이 주둥이를 내리고 냄새를 맡으며 날카로운 두 눈으로 주위를 두리번거렸다. 은색 사슴뿔을 쓰고 얼굴에 초승달 모양 흉터가 있는 소년이 희미하게 빛나기 시작했다.

곰이었다! 하지만 아름다운 야수가 가까워지자 마브는 녀석이 자기 곰이 아니라는 걸 알아봤다. 마브가 기다리는 어미 곰은 올해 일찍 안 올 모양이었다. 마브가 짧게 숨을 몰아쉬었다. 군중 속에서 마브를 발견한 솔이 살짝 얼굴을 찌푸리며 경기장에서 그랬듯이 엄지를 두 개 다 들었다. 마브 역시 나는 괜찮다는 뜻으로 엄지를 들어 보였다.

마브가 받는 느낌이 무엇인지 확실하지는 않았다. 어미 곰이 돌아오면 아기에 관한 기이한 기억이 더 사실처럼 보였다. 어쩐지 어미 곰은 그날 밤 얼어붙은 강 위에 아기와 새끼 곰이 같이 있는 걸 알았고, 마브가 절대 잊지 못하도록 일부러 그곳에 함께 있었다는 기분이 들었다.

'어차피 난 절대 안 잊어. 흉터가 생겼는걸.'

마브가 반쯤 웃으며 생각했다. 장갑을 벗고 볼에 난 흉터를 맨손가락으로 만졌다.

마브 주변 곰 섬사람들은 섬 이름을 따온 존재한테 아직도 넋을 놓고 있었다. 하지만 곰이 근엄하게 머리를 들고 까만 눈을 빛내며 잡아먹을 듯이 쳐다보자 대번에 얼음 녹듯이 흩어졌다. 주민들은 여러 갈래 언덕길로 접어들어 각자 집으로 향했다. 보고를 받은 북극곰 순찰대가 출동해서 곰을 감시했다. 이제부터 핼러윈 행사는 실내에서 이어질 것이었다. 이웃끼리 사탕을 나누며 잔치를 벌일 터였다.

이내 잭슨 가족 집 부엌이 보글보글 끓는 핫 초콜릿 향과 음악으로 가득 찼다. 서로를 품에 안은 인디와 리언이 부엌에서 춤을 추고 마브와 미야는 친구들과 함께 계단에 모여 앉았다. 솔이 엄마가 집에서 구워 큼직하게 썰어준 사과 파이 조각과 호박씨 케이크를 들고 왔다. 솔은 래 옆에 앉았고 아이들은 음식을 나눠 먹었다.

"확실히 프레이저였어."

솔은 아까 본 곰을 가리켜 말했다.

"어떻게 알아?"

래가 놀리듯 물었다.

"걷는 것만 봐도 알아. 프레이저는 항상 혼자 다니고 곧장 마을로 가서 쓰레기통을 뒤지거든."

솔이 이유를 늘어놨다.

실제로 프레이저는 나이 먹은 골칫거리였다. 마브는 내심 프레이저를 좋아했다. 프레이저도 어쩔 수 없는 것이었다. 그저 생선보다 고기가 좋을 뿐이었다.

"너희가 곰을 어떻게 구분하는지 진짜 모르겠어. 그냥 그놈이 그놈인 것 같은데. 물론 네 곰은 빼고."

미야가 한숨 쉬듯 말하더니 동생을 보며 싱긋 웃었다.

"한 번만 가까이에서 봤으면 좋겠다."

솔이 꿈꾸듯이 말했다.

"뭐래 진짜, 그럼 너도 마브처럼 곰이랑 맞붙어 싸워서 흉터가 생기겠네?"

미야는 뻐기는 것 같았다. 자랑스러워하는 기색이 역력했다.

"누나, 그게 아니……."

마브가 무슨 말을 하려고 했지만 솔이 마브 말을 잘랐다.

"미야 누나 말이 맞아. 마브 너한테 일어난 일은 좀 놀라워. 솔직히 섬을 통틀어 아니, 어쩌면 전 세계 어떤 아이도 진짜 북극곰한테 너만큼 가까이 가 보지는 못했을 거야."

래가 얼굴에서 가면을 올렸다.

"우리 엄마가 그러는데, 그린란드 어느 서커스에 곰이랑 스케이트를 타는 여자애가 있대."

미야가 놀라서 눈이 커다래졌다.

"북극곰이랑?"

래가 고개를 끄덕였다.

"엄마가 직접 본 건 아니지만 할머니 돌보러 집에 갔다가 들었대.

"곰이랑 춤추는 여자애……?"

마브가 천천히 중얼거렸다. 등뼈가 간지러웠다.

"내 꿈이랑 똑같아."

래가 다시 고개를 끄덕였다.

"말도 안 돼!"

솔이 웃어젖혔지만 올빼미 가면 종이 부리 아래로 보이는 래 표정이 사뭇 진지하다는 걸 모두가 알아챘다.

"말이 될 수도 있어. 그 여자애가 끝내주는 동물 조련사나 뭐 그럴 수도 있잖아."

마브는 그럴듯한 설명을 내놓고 싶었다.

래가 고개를 저었다. 래는 산사람들이 그렇듯 외딴곳에서 자연과 더불어 자랐다.

"그런 게 아니야. 우리 아빠는 온갖 야생 동물을 키워봤어. 줄곧 숲에서 살았고. 여자애랑 곰이 같이 자랐다면, 둘은 서로를 특별한 마음으로 아끼는 사이일 거야. 말이 되는 설명은 그것밖에 없어."

래가 차분하게 말했다.

정적이 깔리며 입 밖으로 꺼내지 않은 많은 질문을 덮었다. 래는 문득 자기가 그 무게 아래 놓였다는 걸 깨달았다.

"아니 뭐 내 말은, 그럴 수도 있고 아니면 그 여자애가 억만장자 공주님이라 이국적인 동물 수천 마리를 반려동물로 기르면서 그냥 재미로 가끔 춤을 출 수도 있고……."

밖에서 울리는 경적 소리에 래가 말끝을 흐렸다.

인디가 래 외투를 들고 다가왔다.

"래, 밖에 아빠 오셨어."

모두가 창가로 우르르 몰려가서 우아하게 아빠 트럭에 올라타는 래한테 손을 흔들어 인사했다. 이렇게 폭설이 쏟아지는 날씨에, 그것도 언덕 위로 올라가는 길을 운전해서 갈 사람은 거의 없었다. 하지만 운전 솜씨로 별명까지 얻은 빙판 도로 트럭 운전사 트러커한테는 일도 아니었다.

마브는 래가 밤새도록 집에 같이 있기를 바랐다. 기이한 서커스에 관해서 더 많이 물어보고 곰이랑 춤춘다는 여자애를 더 자세하게 알아내고 싶었다. 그날 밤 모두가 잠들었지만 마브는 자기도 모르게 래가 했던 말을 하나씩 되짚고 있었다.

'여자애랑 곰이 같이 자랐다면, 둘은 서로를 특별한 마음으로 아끼는 사이일 거야.'

마브는 머릿속으로 문장을 곱씹다가 잠이 들었다.

몇 시간 뒤, 마브는 땀에 흠뻑 젖은 채 침대에 앉아 있었다. 이불을 걷어차고 일어나 창가로 가서 강풍이 휩쓸고 간 섬을 내다봤다. 사방이 흰 눈으로 매끈하게 뒤덮인 풍경이 지지 않는 겨울 달빛을 받아 비현실적이고 기묘한 분위기를 풍겼다.

마브는 소용없으리란 걸 알면서도 뿌연 꿈의 파편을 떨쳐보겠다고 머리를 흔들었다. 마브가 자주 꾸는 그 꿈이었다. 소녀와 곰이 나오는 꿈은 아름다웠지만 어쩐지 가슴이 아팠다.

꿈속에서 마브는 늘 길을 잃었다. 얼음장 같은 바다, 또는 어디인지 모를 눈보라 치는 호수에서 스케이트를 타며 여자아이를 찾고 있었다. 소녀가 누구인지 확실했던 적은 한 번도 없지만, 마브는 그저 레이븐 강에서 봤던 아기가 자란 아이라고 막연하게 생각했다.

꿈에서도 이대로 계속 가기에는 너무 춥다고 깨닫는 순간이 늘 있었다. 막 포기하려는데 저 멀리 바람 부는 밤하늘 아래 수평선에서 춤추는 여자아이가 보였다. 폭풍이 잦아들고 여자애도 마브를 봤다. 빙판을 가로지르고 세월을 건너 내리는 눈을 꿰뚫고 마브를 보고 있었다. 이내 소녀가 두 팔을 앞으로 쭉 뻗고 마브를 향해 날아왔다. 마브도 소녀를 향해 자세를 낮추고 질주했다. 발목 통증 따윈 무시했다. 하지만 둘은 절대 만나지 못했다.

가끔 심장을 쥐어뜯는 어미 곰 울음소리에 하늘이 찢어지고 얼음이 두 쪽으로 쪼개져서 마브와 소녀가 멀리 떨어진 얼음판에 따로 갇히기도 했다. 때로는 끝 모를 그림자가 달을 가리고 깊은 어둠이 온 세상에 드리우며 마브를 덮어서 소녀를 시야에서 완전히 놓쳐버렸다. 어떤 때는 장엄하고 우아한 흰 곰이 북극성 아래에서 겅중거리며 나타나는 바람에 소녀가 마브는 깡그리 잊어버린 채 미끄럼을 타고 서둘러 멀어지며 어린 곰한테 가버리기도 했다.

마브가 뿌연 유리창 너머로 밖을 내다봤다. 지금보다 어렸을 때는 공포에 사로잡혀서 한밤중에 깰 때가 많았다. 아기가 아직 강에 있다고 믿기 때문이었다. 그런 밤이면 엄마가 마브 곁에 앉아서 아주 오랫동안 머리를 쓰다듬어 줬다.

"아기가 있었을지도 몰라."

결국 엄마도 인정해 주었다. 섬의 역사를 되짚어 보면 얼음 위에서 아이들을 구한 적이 몇 번 있었다. 그런 아이들 이야기는 전설로 남아 시와 자장가로 불렸다. 썰매 뒤에서 실수로 떨어진 아기, 겨울 추위에서 살아남으려고 안간힘을 쓰다가 죽은 부모의 아기들이었다. '얼음의 딸'에 관한 기묘한 니브키아 동화처럼 선물로 남겨진 아기도 있었다.

인디는 이런 따뜻한 이야기를 아들한테 들려줬다. 미야도 종종 잠에서 깨어 엄마와 마브가 있는 침대로 기어들어 와 아빠가 돌아오는 새벽 네 시까지 이야기를 들었다.

마브는 가족이 자신을 믿어준다고 확신했지만, 그렇다고 영혼 속에서 타오르는 진귀한 푸른색 불꽃 같은 질문에 해답이 되어주지는 않았다.

'아기는 어디로 갔을까?'

여기에 대답할 수 있는 사람은 사실 없었다. 잭슨 가족은 여행 단체가 곰한테서 아기를 구했으리라고 다들 추측했지만, 마브는 알 길이 없었다. 지금까지는 말이다.

이제 마브는 래가 말한 춤추는 소녀와 북극곰이 있다는 서커스를 염두에 두었다. 가슴 속 푸른 불꽃이 좀 더 환하게 피어올랐다.

일주일 뒤, 생일 아침에 마브가 잠에서 깨어보니 하늘은 갈매기 날개처럼 칙칙하고 더 많은 눈을 약속하듯 구름이 잔뜩 끼었다. 해마다 생일이면 어미 곰이 나타날까 기다리는 기대감으로 가슴이 이상하게 울렁대고 두근거렸다. 일주일 내내 기다린 날이 드디어 왔다. 흥분해서 아찔할 지경이었다.

"야, 생일 주인공!"

미야가 문을 쾅쾅 두드리며 외쳤다.

"엄마 아빠가 네 선물로 뭘 준비했는지 상상도 못할걸?"

마브가 벙긋 웃으며 잠옷 바람으로 헐레벌떡 아래층으로 내려왔다.

얇디얇은 남색 종이로 포장해서 조그마한 은색 별들로 장식한 상자였다.

"아들, 이건 좀 다를 거야. 플로리안이 밴쿠버에서 다니는 스케이트 가게가 있는데, 거기에서 사서 보내달라고 플로리안한테 부탁했거든."

리언이 활짝 웃으며 말했다.

마브가 방을 가로질러 가서 아빠를 꼭 끌어안았다. 비용이 엄청나게 들었을 거다. 엄마 볼에도 입을 맞췄다. 아침에 수영하고 온 엄마는 볼이 발그스름했다. 인디는 커피를 홀짝이며 아들을 지켜봤다. 마브는 조심조심 포장지를 풀고 다음 해 분리수거를 위해 엄마한테 포장지를 건네고는 정말 깜짝 놀라서 헉하고 숨을 들이마셨다.

과연 이건 달랐다. 유리처럼 매끄러운 검은색 가죽에 체리 색 붉은 끈, 두껍고 튼튼한 강철 날이 달렸다.

"전사를 위한 전투화야."

아빠가 소리 내어 웃으며 마브 눈까지 내려온 모자를 벗겼다.

마브 심장이 두방망이질 쳤다.

'이거 신고 스케이트 탈 때까지 어떻게 기다리지?'

물론 가죽 신발 안에서 발목이 자유롭게 움직이도록 길을 먼저 들여야 했다. 방열기 위에 올려놓거나 엄마한테 오븐에 잠깐 넣어 달라고 해서 조금 부드럽게 하면 될 터였다. 새 스케이트 신는 느낌만큼 기분 좋은 것도 없었다.

"이건 내 선물. 지금은 보기도 싫겠지만 언젠가는 나한테 고마워할 거야."

미야가 구구절절 늘어놓으며 한눈에 봐도 책으로 보이는 물건을 건넸다.

마브가 주름이 잡히도록 인상을 쓰며 눈을 가늘게 떴다.

"고마워 죽겠네."

마브는 중얼거리며 마지못해 선물을 열었다가 깜짝 놀라서 책을 뚫어지게 들여다봤다. 『얼음의 딸과 전래동화 모음집』이라는 니브키아 전설을 담은 책이었다. 겨울 색을 총동원한 멋진 그림도 실렸다. 마브는 학교 도서관이랑 솔 집에서 이 책을 본 적 있었다. 솔 집에 있는 책은 프랑스어판이었다. 하지만 직접 이 책을 가지리라고는 생각 못 했다. 냉동 보관한 보물을 손에 넣은 기분이었다.

마브는 누나한테 고맙다고 인사한 뒤 책꽂이에 갖다 꽂았다. 언젠가 읽기는 할까 다소 의심스럽기는 했다.

얼어붙은 공기를 몇 번 신나게 들이마시는 사이에 하루가 가버렸다. 마브는 훈련이 끝난 뒤에도 스케이트를 벗지 않았다. 저녁 여섯 시 반이지만 거리는 여전히 차와 트럭으로 복잡했다. 레이븐 강을 따라 스케이트를 타고 집으로 돌아가는 하키 선수 무리가 보였다. 헬멧을 쓰고 방패처럼 횃불을 높이 들어 올린 채 자세를 낮추고 바람을 갈랐다. 오르막길인데도 속도가 거의 시간당 40km에 육박하는 것 같았다.

마브는 집으로 가는 길 내내 끊임없이 좌우를 살피며 눈 덮인 거리를 확인했다. 면도칼처럼 예리한 스케이트 날로 순식간에 한 바퀴를 돌고 총알처럼 뒤로 빠지면서도 풍경을 훑어보며 어미 곰을 찾았다. 그건 마브 곰이었다.

엄마랑 누나가 응접실에서 마브를 기다리고 있었다. 엄마는 핫 초콜릿을 따뜻하게 데워두었고 누나는 별 모양 초에 불을 붙여 놨다. 초가 황금빛으로 은은하게 빛났다. 집 안이 눈과 소나무 향으로 가득했지만 아련하게 비통한 기운도 감돌았다.

생일마다 치르는 기이한 연례행사였다. 마브 목숨을 거의 앗아갔던 존재가 돌아오는 것을 기념하는 의식이었다. 무서워해야 마땅했지만, 두렵지 않았다.

마브가 주렁주렁 얼음을 달고 집으로 들어와 헬멧을 벗고 소파에 앉았다. 팔 년 전에 마브가 잠들었던 소파와는 다른 가죽 소파지만 놓인 장소는 같았다. 엄마와 누나가 마브 양옆에 앉아서 장갑 낀 마브 손을 하나씩 잡았다. 달 모양 흉터가 있는 소년은 그렇게 앉아서 생일 손님을 기다렸다.

째깍째깍 시간이 흘렀지만 잭슨가 사람들은 거의 움직이지 않았다. 아빠도 직장에서 일찍 돌아와 조용히 자리를 함께했다.

눈으로 보기 전에 소리를 먼저 들었다. 상처 입은 동물이 혼을 담아 부드럽고 나직하게 으르르 우는 소리, 예전에 은 탄환에 맞은 어미 곰이었다. 잭슨 가족이 더없이 조심스럽게 창가로 다가갔다. 바깥 거리에 내리던 눈도 그치고 바람도 잠들었다. 거리 한복판, 비바람에 낡은 마브 집 정면에 어미 곰이 있었다. 하현달처럼 털끝 하나 움직이지 않았다.

한 번이라도 북극곰을 가까이에서 볼 만큼 운이 좋으면 알게 되리라. 아무리 강철 심장을 가진 사람이라도 그 아름다움에 눈물 흘릴 수밖에 없다는 것을. 치명적인 능력이 있으면서도 고귀하고 극도로 아름답다. 발톱으로 구름을 깎아 만든 최상위 포식자이지만 마법처럼 사랑스럽다.

인디조차 곰의 위엄에 감동했다. 습격 사건 뒤 곰이 나타난 첫 번째 생일에는 리언이 북극곰 순찰대한테 전화로 알렸다. 순찰대가 완전히 충전

한 전기 충격기를 챙겨 트럭을 타고 와서 곰을 멀리 몰아냈다. 하지만 해를 거듭해도 어미 곰은 꾸준히 레이븐 강 근처 사건이 벌어진 장소로 평온하게 돌아왔다. 마브 가족한테 절대 위협적으로 굴지 않았다. 그저 슬픈 눈으로 마브를 응시했다. 시간이 지나자 가족은 그냥 곰이 오게 두었다.

어미 곰 눈을 들여다보는 마브는 모든 시간을 뛰어넘어 그날 밤을 잘 아는 영혼을 보는 기분이었다. 같은 의문을 품은 그 영혼이 물었다.

"새끼 곰과 여자아이는 어디에 있지?"

마브가 용기를 내서 나직이 말했다.

"엄마, 래 누나가 어떤 서커스 얘기를 해줬어요. 여자애랑 곰이 같이 스케이트를 탄대요."

미야도 옆에서 고개를 끄덕이며 마브 얘기를 뒷받침해줬다. 하지만 마브를 마주 보는 엄마 눈길이 하도 슬퍼 보여서 마브는 입 밖으로 꺼낸 말을 도로 주워 담고 싶은 심정이었다.

"진짜 말도 안 되는 얘기죠?"

흉터를 쓰다듬는 엄마 손길에 마브가 억지로 웃으며 말했다.

"사랑하는 아들, 이미 끝난 얘기야. 그래, 아기가 있었을 거야. 새끼 곰도 있었다고 믿어. 어쩌면 둘 다 저 어딘가에 살아 있을지도 몰라. 단지 우리는 앞으로도 영원히 알 길이 없을 거야."

마브도 같은 생각이라는 듯 고개를 끄덕였다. 하지만 마브 생각은 완전히 달랐다.

'난 알아. 둘은 어딘가에 있어. 내가 알아.'

"내일 중요한 날이잖아. 잠 좀 자둬야지."

아빠 말에 마브는 위층으로 올라가 하키 장비를 벗어서 내일 출발할 역사적 하키 여행 짐에 넣었다. 마브는 플로리안을 볼 때마다 힘이 솟았다. 플로리안이 목말을 태워 줄 만큼 마브가 작을 때, 마브가 팀의 마스코트가 된 이후로 둘은 무척 가깝게 지내왔다.

곰이 나지막한 소리로 오래도록 구슬프게 울었다. 마브는 슬픈 눈길로 어미 곰을 보다가 창문에서 돌아섰다. 심장에 가벼운 통증이 일었다.

곰의 서글픈 울음소리를 들은 것은 마브 만이 아니었다. 그날 밤 불었던 바람은 장난기가 가득했다. 가끔 강풍을 일으켜서 반짝이는 눈을 낚아채고 외로이 길게 우는 흐느낌을 훔쳐서 눈보라 치는 섬 끝자락을 지나고 한때 바다였던 얼음판을 가로질러, 광활한 북쪽 하늘에 떠 있는 별들과 경주하는 허스키가 끄는 썰매로 이동하는 카니발로 실어 갔다.

기장 별빛 흐르는 리허설

프로미스가 화차 우리 안에서 똑바로 앉았다. 거세게 부는 바람에 귀가 납작해지고 깊은 눈이 놀라서 휘둥그레졌다. 뭐가 마음에 안 드는지 컹 하고 콧방귀를 꼈다.

"프로미스, 왜 그래?"

튜즈데이가 프로미스를 달래며 몸을 기울여서 눈처럼 하얀 콧등을 쓰다듬었다. 프로미스가 튜즈데이 손을 핥았지만 눈에는 불안한 빛이 여전했다. 튜즈데이가 프로미스한테 더 바짝 붙어 앉아서 귀를 기울였더니 멀리에서 메아리치는 다른 곰 울음소리가 얼핏 들렸다.

튜즈데이는 밤에 이동하는 것이 좋았다. 카니발 생활에서 공연 다음으로 좋아했다. 개들이 숨을 몰아쉬며 신나게 달리면 화차가 하늘을 나는 기분이 들었다. 별빛 흐르는 밤하늘에서는 달빛이 쏟아져 내렸다.

눈이 내리고 바다가 얼어붙어서 그레타 기분이 훨씬 나아졌다. 지난밤 리허설은 대만족이었다. 튜즈데이는 때로 그레타를 증오했지만, 작은 체구에 밉상인 늙은 여자가 뛰어난 선생이라는 건 인정할 수밖에 없었다.

튜즈데이와 프로미스를 밀어붙여서 결국 얼음 위에서 기적에 가까운 동작을 성공시켰다.

"오늘 밤에는 눈썹달이 떴어."

튜즈데이가 쿡쿡 웃으며 두 팔로 곰을 끌어안았다. 프로미스가 창살 틈으로 코를 밀어 넣고 구슬프게 끙끙댔다. 튜즈데이가 프로미스 시선을 따라가 봤지만, 너무 빠르게 이동하는 터라 눈에 보이는 것은 달뿐이었다.

쥬드가 맨 앞에서 개들을 몰고 있었다. 무시무시한 속도로 눈밭을 가르는 썰매 날에 얼음이 튕기며 불꽃이 튀어서 흔적을 남겼다. 튜즈데이와 프로미스 화차가 늘 끄트머리였다. 카니발 최고 인기 공연 '달 뜨는 화요일과 겨울의 약속' 주인공이 타고 있어서 가장 무겁기 때문이었다.

저 앞에서 "멈춰!" 하고 날카롭게 외치는 소리가 나더니 쥬드가 천천히 속도를 줄였다. 튜즈데이가 고개를 내밀어 얼어붙은 바다 너머를 바라봤다. 얼음은 밤하늘처럼 새카맣고 곳곳이 은색으로 희끗희끗했다. 튜즈데이 오른쪽 저 멀리 얼음 위로 반사된 눈썹달 너머에서 희미하게 깜빡이는 전기 불빛이 보였다.

'저게 뭐지?'

궁금해진 튜즈데이가 어둠 속에서 반짝거리는 불빛을 더 집중해서 쳐다봤다.

"육지인가 봐. 바다 한가운데 있는 커다란 바위 같아. 섬인가?"

십중팔구 그럴 것이었다. 북극에는 작은 섬이나 무리 지어 떠다니는 빙하가 정말 많았다. 튜즈데이가 이렇게 캐나다와 가깝고 사람들이 살 것 같은 섬을 처음 봤을 뿐이었다.

튜즈데이는 썰매가 부드럽게 멈춰 서기를 기다렸다가 주머니에서 열쇠를 꺼내어 우리 문을 열고 비단결 같은 얼음 위로 몰래 내려와서 우리 문을 닫았다.

"여기서 기다려."

튜즈데이가 환히 웃으며 심술 난 표정의 프로미스한테 창살 사이로 입맞춤을 보냈다. 튜즈데이는 눈 장화를 신고 있었지만, 스케이트를 신은 듯 부드럽고 유연하게 미끄럼을 타며 맨 앞 썰매로 가서 쥬드 옆자리로 펄쩍 뛰어올랐다.

장미처럼 빨간 두 뺨이 얼음으로 뒤덮인 쥬드가 눈물을 줄줄 흘리고 있었다.

"저거 섬이야?"

튜즈데이가 엄지장갑 낀 손으로 한 곳을 가리키자 쥬드가 한 손을 눈썹 위에 붙이고 뚫어지게 내다봤다.

"잘 모르겠는데?"

쥬드가 인상을 썼다.

"그래도 공연이 시작되면 알아볼 수는 있을 거야."

튜즈데이가 쥬드를 보고 활짝 웃었다.

북극성은 여름 내내 전심전력을 다 해서 새 공연을 준비했다. '마법 장난감 가게'라는 제목의 새 공연은 오 일 후에 열릴 예정이었다. 카니발은 앞으로 이틀을 더 이동한 뒤 삼 일간 온종일 리허설을 할 참이었다. 바람이 거세고 눈으로 뒤덮인 처칠이라는 도시 앞바다에서 개막 첫날밤을 맞이할 것이었다.

"공연까지 못 기다리겠어!!!"

튜즈데이가 반쯤 쥬드를 안으며 갑자기 외쳤다. 쥬드는 눈앞에서 머리카락을 떼어내며 웃음을 참았다.

유세프가 앞쪽에 있는 썰매 화차에서 뛰어내리더니 토끼 가죽 윗도리 단추를 채우고 크라바트를 바로 잡은 뒤 소품 화차에서 톱과 망치를 들고 왔다. 튜즈데이와 쥬드는 눈알을 굴리며 유세프를 봤다. 유세프는 갖고 온 도구를 톨야 아저씨와 한스, 프랑코한테 넘기고는 자기보다 나이도 많은 사람들이 얼음을 자르고 부숴서 작게 구멍 뚫는 모습을 지켜봤다.

그레타가 늑대 가죽 외투를 입고 나타났다. 놀랄 만큼 행복해 보이는 얼굴이었다.

'그레타도 나만큼 밤에 이동하는 걸 좋아하는구나.'

튜즈데이가 깨달았다.

매서운 바람의 쨍한 기운에 피부가 뜨거워지고 별빛이 또렷할 때면, 튜즈데이는 별을 맛보는 기분마저 들었다. 늑대처럼 길게 우는 허스키 노래가 심장에 와 닿으면 얼음 위에서 사는 생생한 기쁨이 마법처럼 느껴졌다.

곧 불길이 활활 타올랐다. 서배스천과 쥬드가 곡예사 아이 몇몇을 데리고 저녁 준비를 위해 낚시를 했다. 톨야 아저씨는 커다란 냄비에서 보르시치(*러시아식 수프)를 부글부글 끓이고, 자리나는 새빨간 포도주를 졸였다. 톡 쏘는 냄새에 튜즈데이가 뒷걸음질 쳤다.

한스와 프랑코는 불 주변에 깔아놓은 넝마 더미에 앉아서 얼마 전에 직접 만든 생쥐 가족 인형으로 각기 다른 목소리를 연습했다. 루시가 깔깔 웃으며 두 사람 주위를 돌며 춤을 추고 아누슈카는 조용히 루시를 지켜보면서 감자 껍질을 깠다.

튜즈데이는 둘러앉은 무리 바깥을 크게 돌았다. 튜즈데이의 카니발, 튜즈데이의 가족, 튜즈데이 세상의 가장자리를 따라 원을 그리며 걸었다. 닭들이 화차 안에서 나지막이 꼬꼬 울고, 개들은 오랜 질주 뒤 만족감을 만끽하며 앉아서 뼈다귀를 물어뜯느라 정신이 없었다. 튜즈데이가 검은색 갈기를 쓰다듬자 브레세이가 조용히 히힝 울었다.

"튜즈데이, 이리 와서 저녁 먹어."

그레타가 유쾌하게 말했다. 튜즈데이가 고갯짓으로 감사 인사를 하며 한 발 앞으로 내디뎠지만 무언가에 심장이 걸렸다. 튜즈데이를 보며 희미하게 빛나는 한밤중 숲속 같은 눈동자를 느꼈다. 튜즈데이는 고요하고 슬픈 프로미스 얼굴을 가만히 지켜보다가 날아오르는 비둘기처럼 가볍게 얼음 위로 미끄럼을 타고 우리까지 가서 창살 사이로 프로미스 콧등에 입맞춤했다. 보르시치와 포도주 향기가 바람을 타고 날아왔다. 프로미스가 콧구멍을 벌름거렸다.

'프로미스도 배고플 텐데……. 게다가 종일 우리에만 있었어.'

주머니에 든 열쇠가 무겁게만 느껴졌다. 엄지장갑 낀 손바닥에 땀이 흥건하고 심장이 뼈에 부딪힐 듯 세차게 뛰었다. 튜즈데이는 숨을 길게 들이마시고 발가락을 잔뜩 웅크리며 우리 자물쇠를 열었다.

프로미스가 잠깐 어리둥절한 표정을 짓더니 이내 굴러떨어지듯 우리에서 나와 달빛 속에서 고개를 털었다. 튜즈데이가 팔을 뻗어서 떨림 없는 손을 프로미스 뒷덜미에 올렸다.

"따라와."

튜즈데이가 분명하게 지시를 내리고 돌아서서 모닥불을 향해 걷기 시작했다. 곰 그림자가 소녀와 보조를 맞춰 움직였다. 소녀와 곰이 환한 불빛 속으로 모습을 드러내자 '북쪽의 별 카니발'이 침묵에 빠졌다. 밤에 프로미스가 우리 밖으로 나오는 일은 드물었다. 하물며 튜즈데이가 저녁 먹는 자리에 프로미스를 데리고 온 적은 일찍이 한 번도 없었다.

'프로미스도 나만큼 얼음을 느껴봐야 해.'

자기 합리화였다. 사실은 그토록 사랑하는 곰을 우리에 홀로 남겨두는 걸 견디지 못했을 뿐이었다.

아누슈카는 곰이 가까이 오자 잠깐 뻣뻣하게 굳었지만, 루시가 경이로운 표정으로 프로미스를 보자 안도했다. 유세프는 별말 없었지만 불안한지 인상을 잔뜩 썼다. 나머지 북극성 단원들은 응원하듯 부드러운 미소로 튜즈데이를 반갑게 맞았다.

톨야 아저씨가 아무 말 없이 보르시치를 한 그릇이 아니라 두 그릇 퍼서 튜즈데이한테 줬다. 튜즈데이가 막 넝마 더미에 자리를 잡으려는 참이었다.

"아가, 식사 예절을 다 잊었니?"

그레타 목소리는 수정처럼 깨끗하고 맑았다. 하지만 튜즈데이는 그 안에 어린 경고를 감지하고 숨을 멈췄다.

"저녁 먹는 자리에 야수를 데려오면 안 되지."

그레타는 가볍게 소리 내어 웃으며 서슬 퍼런 눈빛으로 튜즈데이를 쏘아봤다. 누구도 입을 열지 않았지만 온 세상이 긴장했다.

"어서 너희들 화차로 돌아가. 애도 참 바보 같기는."

튜즈데이가 꿈쩍도 하지 않자 두 번째 정적이 밀려왔다. 북극성은 이를 악물고 튜즈데이가 자리를 지켜주기를 기꺼이 응원했지만, 튜즈데이가 그렇게 못 하리란 사실을 모두가 알고 있었다.

마침내 주문이 깨지면서 튜즈데이가 일어났다. 상처 받은 마음을 가슴 속에 꼭꼭 숨기고 보르시치 그릇을 외투 안에 슬며시 감추고는 발끝을 동그랗게 모아서 우아하게 돌아섰다.

"프로미스, 가자."

튜즈데이가 살짝 흔들리는 목소리로 말한 뒤 프로미스를 데리고 화차로 돌아갔다.

튜즈데이는 울지 않으려고 입으로 머리카락을 문 채 우리 안으로 들어가서 문을 잠갔다. 그레타가 프로미스를 야수라고 부른 순간이 몸서리치게 싫었다. 튜즈데이는 밤공기를 한껏 들이마시고 프로미스 뒷다리를 작은 털북숭이 탁자 삼아 보르시치 그릇을 올렸다. 그제야 멀리서 반짝이는 전깃불이 다시 눈에 들어왔다. 튜즈데이는 얼어붙은 바다 한가운데로 보이는 수수께끼 같은 섬을 한참 동안 쳐다봤다.

'저런 데서는 누가 살까? 저기까지 뛰어갈 수 있을까? 저곳 나무 아래에는 프로미스가 숨을 데가 있을까?'

튜즈데이가 프로미스한테도 보르시치 그릇을 넘기자 프로미스가 허겁지겁 보르시치를 들이키는 바람에 튜즈데이는 웃음을 터트렸다. 프로미스 주둥이 주변 털이 보라색으로 물들었다.

튜즈데이는 그레타한테서 벗어나기를 남몰래 바랐다. 카니발을 떠나서 프로미스와 야생을 누비며 자유롭게 뛰어다니기를 소망했다. 튜즈데이는 이런 생각을 자주 했다. 하지만 튜즈데이가 먹을 것을 따거나 주울 수 있고, 떨어진 도토리를 깎아 단추를 만들거나 털가죽을 바느질해서 멋진 모자를 만들 수는 있어도 사냥은 못 했다. 그건 프로미스도 마찬가지였다. 튜즈데이는 지도를 읽거나 나침반을 사용하지도 못했다. 그래서 둘은 이곳에 남아 춤추면서 사랑과 얼음과 달빛에 의지해서 살아내고 있었다.

하지만 겨울이 거듭될수록 튜즈데이는 경외심에 가까운 눈빛을 보내는 사람들을 조금씩 의식하기 시작했다. 아름다운 프로미스를 바라보는 시선에 어린 두려움을 느꼈다. 그러자 걱정 근심이 날을 세우고 혈관에서 고동쳤다. 누가 프로미스를 카니발에서 데리고 가버리면, 그래서 동물원에 보내버리기라도 하면 어쩌지? 프로미스 없이 튜즈데이가 살아갈 수 있을까? 십중팔구 아닐 터였다. 혹은 그레타가 프로미스한테 질려버린 나머지 다른 곰이나 다른 배우를 구해오면 무슨 일이 벌어질까.

"그럴 리 없어."

한겨울 밤에 사람들이 따뜻한 집을 놔두고 굳이 밖으로 기어 나와 불가사의한 카니발을 찾아오는 이유가 바로 자기와 프로미스를 보기 위함이라는 걸 튜즈데이는 알았다.

프로미스가 그레타한테 질리면 어쩌지? 불에 달군 끔찍한 쇠꼬챙이를 더 못 버텨내면? 튜즈데이는 생각을 떨쳐버리려고 몸을 꼼지락거렸다. 하지만 생각은 오히려 가시처럼 뾰족해지고 마음은 불안해졌다.

튜즈데이는 보르시치를 크게 한입 들이켜서 온갖 걱정과 함께 삼켜 내렸다. 피곤함이 몰려오자 튜즈데이는 후드를 뒤집어쓰고 프로미스 앞발

사이로 파고들어 잠을 청했다. 달빛 가득하고 변화무쌍한 꿈나라로 도망쳤다.

다음 날 저녁 음침한 겨울 어둠 속, 지도에도 나오지 않는 처칠 해안가 근처에 도착한 '북쪽의 별 카니발'이 곧바로 최종 드레스 리허설을 위해 무대를 세우기 시작했다. 튜즈데이는 프로미스가 꿈틀거리며 무대 의상을 입도록 도우면서도 경이로운 눈길로 조용히 무대를 지켜봤다.

얼어붙은 바다 위에 스케이트 무대를 만들고 표면을 검게 칠했다. 작은 발전기로 불을 밝힌 커다란 기름 전등이 타오르며 무대를 환히 밝혔다.

단원들이 '마법 장난감 가게' 초반 장면을 위해 무대를 꾸몄다. 한스와 프랑코가 장난감 상자 모형들을 무대 한복판에 신중하게 배열한 뒤, 튜즈데이와 프로미스를 본 따 만든 작고 예쁜 인형을 상자 위에 균형을 잘 잡아서 앉혔다.

곡예사 가족은 이미 '숲속의 정령'처럼 짙은 색 멋진 스카프로 치장했다. 자리나는 눈부시게 선명한 분홍색 집시 치마(*치마폭이 넓고 헐렁하며 주름 장식이 여러 겹으로 달린 화려한 긴 치마. 집시들이 즐겨 입는다)와 청록색 터번 차림으로 빙글빙글 돌고 있었다. 터번 위에는 수정 구슬까지 올려놨다. 하지만 그 무엇도 튜즈데이가 입은 무대 의상을 따라가지 못했다.

튜즈데이는 아직도 그저 버드나무처럼 가녀린 여자아이지만 유독 키가 컸다. 어떤 어른하고는 눈높이가 같기도 했다. 게다가 자기를 굽어볼 만큼 거대한 곰한테 지시 내리는 데 익숙해서인지 여왕 같은 기품이 있었다. 그렇기에 누가 어떤 식으로 튜즈데이를 보든, 튜즈데이는 단번에 상대 마음을 사로잡았다. 길들지 않는 머릿결과 호기심 가득한 눈동자, 시간의 흐름에서 벗어난 것 같은 소녀였다. 소녀한테는 배워서 될 게 아닌 힘과 용기가 깃들었다.

이번 공연을 위해 튜즈데이는 오르골에 들어 있는 발레리나 인형처럼 분장했다. 백조 깃털 치마와 은사로 짠 블라우스를 입고 작은 북극여우털 망토를 걸쳤다. 자리나가 튜즈데이 머리에 정향유를 흠뻑 바르고 두 시간이나 열심히 빗질해서 곱슬머리를 펴고는 가닥가닥 스팽글을 끼워 넣어 땋았다. 스팽글이 빛을 반사해서 눈송이로 만든 왕관처럼 반짝였다. 하지만 의상 중에서도 어린 튜즈데이 영혼이 함성을 지르고 단번에 관객이 숨을 죽일 만큼 장엄하고 아름다운 것은 단연코 스케이트였다.

어디에서 보느냐에 따라 눈부시게 환한 흰색에서 부드러운 라일락색까지 다채롭게 색이 바뀌는 가죽으로 러시아에서 주문 제작한 스케이트였다. 겉에서 봐서는 유리를 깎아 만든 것 같았다.

"자, 자, 오 분 전!"

유세프가 목청을 높이며 청바지에 점퍼, 남색 베레모 말고는 입은 것도 거의 없으면서 보란 듯이 무대를 활보했다. 튜즈데이는 고개를 좌우로 저어서 망토에 달린 후드가 괜찮은지 확인했다. 곰 인형처럼 차려입은 프로미스가 옆에 있었다. 은사와 금사로 짠 조끼를 입고 자그마한 검은색 실크 신사용 모자를 쓰고 꽤 멋진 검은색 가죽 오픈 토(*발가락 부분이 트인 구두나 샌들) 스케이트를 신었다.

"신데렐라 구두는 신었니?"

그레타는 최종 리허설 때 자주 그러듯이 걱정 가득한 눈빛으로 미소를 지었다. 튜즈데이 의상을 하나하나 확인하며 억세게 단추를 모조리 풀었다가 다시 여몄다. 치마도 꽉 조여 매고 머리에도 거칠게 손을 댔다.

"네."

튜즈데이는 별빛 아래에서 펼칠 리허설 생각으로 완전히 흥분한 터라 아무리 그레타라도 튜즈데이 기분을 망치지 못했다.

"이 스케이트 진짜 마음에 들어요. 그레타 이모, 정말 감사합니다."

그레타가 튜즈데이 눈을 똑바로 바라보더니 뜻밖에도 부드러운 목소리로 말했다.

"그 정도로 뭘. 아가, 우린 널 신데렐라라고 부르곤 했어. 얼음 위에서 발견했을 때 신발을 한쪽만 신고 있었거든."

튜즈데이 심장에 살짝 금이 갔다.

"프로미스가 절 발견했을 때 말씀하시는 거죠?"

그레타 얼굴이 딱딱하게 굳었다.

"그래! 내 말이 그 말이잖니. 얘도 바보 같긴."

튜즈데이는 세상이 조금 더 어두워진 기분이었다. 눈길을 내렸다가 억지웃음을 지으며 겨우 고개를 들었다. 어차피 상관없었다. 그레타가 튜즈데이를 키웠을지는 몰라도 가족은 아니었다. 가족은 프로미스였다.

"일 분 전!."

징징거리는 유세프 목소리가 들렸다. 그레타가 자리나 의상을 봐주러 팽하니 가버리자 쥬드가 진지한 표정이지만 다정하게 웃으며 성큼성큼 튜즈데이한테 왔다.

"준비됐어?"

"응."

튜즈데이가 대답하자 쥬드가 큼지막한 나무 궤짝을 열었다. 여느 소품들처럼 궤짝에도 썰매 날이 달렸다. 튜즈데이가 프로미스를 향해 돌아섰다.

"프로미스, 들어가."

프로미스가 반항하듯 으르르 울면서 눈으로 하얗게 덮인 얼음 위에 털퍼덕 주저앉았다. 거대한 털북숭이 눈 천사가 단단히 화났다.

"아이고, 산에 계신 정령님, 그레타가 못 보게 해주세요."

쥬드가 중얼거리며 튜즈데이가 프로미스를 어르고 달래서 다시 일으켜 세우도록 도와줬다.

"프로미스가 의상을 또 망가뜨리면 그레타가 산 채로 가죽을 벗길 거야."

"프로미스, 제발."

튜즈데이가 애원했지만 프로미스는 어슬렁거리며 뚜껑이 열린 궤짝에서 멀어졌다. 그러더니 엉덩이로 주저앉아 코가 빠진 표정으로 튜즈데이를 쳐다보는 바람에 튜즈데이는 고개를 돌리고 터져 나오는 웃음을 간신히 참았다.

"프로미스, 이제 가자. 그렇게까지 최악은 아니야. 나도 너랑 같이 들어갈 거야."

튜즈데이가 빙긋 웃었다. 프로미스가 고개를 떨구고 눈을 감았다. 튜즈데이가 프로미스와 이마를 맞대고 조용히 속삭였다.

"넌 내 전부야."

쥬드가 주머니에서 꺼낸 딱딱한 빵 껍질 조각을 나무 궤짝 안으로 휙 던져 넣었다.

프로미스가 코를 킁킁거리며 느긋하게 궤짝으로 가서 뒷발로 서더니 힘 하나 안 들이고 고양이처럼 민첩하게 안으로 들어가 버렸다. 쥬드는 깜짝 놀라서 눈만 껌뻑였다.

"저렇게 움직일 수 있는지 몰랐어."

튜즈데이가 활짝 웃었다.

"프로미스는 놀라움 덩어리거든."

쥬드가 걱정스러운 눈빛으로 깊숙한 궤짝 안을 들여다보며 물었다.

"너희 둘이 있기에 좁지 않을까?"

"괜찮아, 바짝 붙어 있으면 돼."

튜즈데이는 쥬드를 안심시키고 조심스럽게 궤짝 안으로 들어가서 프로미스 머리 위에 웅크리고 앉았다. 커다랗고 하얀 케이크 위에 작고 새빨간 체리를 올린 형상이었다.

"시작! 이게 시작 신호다."

유세프가 새된 소리를 질렀다.

"얼른 뚜껑 닫아."

튜즈데이가 재촉했다.

쥬드는 얼굴을 찡그리며 입술을 삐죽 내밀면서도 튜즈데이 말 대로 했다. 달칵하고 뚜껑이 부드럽게 닫히는 소리도 확인했다.

톨야 아저씨와 몇몇 곡예사가 쥬드와 함께 궤짝을 밀어서 무대 위 자리에 갖다 놓았다. 쥬드가 궤짝 옆에 쭈그리고 앉아서 검은색 나무판을 짧게 똑똑 두드렸다. 그러자 안에서도 딱딱 두드리는 소리가 어렴풋이 들렸다.

"무대 옆에 있을 테니까 조금이라도 문제 생기면 나무판을 두드려."

안에서 딱딱 두드리는 소리가 다시 한 번 가볍게 울렸다.

이제 최종 리허설 시작이었다!

좁은 공간에 꽉 낀 튜즈데이한테 톨야 아저씨가 연주하는 경쾌한 아코디언 소리가 들렸다. 궤짝 안은 공기조차 희박하고 세상은 온통 짙은 어둠과 프로미스 심장 뛰는 소리뿐이었다. 튜즈데이는 초조한 마음을 진정시키려고 머릿속으로 연기 순서를 훑어봤다. 밖에서 까만 얼음 위를 다그닥다그닥 달리는 브레세이 말발굽 소리가 들렸다.

이내 음악이 한스와 프랑코의 코미디 인형극을 위해 신나고 짧게 끊어지는 곡조로 바뀌었다.

프로미스가 투덜거리듯 낮게 그르릉 울고 튜즈데이 한쪽 다리 감각이 사라지기 시작했다.

"프로미스, 오래 걸리지 않을 거야."

튜즈데이는 거짓말로나마 프로미스를 달랬다.

'밖이 보이게 구멍이라도 뚫어 달라고 할걸.'

튜즈데이는 현기증으로 정신이 아득해지면서도 생각했다. 다시 음악이 바뀌며 자리나가 장난감 가게로 들어와 영혼을 소환하기 시작하자 격렬하게 휘몰아치는 아이스발레 곡예가 시작되었다.

프로미스가 화난 듯이 몸을 꿈틀거리기 시작했다. 곰이 앞뒤로 몸을 흔들어대자 상자가 좌우로 밀렸다.

"가만히 있어."

튜즈데이가 으깨질 만큼 한쪽으로 밀리면서도 명령했다. 하지만 불안해진 프로미스가 울부짖는 소리에 튜즈데이는 심장이 멎을 것만 같았다.

'불쌍한 프로미스, 겁을 잔뜩 먹었어.'

절박하게 버둥거리는 프로미스 한쪽 스케이트 날에 튜즈데이 치마가 찢어지고 다리가 베였다. 튜즈데이는 두 주먹으로 상자를 마구 두드리며 쥬드를 찾았다. 하지만 음악이 너무 시끄러워서 쥬드는 튜즈데이가 부르는 소리를 듣지 못했다.

튜즈데이는 올라오는 구역질을 참으며 등을 대고 몸을 거꾸로 세워서 있는 힘껏 상자 뚜껑을 발로 걷어찼다. 고리가 팽팽해지면서 끼익 소리가 났지만 뚜껑은 꿈쩍도 하지 않았다. 프로미스가 도리깨질하듯 사지를 휘두르자 발톱이 튜즈데이 뺨을 스치고 지나갔다. 튜즈데이는 얼굴을 감싸서 눈을 보호하고 필사적으로 뚜껑에 발길질을 해댔다. 바깥 무대에서 사람들이 허둥대며 움직이는지 부산스러운 느낌이 일었다.

"꺼내줘요!"

튜즈데이가 악을 썼다. 눈물을 삼키며 상자에 주먹질을 해댔다.

벌컥 뚜껑이 열리고 놀란 서배스천이 튜즈데이를 번쩍 들어서 상자 밖으로 꺼냈다. 튜즈데이는 고마움에 와락 울음을 터트리며 서배스천 품으로 파고들었다.

"맙소사, 이게 다 무슨 일이야."

서배스천이 중얼거리며 튜즈데이를 품에 꽉 안았다. 튜즈데이는 얼굴이 죄다 긁혀서 피로 벌겋게 물들었고 백조 깃털 치마도 갈가리 찢어졌다. 정강이를 가로질러 두 줄로 깊게 베인 상처에서 난 피가 다리 위로 줄줄 흐르고 있었다.

상자 한쪽 면이 빠개지면서 서배스찬과 튜즈데이가 거의 나동그라졌다. 분노가 극에 달한 프로미스가 상자를 박차고 나오더니 뒷발에 신은 아름다운 스케이트가 벗겨질 때까지 뒷다리를 미친 듯이 흔들어댔다. 프로미스는 온몸을 쭉 펴고 똑바로 서서 스케이트장을 쿵쿵거리며 돌아다니다가 유세프와 그레타 쪽으로 가기 시작했다. 튜즈데이는 기를 써서 서배스찬 팔을 떨치고 일어났다.

"프로미스, 멈춰!"

튜즈데이가 명령했다. 또랑또랑한 목소리는 흔들림 없이 차분했다. 프로미스가 얼음을 가가각 긁으면서 검은색 얼음 무대 한복판에 멈춰 섰다. 튜즈데이 목소리로 시간에 갇힌 듯 프로미스가 조각상처럼 굳어 버리자 카니발도 숨을 죽였다. 프로미스가 달을 향해 주둥이를 쳐들고 우렁차게 포효했다. 온 세상이 진동했다.

북쪽의 별 카니발 단원 모두가 움찔했다. 루시가 울음을 터트렸다. 자리나가 앞으로 뛰어나가 튜즈데이 어깨에 한 손을 가만히 올렸다. 쥬드도 스케이트를 타고 튜즈데이 옆으로 왔다. 하지만 튜즈데이한테 두 사람은 거의 눈에 들어오지도 않았다. 모든 신경과 기운과 영혼을 끌어 모아 흥분해서 제정신이 아닌 아름다운 곰한테 집중했다.

튜즈데이가 스케이트로 프로미스한테 가려다가 다리 상처가 너무 고통스러워서 얼음 위에 넘어지고 말았다. 튜즈데이는 망가진 작은 인형이었다. 눈앞에서 무수한 별이 아른거리는 사이 자리나가 와서 머리를 받쳐주었다. 쥬드가 프로미스 쪽으로 신중하게 다가갔지만 손을 대지는 않았다.

"다리 상처를 꿰매야 해요."

자리나가 울먹였다.

그레타가 번개처럼 무대를 가로질러 오더니 이글거리는 눈빛으로 튜즈데이를 잡아먹을 듯이 노려봤다. 하지만 곧 무릎을 꿇고 앉아 조용히 말했다.

"튜즈데이, 자리나가 다리 상처를 꿰매줄 거야. 너만 가만히 있으면 자리나도 아주 훌륭히 꿰맬 수 있……."

"아니요. 저는 재봉사지 간호사가 아니에요. 튜즈데이는 병원에 가야 해요."

자리나가 흠칫 놀라며 그레타 말을 잘랐다.

"무슨 말도 안 되는 소리를."

그레타는 가볍게 웃으며 경쾌하게 말했다. 하지만 얼굴에 그늘이 지는 느낌에 고개를 들어보니 아누슈카가 납빛이 된 얼굴로 내려다보고 있었다.

"지금 당장 아이를 병원에 데리고 가지 않으면 나와 우리 가족은 오늘 밤 걸어서라도 이곳을 떠날 겁니다. 무슨 수를 써도 절대 하루 만에 곡예단을 새로 구하지는 못할 거예요."

그레타가 앙다문 입술 사이로 짧게 숨을 들이마시더니 이를 갈며 말했다.

"튜즈데이가 여기 없으면 누가 곰을 다루지?"

"제가 먹이를 주고 우리에 넣을게요."

쥬드가 나섰다.

그레타가 거슬린다는 듯 사납게 씩씩댔다.

"좋아. 그렇게까지 리허설 시간을 허비하고 싶다면야. 그건 다 네 책임이다. 무슨 일이 있어도 우린 내일 밤 공연을 시작할 테니까."

튜즈데이는 몸이 둥실 떠올라 조심스럽게 썰매에 놓이는 느낌이 들었다. 개들이 숨이 넘어가도록 질주하기 시작한 줄도 몰랐다. 하늘에서 떨어지는 눈송이의 입맞춤과 뼈가 당기는 이상한 느낌뿐이었다. 프로미스와 너무 멀리 떨어지면 늘 이상하게 뼈가 당겼다. 하늘 저 높은 곳에서는 작은 비행기 한 대가 불빛을 깜빡거리며 서서히 고도를 낮췄다.

8장 야간 비행

마브는 경비행기 창밖으로 짙은 눈발이 휘날리는 밤하늘을 내려다봤다. 북풍에 별들이 흩어지고 구름이 갈라지자 창백한 달빛이 얼음에 비추어 눈부시게 반짝였다. 마브가 모자챙을 위로 올리고 눈을 가늘게 떴다.

"야, 저기 좀 봐. 저거 썰매야?"

마브가 팔꿈치로 솔을 깨우며 말했다. 하지만 솔이 창밖을 내다봤을 때쯤엔 밤의 어둠 속으로 밀려온 구름이 시야를 가린 뒤였다.

비행기가 생각보다 작고 기상 상태는 아주 안 좋아서 마브는 종이비행기 날개 위에 올라탄 기분이었다. 비행기 안은 마브 팀과 여자 청소년 팀, 거기에 양쪽 팀 장비로 천장까지 꽉 들어찼다.

어쩌다 한 번씩 비행기가 난데없이 위로 쑥 솟구쳤다가 곤두박질치면 그때마다 아이들 몇몇이 목이 터져라 소리를 지르며 미친 듯이 웃어댔다. 마브 아빠 리언은 코치와 앞좌석에 앉은 덕분에 다른 자리 보다 흔들림이 덜했다. 잠시 후 코치가 자리에서 일어나 한결같이 침착한 목소리로 말했다.

"십오 분 뒤 착륙이다."

목소리에 언뜻 웃음기가 깃든 것도 같았다. 고요한 기대감이 작은 비행기 안을 휩쓸었다. 코치는 그런 사람이었다. 코치가 행복할 때면 분위기만으로도 사람을 파도 타기하듯 띄울 수 있었다.

"앞으로 열흘간은 고된 훈련의 연속일 거다. 승자처럼 스케이트를 타고 곰처럼 싸우면서 기적을 일으켜야 한다."

마브와 솔이 주먹을 맞부딪쳤다. 벅찬 기쁨에 심장이 두근거렸다.

"하지만 무엇보다 서로를 챙겨라. 우리는 팀 그 이상이다. 가족이다. 그러니 똘똘 뭉쳐라. 어느 팀이라도 스타 선수 한둘쯤은 있기 마련이지만, 난 얼음판 위에서 우리 팀 여섯 선수 모두가 변함없이 반짝이는 모습을 보고 싶다. 벤치에 앉았을 때는 별가루를 아껴라. 하지만 스케이트 날이 얼음에 닿는 순간, 아낌없이 빛을 발해라."

비행기 안 아이들이 일제히 함성을 질렀다.

"얼음판을 벗어나서도 행동거지를 바르게 해야 한다. 안 그러면 여기 잭슨 씨가 그길로 집으로 보내버릴 거다."

마브는 얼굴이 화끈 달아올랐다. 솔이 놀리듯이 마브를 슬쩍 밀었다.

"그러엄, 잭슨 씨 화나게 하면 안 되지. 얼마나 무서운데."

세상에 둘도 없는 거짓말이었다. 아이들도 알았다. 리언은 섬에서 제일가는 순둥이 아저씨였다.

비행기가 훅 내려와 요란한 소리를 내며 눈 덮인 활주로에서 미끄럼을 탔다. 코치는 진땀을 흘렸고 두 아이가 구역질을 해댔다. 두 아이 중 하나는 코비였다. 금세 매릴리 의사 선생님이 나서자 모두가 안심했다. 매릴리 선생님은 코치 부탁으로 섬 진료소를 딸한테 맡기고 팀에 합류했다.

비행기에서 쏟아져 나온 두 팀 선수들이 펄펄 내리는 눈을 맞으며 장비 가방을 드르륵드르륵 끌고 가는데, 마브는 낑낑 우는 썰매 개 소리가 들린 것 같았다. 시선을 돌리고 썰매를 다시 떠올리며 눈보라 속을 응시했지만 추적추적 내리는 진눈깨비가 시야를 가렸다.

친절하게도 상대 팀 코치가 마중 나왔다. 이름은 로이였고 체격이 다부졌다. 코치가 몰고 온 차는 밝은 노란색 평범한 스쿨버스였지만 대형 트랙터 바퀴를 달아서 지면 위로 한참 띄워 놨다.

"우와, 곰 버스다!"

솔이 아이들과 우르르 차에 오르면서 외쳤다. 처칠은 겨울 동안 곰들과 길을 함께 쓰는 몇 안 되는 지역 중 하나였다. 주민들은 거대한 바퀴를 달아 차체를 올린 기발한 버스처럼 곰을 주의하면서도 안전하게 지낼 여러 가지 재치 있는 방법을 고안해냈다.

"처칠에 잘 오셨습니다. 빙상에서 맞붙게 되어 영광입니다."

로이가 코치와 악수했다.

마브와 솔, 그리고 다른 몇몇 아이들이 버스 뒤쪽에 몰려 앉았다. 리언도 그 사이에 끼어 앉았다. 리언이 앞쪽에서 얘기를 나누는 두 코치 쪽으로 고개를 쭉 빼며 말했다.

"아시겠지만 모든 팀이 다 이런 걸 하지는 않습니다."

아이들은 리언이 하는 말이 무슨 뜻인지 도대체 모르겠다는 듯 인상을 썼다.

"우리 코치님이 하키를 위해서 했던 일은 대단히 유명해서 다들 존경하죠.”

마브와 솔이 리언을 멍하게 쳐다봤다.

“무슨 말씀을 하시는 거예요?”

결국 솔이 물었다.

리언이 하하 웃으며 장난스럽게 솔 모자를 푹 눌러서 눈을 덮어 버렸다.

“코치는 하키를 모두가 즐기는 스포츠로 만들었지. 일 세대 흑인 아이스하키 선수 중 하나였고 몇 안 되는 흑인 코치 중 한 분이야. 더 많은 아이들한테 경기 기회를 주려고 평생 빙상 밖에서도 경기에 임하듯이 애쓰며 싸웠어.”

버스 앞쪽에서 전화가 울렸다. 마브는 통화하는 로이 코치 목소리에서 걱정하는 기색을 감지했다.

“아이라고요? 아니, 안 돼요. 지금 진료소 선생님이 자리를 비운 상태라서요. 간호사분들한테 연락은 해보겠습니다만⋯⋯.”

마브는 상대 팀 선수가 다친 건 아닐까 생각했다.

“어린 여자애가 어쩌다⋯⋯. 많이 다쳤습니까? 다른 팀 의사한테라도 여쭤볼까요? 네, 그럼 다시 전화하겠습니다.”

로이 코치가 급하게 버스 통로로 와서 목소리를 낮추고 매릴리 선생님한테 말했다.

“어떤 여자애가 스케이트를 타다가 사고를 당했답니다. 지혈은 했지만 몇 바늘 꿰매야 할 것 같다는데요.”

매릴리 선생님이 고개를 끄덕였다.

“위급하면 한 시간 안에 가서 볼 수 있어요. 아니면 내일 해 뜨자마자 하

키장으로 오라고 하세요."

로이 코치가 고개를 끄덕이고는 당장 전화를 걸었다.

곧 작은 버스가 호텔 앞에 정차했다. 호텔은 아늑해 보였다. 모두 강풍이 몰아치는 밤거리로 내렸다. 마브와 솔 머릿속은 온통 하키, 하키, 하키 생각뿐이었다.

다음날 마브는 일찍 일어났다. 들떠서 심장이 두근거렸다. 허겁지겁 아침을 먹어 치운 뒤 아빠와 솔과 함께 얼어붙은 거리로 나섰다. 밖에 나가자마자 내쉬는 숨이 얼어서 뿌연 김이 되었다. 장화 신은 발밑에서 두껍게 쌓인 눈이 밟히며 뽀드득뽀드득 소리를 냈다. 마브는 영혼이 충만해지는 기분이었다. 앞으로 영원히 팀의 일원, 가족이자 무리의 일원으로서 하키를 할 수 있기만을 바라고 또 바랐다.

아침 아홉 시밖에 안 되었는데 처칠 거리에는 벌써 활기가 넘쳤다. 북극곰 관찰에 나서는 관광객들이 커피를 사고 있었다. 주민들이 해가 떠서 안전한 낮 동안 최대한 야외활동을 즐기려고 하는 건 곰 섬이랑 상당히 비슷했다.

툰드라와 거의 맞닿은 처칠은 새하얀 겨울 숲으로 둘러싸인 마을이었다. 마브는 캐나다 영토가 얼마나 거대하고 마브가 사는 곰 섬은 또 얼마나 작은지 생각할 때마다 숨이 거의 멎을 것만 같았다.

마브 일행은 코치, 매릴리 선생님보다 몇 걸음 늦게 하키장에 도착했다. 마브가 열린 문을 잡아주는 매릴리 선생님한테 따뜻하게 웃어 보였다. 달 모양 흉터를 따라 입 한쪽 끝이 살짝 들렸다.

"잭슨, 쿠퍼, 간밤에 잘 쉬었나?"

코치가 인사했다. 이미 경기 생각으로 상기된 표정이었다.

솔이 엄마한테 전화하러 탈의실로 사라지고 리언도 커피를 마시러 가자 코치는 슬리퍼를 신은 채 얼음판에 들어가서 얼음 질을 확인하기 시작했다. 마브는 자리에 앉아서 상쾌하고 차가운 공기를 들이마시며 경기에서 승리를 거두는 영광스러운 순간을 상상했다. 승리의 기쁨만으로도 벅차올라서 비행기 없이 하늘을 날아 위니펙까지 갈 수 있을 것 같았다.

누군가 황급히 문을 쾅쾅 두드렸다. 마브가 힐끗 어깨 너머로 돌아보니 이상한 형상이 밖에서 기웃거리고 있었다.

"그냥 문을 미세요."

마브가 알려주었는데도 여자는 마브 말을 따르지 않고 문만 더 급하게 두드렸다.

마브가 느릿느릿 일어나서 어깨를 축 늘어뜨리고 문으로 다가가는데 매릴리 선생님이 마브 옆으로 휙 지나가며 상냥하게 말했다.

"마블, 괜찮아. 나를 찾아온 사람들일 거야."

마브가 문을 여는 매릴리 선생님 뒤로 물러서자 눈에 확 띄는 털가죽 외투를 입은 할머니가 바람처럼 들어왔다.

부스스한 잿빛 머리에 눈이 어찌나 투명한지 얼음처럼 창백하다 못해 죽은 사람 같았다. 하지만 할머니는 전반적으로 부드러운 표정을 지으며 매릴리 선생님한테 인사를 건넸다.

"그쪽이 의사 선생님이신가요?"

다소 찢어지는 목소리였고 말투만 들어서는 어느 지역에서 왔는지 짐작하기 어려웠다. 마브는 할머니 때문에 불안해져서 자기도 모르게 움츠

러들었다.

매릴리 선생님이 예의 바르게 고개를 끄덕였다.

"잘 됐군요. 제 손녀 좀 봐주세요. 새 스케이트를 타다가 바보같이 자기 다리를 거의 다 썰어놨다니까요."

할머니가 낮게 웃으며 옆으로 비켜서면서 뒤에 선 어린 여자아이를 앞으로 보냈다.

마브는 깜짝 놀라서 야구 모자를 위로 휙 올렸다. 여자애 치마는 가장자리가 다 뜯어진 데다가 붉게 물들었고 다리에 대충 얼음주머니를 대고 붕대로 아무렇게나 동여매 놨다. 여자애는 눈부시게 하얀 털 스톨(*어깨에 걸치는 여성용 긴 숄이나 사제가 어깨에 두르는 천)을 걸치고 긴 새틴 장갑을 꼈다. 추운 밖에서 들어오는 여자애 피부는 짙은 갈색이었고 여기저기 은색 흉터가 보였다.

여자아이 검은 곱슬머리가 망토 후드 밖으로 빠져나와 물결치듯 흘러내렸고, 머리보다 더 까만 두 눈동자가 날카롭게 빛나며 마브를 정면으로 응시했다. 일순, 마브는 심장이 목구멍 밖으로 튀어나오는 줄 알았다.

'얘는 누구지?'

매릴리 선생님 표정을 보니 선생님도 마브와 다름없이 혼란스러운 기색이었다.

'크리스마스 퍼레이드나 뭐 그런 공연단 사람들인가?'

마브가 생각했다.

매릴리 선생님이 겨우 미소를 띠며 여자아이와 늑대 가죽을 걸친 할머니한테 따라오라고 했다.

하지만 다친 여자아이가 걷지는 않고 입을 딱 벌린 채 마브만 뚫어지게 쳐다봤다. 마브는 혹시 얼굴에 선명히 보이는 흉터에 여자애가 놀란 건 아닐까 괜히 신경 쓰여서 얼굴을 붉히며 모자를 내려썼다. 하지만 여자아이는 눈길을 돌리지 않았다. 오히려 비틀거리면서 마브 쪽으로 다가왔다. 아플 게 뻔한데도 절대 넘어지지 않겠다는 의지가 뚜렷했다. 그 순간 마브는 여자아이가 진짜 타고난 스케이트꾼이라는 사실을 알아챘다. 저렇게 날이 얇은 스케이트를 신고 얼음이 아닌 곳에서 뒤뚱거리지 않는다는 건, 그것도 다친 몸으로, 균형 감각이 흠잡을 데 없이 완벽하다는 의미였다.

여자아이가 의문에 휩싸인 듯 인상을 쓰면서 고개를 한쪽으로 기울이고 마브를 보며 물었다.

"한가을 보름달이 널 황금색으로 칠한 거야?"

마브 평생 처음 들어보는 희한한 질문이었다. 마브는 여자애가 보기보다 훨씬 어린 게 분명하다고 짐작했다.

하지만 여자아이 표정이 어찌나 진지하고 기대에 차 보이는지 이상하게 마브는 그렇다고 대답하고 싶었다. 여자아이 질문을 못 알아들은 게 문제였다. 그래서 마브는 그저 어색하게 어깨만 가볍게 으쓱했다.

"한가을 보름달이……."

마브가 막 입을 떼려는데 늑대 가죽옷을 입은 할머니가 끼어들었다.

"튜즈데이, 바보처럼 굴지 마! 얘가 지금 정신이 좀 없는 것 같구나."

할머니가 한 손으로 아이 어깨를 단단히 잡더니 자기 쪽으로 끌어당겼다.

'튜즈데이…….'

마브 심장 어딘가에서 자그마한 은빛 기억 한 조각이 깨어났다.

마브는 몹시 혼란스러워져서 두 사람 뒷모습을 쳐다봤다. 작은 의무실 입구가 닫히고 동료들이 쏟아져 나와 옆을 스쳐 가기 시작했다. 마브는 머릿속에서 팽팽 돌아가는 생각을 정리해 봤다. 여자아이는 몇 살이지? 스케이트를 신은 키는 거의 마브만큼 컸지만 얼굴이나 하는 짓을 보면 아무래도 한참 어린 것 같았다.

하키장 안은 다른 선수와 부모들로 들어차서 시끌벅적했다. 하지만 마브는 의무실 문 너머로 두 귀를 곤두세운 채 다른 쪽은 쳐다보지도 않았다.

마브는 자기도 모르게 하키 장비를 내려놓고 스케이트도 벤치 아래에 집어넣고는 의무실로 가서 조심스럽게 문을 두드렸다. 무슨 말을 하려고?

매릴리 선생님이 문을 반쯤 열자 여자애가 보였다. 의무실 침대에 의연하게 앉은 여자아이는 아무것도 자기를 해치지 못한다는 표정이었다.

"솔이 깁스가 필요하대요."

마브가 선생님 눈도 제대로 쳐다보지 못하고 중얼거렸다. 더 그럴듯한 핑계가 떠오르지 않았다.

"아, 그래? 잠깐만."

매릴리 선생님은 막 문을 닫으려다가 생각이 바뀌었는지 마브한테 들어오라는 듯 뒤로 반걸음 물러섰다.

"아니다, 마블, 그냥 들어와서 구급상자에서 가져갈래?"

그러더니 여자아이한테로 돌아가 피 난 다리를 치료하며 부드럽게 말했다.

"이 학생은 마브라고 해. 우리 팀에서 최고 선수 중 하나란다. 애도 봉합이랑 흉터라면 모르는 게 없어. 옛날에 곰이랑 마주친 적이 있거든. 그래서 우리는 애를 마브라고 불러."

마브는 고개를 푹 숙인 채 어설프게 구급상자를 뒤졌다. 늑대 가죽옷을 입은 할머니는 마브를 보고 웃었지만 표독해 보이는 눈빛에 마브는 움찔했다.

"곰한테 어떻게 했는데?"

여자아이가 못 믿겠다는 눈길로 마브를 보며 물었다. 마브는 초조함이 밀려왔다.

"별로, 난 그냥……."

"어두워졌는데 밖에 나갔어. 그것도 혼자. 아주 어렸을 때."

매릴리 선생님이 나섰다.

"얼음 벌판으로 나갔다고?"

새카만 여자아이 두 눈엔 질문이 가득했다. 문득 마브는 여자아이한테 진실을 얘기하고 싶어졌다.

"아니, 그냥 우리 집 밖으로 나갔어. 난 섬에 살거든. 그래서 우린 겨울을 곰이랑 같이 보내야 하는데, 어느 날 밤 내가……."

"얼마나 더 걸리죠?"

할머니가 버럭 짜증을 내며 이글거리는 눈빛으로 마브를 사납게 쏘아보는 통에 마브는 입을 다물었다.

"오래 걸리지 않아요."

매릴리 선생님이 착실하게 아이 다리를 꿰매면서 대꾸했다.

"왜 다쳤는지 얘기해 줄래?"

매릴리 선생님이 튜즈데이를 보며 부드럽게 물었다.

"얘가 스케이트 날 위로 넘어졌어요."

할머니가 대신 으르렁거리며 대답했다.

마브는 여자아이가 다리를 꿰매는 데 굉장히 용감하다는 생각이 들었다. 바늘을 아예 느끼지도 못하는 것 같았다. 깁스를 찾은 마브는 방 안을 보며 어색하게 슬쩍 웃어 보이고 서둘러 나왔다.

코치가 나타나더니 마브를 탈의실 쪽으로 불렀다. 작전 회의 시간이었다. 마브는 깃털 옷차림에 상처 입은 여자아이를 마음속에서 몰아내려고 온 힘을 다했다. 물론 소용은 없었다. 잊으려야 잊기 어려운 아이였다. 환한 빛살처럼 기억에서 떠나지 않았다.

얼어붙은 꿈의 한 조각은 아닐까.

9장 깃털 치마 옷차림에 상처투성이 여자아이

일단 상처 봉합이 끝나자 마음씨 좋은 의사 선생님은 튜즈데이 다리에 부목을 대주고 이십 분이 지나기 전에는 걷지 말라고 주의시켰다. 선생님이 품위 있게 인사하고는 발목 삔 선수를 보러 의무실을 떠났다.

의사가 방에서 나가기가 무섭게 그레타가 산봉우리에서 몰아치는 폭풍처럼 튜즈데이한테로 몸을 돌렸다.

"도대체 뭐 하는 짓이야!"

앙다문 이 사이로 으르렁거렸다.

튜즈데이가 마른 침을 삼켰다. 불쌍한 어린 영혼은 프로미스를 걱정하고 있었다.

"무, 무슨 말씀이에요? 제가 뭘 어쨌는데요?"

튜즈데이는 두려움을 무릅쓰고 사실대로 말했다.

프로미스가 없으니까 숨쉬기가 어려웠다. 심장이 나침반처럼 프로미스가 있는 북쪽에 고정되기라도 한 것 같았다.

그레타가 신경질적으로 손가락 마디를 뚝뚝 꺾었다.

"무슨 질문이 그렇게 많아! 조용히 있어. 그 입 좀 다물라고."

튜즈데이는 당장 울음이 터지려고 했지만 그레타가 못 참겠다는 듯 눈알 굴리는 걸 봤다.

튜즈데이는 카니발이라는 울타리를 한 번도 벗어나 보지 못했다. 프로미스 없이 어딜 가 본 적도 없었다. 힘들게 보낸 어린 시절 내내 그랬다. 이제는 프로미스가 없으니 견디기가 힘들었다.

"이 사람들은 카니발 단원이 아니야. 우리를 모른다고. 우리가 사는 방식도 이해 못 해."

그레타가 지친 듯이 덧붙였다.

"하지만 아까 남자애는 저랑 똑같이 생겼잖아요. 걔는 보름달 마법을 알 줄 알았어요."

튜즈데이가 중얼거렸다.

늙은 여인이 소리 높여 깔깔 웃었다.

"이런, 튜즈데이, 요 깜찍한 것. 그렇게 단순한 남자애가 보름달 마법을 알 리 없지."

튜즈데이가 지금보다도 더 어렸을 때 한 번은 그레타한테 나는 왜 카니발에 있는 다른 사람이랑 다르게 생겼느냐고 물었다. 왜 다른 사람은 다 눈처럼 하얀색인데 나만 가을날 단풍 색인지 알고 싶었다. 그레타는 그저 미소 지으면서 두 손으로 자그마한 튜즈데이 얼굴을 감싸고 말했다.

"한가을 보름달이 따뜻한 달빛으로 너를 황금 갈색으로 물들였거든. 네가 특별하다는 걸 모두한테 알리려고."

튜즈데이는 기뻐하며 그레타가 해준 이야기를 선뜻 믿었다.

하지만 지금은 의심스럽기만 했다. 튜즈데이는 갑자기 모든 것이 의심스러워졌다.

그레타가 길게 한숨을 내쉬더니 다소 누그러진 목소리로 말했다.

"우리 카니발은 모두가 신비한 동작을 열심히 연습한 결과야. 우린 아무나 못 하는 아주 특별한 일을 하고 있어. 너 말고는 이 세상 누구도 북극곰이라는 무시무시한 야수와 스케이트를 못 타."

그레타가 말하면서 튜즈데이 곁으로 가까이 다가앉아 장갑 낀 튜즈데이 자그마한 손을 잡았다.

"문라이즈 튜즈데이, 넌 정말 기적 같은 소녀야. 하지만 이곳 사람들은 절대 이해하지 못해."

튜즈데이가 고개를 끄덕이며 그레타를 보고 희미하게 미소 지었다.

"그래서 넌 북극성을 떠나면 절대 안 돼. 튜즈데이, 정말 안 돼. 아가, 무슨 말인지 알아듣겠니?"

튜즈데이는 세상이 기울어지는 것 같았다.

'가끔 내가 도망치는 꿈 꾸는 걸 그레타가 아나?'

튜즈데이가 황급히 똑바로 앉았다. 북극성이 그리웠다. 프로미스가 보고 싶었다. 얼음판을 원했다.

"집에 가고 싶어요."

튜즈데이가 기어들어 가는 목소리로 말했다.

전혀 튜즈데이답지 않은 소리여서 그레타는 튜즈데이가 진짜 뇌진탕은 아닌지, 그게 아니어도 충격 때문에 아직 정신이 멍한 건지 걱정했다.

"그래, 아가, 알았어. 멍청이 같은 저 경기만 끝나면 바로 가자. 지금은 밖에 사람이 너무 많아. 좀 잠잠해지고 나가야 해."

"무슨 경기예요?"

문 바깥에서 점점 커지는 소음에 튜즈데이가 물었다.

"아, 하키라는 바보 같은 경기야. 아가 넌 조금도 신경 쓰지 마. 도대체 우아한 구석이라고는 없어."

튜즈데이가 눈을 비볐다.

"그레타 이모, 저 물 마시고 싶어요."

놀랍게도 그레타가 고개를 끄덕였다.

"어디 가지 말고 여기 있어. 물 갖다줄게."

그레타는 튜즈데이를 혼자 두고 자리를 떠도 될지 미심쩍었지만, 한눈에 봐도 튜즈데이는 몹시 창백했다. 그레타가 튜즈데이를 보며 영원할 것처럼 사랑스러운 미소를 짓는 바람에 튜즈데이도 웃어 보일 수밖에 없었다. 잠시나마 튜즈데이는 그레타가 세상 전부였던 어린 시절 땅거미 지는 얼음판 위에서 프로미스와 손과 앞발을 맞잡고 있던 그때로 다시 돌아간 기분이었다.

'프로미스.'

그레타가 나가고 튜즈데이는 의무실에 홀로 남았다. 튜즈데이가 가슴팍을 움켜잡고 너덜너덜해진 심장을 달랬다. 프로미스가 없으니 그림자가 사라진 기분이었다. 프로미스가 쿵쿵거리는 소리를 듣지 않으려고, 눈에 아른거리는 거대한 하얀 덩치를 지워버리려고, 머리카락을 스치는 프로미스 숨결을 느끼지 않으려고 애를 썼다. 하지만 고작 몇 발자국 떨어진 문 반대편에 프로미스가 튜즈데이를 기다리며 서 있기라도 한 듯 튜즈데이한테는 여전히 다 들리고 보이고 느껴졌다. 그 순간, 튜즈데이는 알았다. 평생 또렷이 알고 있었다. 프로미스 없이는 살 수 없었다. 프로미스가 튜즈데이의 세상이었다. 프로미스가 어디를 가든 튜즈데이도 따라갈 것이었다. 프로미스가 카니발에 남는 한, 튜즈데이도 남을 터였다. 프로미스가 떠나면 튜즈데이도 떠나리라. 그것이 비록 겨울 속에서 영원히 살아야 한다는 의미라 해도 말이다.

튜즈데이는 아까 봤던 소년 마블을 생각했다. 소년은 곰과 사람이 같이 살아가는 섬에서 왔다고 했다.

"어쩌면 우리를 위한 곳이 있을지도 몰라."

튜즈데이는 프로미스가 바로 옆에 있는 것처럼 말했다.

문밖이 어두워지고 함성도 그쳤다. 튜즈데이가 절룩거리며 문으로 다가가 문을 밀어봤다. 문이 조금 열렸다. 하지만 밖으로 나갈 수는 없었다. 그레타가 펄쩍 뛸 터였다. 그래도 하키라고 부르는 이상한 경기를 살짝 엿보는 건 괜찮을지도 몰랐다. 게다가 마블만 찾으면, 신비한 그 섬이 어디에 있는지 들을지도 모를 일이었다.

경기장 안은 어슴푸레 어두웠고 나직이 웅성거리는 소리만 들렸다. 튜즈데이는 스케이트 톱니 날 끝으로 균형을 잡고 서서 널찍한 실내 스케이트장을 바라봤다. 난생처음 보는 거대한 규모였다.

보통 튜즈데이는 실내 스케이트장을 우습게 여겼다. 하지만 생기로 가득한 이곳 공기에 튜즈데이는 살짝 들뜨기까지 했다. 거대한 조명 두 개가 얼음판 양옆을 둘러쌌다.

'공연인가?'

돌연 북소리가 맹렬하게 터져 나오면서 사방 벽과 바닥을 둥둥 울렸다. 빛이 흘러넘치고 군중이 우렁차게 함성을 내지르자 뜨거운 기쁨의 소용돌이가 튜즈데이를 휘감았다. 똑같은 색깔로 옷을 맞춰 입은 가족이 곳곳에 무리 지어 있었다. 경기장 지붕에 걸어놓은 휘장과 깃발들이 아래로 늘어져 있고 갓 구운 소시지와 희망이 뿜어내는 냄새가 진동했다.

요란하게 울려 퍼지는 음악 소리에 튜즈데이가 몸을 경기장 쪽으로 내밀고 슬쩍 엿보았다. 남자아이들이 비밀 동굴 같은 데서 두 줄로 스케이트를 지치며 나왔다.

무대 뒤다! 공연인가 봐.

튜즈데이는 생각만으로도 신이 났다.

하지만 아이들은 무대 의상 차림이 아니었다. 몸 여기저기에 보호대를 대고 장비를 착용해서 덩치가 커 보이는데다가 얼굴도 가렸다.

"저렇게 입고 스케이트를 탄다고? 뛰어오르기나 회전은 어떻게 하려고?"

튜즈데이는 자기도 모르게 프로미스한테 말하고 있었다.

튜즈데이는 남자아이들 스케이트가 자기 거랑 다르게 생겼다는 걸 알아봤다. 투박하고 거대했다. 날이 단검 같았다.

'나무 막대기는 왜 들고 있는 거야?'

순간 귀를 찢는 경보음 같은 소리가 울리고 튜즈데이 궁금증도 곧 풀렸다.

납작한 공처럼 보이는 작고 까만 물체가 총알처럼 얼음판을 가로질렀고 남자아이들이 허스키가 끄는 썰매만큼 날다시피 질주하며 공을 겨냥

하고 막대기를 휘둘러댔다. 단지, 나무 막대기가 아니라 반짝이는 금속이
었다.

처음에는 아이들이 죄다 까만 물체를 쫓아 얼음판을 휘젓고 다닌다는
것 말고는 무슨 일이 벌어지는지 도대체 알 수가 없었다. 두 아이가 튜즈
데이 쪽으로 쭉 미끄러져 오더니 바로 코앞에서 보드(*경기장의 경계를 이루는
나무 또는 섬유 유리 소재의 판)가 쪼개지도록 들이받는 바람에 튜즈데이가 기절
초풍했다.

얼음 위 다른 아이들은 막대기를 축 늘어뜨린 채 가만히 있거나 반대로
막대기를 하늘 높이 치켜들었다. 관중석 사람들이 일제히 일어섰다. 그
기운에 튜즈데이는 몸이 앞으로 휘청 기울어졌다.

튜즈데이 눈에 가차 없는 눈빛을 한 빨간 머리 소년이 들어왔다. 소년은
눈빛을 이글거리면서 헬멧 옆으로 몸집이 훨씬 큰 아이를 노려보고 있었
다. 두 소년은 상대를 살피며 원을 그렸다. 흉포한 상어 두 마리가 서로를
향해 조금씩 거리를 좁히는 모양새였다. 빨간 머리 소년이 금발 소년 얼
굴을 냅다 후려갈겼다. 튜즈데이는 충격을 받아 헉 소리를 내며 두 손으
로 입을 틀어막았다. 금발 소년도 반격하면서 두 손을 마구 휘둘렀다. 하
지만 놀랍게도 빨간 머리 소년이 몸을 뒤로 돌려 수그린 자세로 달아나면
서 덩치 큰 소년 근처에서 슬쩍 춤을 췄다. 관중이 길게 소리치며 크게 웃
었다. 이내 빨간 머리 소년이 방향을 바꾸어 기가 막힐 만큼 멋진 자세로
멈춰 서더니 관중을 향해 허리 숙여 인사했다.

'그레타가 잘못 알고 있어. 이 경기에는 우아한 동작과 근사한 기술이
잔뜩 있는 걸? 흥미진진한 전투 같아.'

"이건 카니발이야!"

튜즈데이가 소리를 빽 지르자 옆쪽 관중석에서 한 남자가 튜즈데이를 보고 씩 웃더니 맞장구쳤다.

"정답입니다."

튜즈데이는 발레와 산열매 그리고 프로미스 사랑을 먹고 자랐다.

"적게 먹고 훈련은 많이 해라. 연습에 연습을 더해야 해. 언제나, 항상, 한결같이 우아해야 한다. 얼음이 아닌 곳에서도."

등은 곧게 펴고 턱을 올리고 손끝까지 섬세하게 자세를 잡아야 했다. 튜즈데이는 하키 선수처럼 용감무쌍하게 저돌적으로 치고 나가면서 스케이트를 타는 사람은 본 적조차 없었다. 튜즈데이는 불현듯 저렇게 하고 싶어졌다. 역동적인 경기에 끼고 싶었다.

검은색 작은 공이 얼음판을 주르륵 미끄러지더니 탁 튕겨 오르면서 작은 그물 안으로 쑥 들어갔다. 튜즈데이 주변 사람 모두가 서로를 얼싸안으며 환호했다. 얼음 위에서는 한 팀 선수 전체가 몰려가서 체구가 작은 소년을 둘러싸고 축하를 보냈다. 소년이 헬멧 보호대를 올리고 이마에 흐른 땀을 닦았다. 튜즈데이는 입이 딱 벌어졌다. 곰이 남긴 흉터가 있는 소년, 마블이었다.

마블은 심장이 멎을 만큼 대단한 스케이트꾼이었다! 저렇게 커다랗고 무거워 보이는 스케이트를 신었는데도 더없이 민첩했다. 스케이트 타는 발레리노였다.

다시 경기가 시작됐지만 튜즈데이 눈은 오직 마블을 쫓을 뿐, 다른 선수는 거들떠보지도 않았다. 탈의실이 어디인지만 알면 경기가 끝날 때까지 기다릴 수도 있었다.

'하지만 그레타가 곧 돌아올 거야.'

튜즈데이는 마음이 갈팡질팡했다. 그레타 화를 돋우고 싶지 않았다. 리허설 시간을 허비한 터라 긴장감이 이미 팽팽해질 대로 팽팽해졌다.

'곰들의 섬이라니. 거기라면 프로미스가 살 수 있을지도 몰라. 나랑 같이.'

지금이 기회였다. 황급히 주변을 살피는 튜즈데이 눈에 경기장 맞은편에서 털가죽옷을 입고 줄줄이 놓인 관중석 사이로 천천히 걸어 다니는 여자 모습이 보였다.

'뭐 하는 거지?'

튜즈데이는 의아했다. 그레타가 관중석을 어슬렁거리며 좌석 위에 뭔가를 올려놓고 있었다. 튜즈데이 머릿속에 한 가지 생각이 퍼뜩 떠오르면서 이해가 갔다. 그레타는 카니발 홍보 전단을 놓고 있었다. 튜즈데이는 두 사람 사이 거리를 계산했다. 서두르기만 하면 시간은 넉넉했다. 그러기를 바랐다.

뒤에서 나팔 소리가 났다. 시작이 갑작스러웠듯 순식간에 경기가 끝나고 얼음 위가 비었다. 사람들이 자리를 뜨기 시작했다.

'끝난 거야?'

튜즈데이는 당황해서 주위를 둘러봤다. 사람들이 경기장에서 나가지는 않고 줄줄이 서서 핫도그와 탄산음료를 사고 있었다.

'아니구나. 쉬는 시간인가 봐.'

튜즈데이가 움직이기 시작했다. 최대한 조심해서 다리 저는 모습을 숨기고 선수들이 모습을 감춘 비밀 동굴로 향했다.

하지만 실내에 있어서인지 튜즈데이는 심장이 두근거리고 자기를 쳐다보는 수많은 눈길을 새삼 느꼈다. 그제야 다른 사람들과 너무 차이 나게 입은 옷차림도 눈에 들어왔다. 주변은 하나같이 청바지에 운동용 저지 셔츠 차림인데 튜즈데이는 꼴이 말이 아닌 캐나다기러기 같았다. 당장 치마에 달린 망할 놈의 깃털을 죄다 뽑아버리고 싶었다.

커다란 솜사탕 봉지를 끌어안은 고학년 여학생들이 튜즈데이를 보자마자 헉 소리를 내고는 이내 자기들끼리 쑥덕대기 시작했다. 튜즈데이는 공포에 사로잡혀서 당장 도망치고 싶은 충동이 일었다. 이마에 맺힌 땀이 반짝였다. 튜즈데이는 자세를 더 곧게 세우고 정신을 똑바로 차렸다.

'난 연기자야.'

튜즈데이는 혼잣말하며 망토 걸친 몸을 부들부들 떨었지만, 겨우 턱을 올리고 경기장 가장자리를 따라 걸었다.

백 년은 흐른 것 같았다. 발걸음을 내디딜 때마다 자꾸 넘어지려고 했다. 탈의실은 어디인지 알 길이 없었다. 스케이트를 신은 채 다급히 뒤를 돌아보니 더는 의무실도 보이지 않았다. 두려움이 목을 할퀴는 기분이었다. 튜즈데이는 흘러내린 머리카락을 꽉 물고 울음을 삼켰다. 깊은 밤처럼 새카맣고 키가 아주 큰 남자가 털 슬리퍼를 신고 옆을 지나쳐서 튜즈데이가 발견 못 한 입구를 열었다.

튜즈데이가 난생처음 보는 멋지고 근사한 남자였다. 튜즈데이는 유명 연예인한테 마음을 뺏긴 소녀처럼 놀라서 움직이지도 못하다가 겨우 정신을 차리고 막 닫히는 문틈으로 미끄러지듯 들어갔다.

복도는 좁았고 불빛도 어두운 데다가 사방에서 메아리가 울려댔다. 견디기 힘든 역한 냄새에 튜즈데이가 급하게 손으로 코를 싸잡았다. 튜즈데이는 곰이랑 붙어사는데도 말이다!

'이게 무슨 냄새야?'

튜즈데이는 남자아이들이 착용한 두툼한 장비와 가만히 서 있기도 힘들 만큼 뜨거운 열기 속에서 무섭게 질주하던 아이들을 떠올렸다. 이건 땀과 아드레날린 냄새였다. 우웩.

그래도 튜즈데이는 마블을 만나리라는 기대를 버리지 않고 꾸준히 앞으로 나아갔다.

천둥처럼 깊고 묵직한 목소리가 어둠을 가르며 우렁우렁 울렸다.

"아가씨, 괜찮아요? 길을 잃었나?"

튜즈데이는 뒤돌아서 털 슬리퍼를 신은 남자를 올려다봤다. 나이를 짐작하기 어려웠지만 남자한테서는 시간에 얽매이지 않는 기운이 풍겼다. 눈빛은 깊고 호기심으로 반짝였다.

튜즈데이가 침을 꿀꺽 삼켰다.

"누굴 좀 찾고 있는데요……."

튜즈데이가 입을 뗐지만 털가죽옷을 휘감은 형체가 잽싸게 모퉁이를 돌아 나왔다.

"튜즈데이! 의무실에서 기다리라고 했잖아."

그레타가 신경질을 부렸다.

튜즈데이가 눈에 띄게 놀라며 펄쩍 뛰었다가 넘어질 뻔했다.

"저, 저기, 이모가 없으니까 무서웠어요."

튜즈데이는 거짓말했다.

털 슬리퍼를 신은 남자가 그레타를 뚫어지게 쳐다봤지만 아무 말도 하지 않았다.

그레타는 튜즈데이를 쏘아보면서 물병을 튜즈데이 손에 아무렇게나 쥐여주더니 손목을 잡고 급히 자리에서 떴다. 밖에서 못 찾았던 문으로 다시 나와 넋을 놓고 경기를 지켜보는 군중을 지나 환한 경기장 바깥쪽을 따라 걸었다.

튜즈데이는 바깥 세상으로 끌려나가면서도 한 번 더 뒤를 돌아봤다. 그런데 저기, 의무실 옆에서 마블이라고 불리는 남자아이가 튜즈데이를 지켜보고 있었다.

'나를 찾아왔어.'

튜즈데이가 재빨리 한 손을 뻗어서 흔들었다. 일순, 두 아이 시선이 마주쳤다. 마블이 튜즈데이 쪽으로 움직였다.

내 이름을 불렀나? 튜즈데이는 알 길이 없었다. 그 순간 경기장 문이 닫혔고 튜즈데이와 그레타는 하얀 겨울 거리로 걸음을 재촉해서 숲을 지나 작은 썰매 한 대와 개들을 숨겨놓은 얼어붙은 바닷가에 다다랐다. 튜즈데이는 갈등했다. 프로미스가 못 견디게 보고 싶었지만, 한편으로는 경기장으로 돌아가 남자아이와 얘기를 나누고 싶었다.

하지만 너무 늦었다. 곰이 남긴 흉터가 있는 남자아이는 없었다.

10장 상자 안 곰

마브는 꼼짝도 하지 않고 가만히 서서 백조 깃털 치마를 입은 여자아이가 문밖으로 나가 멀어지는 광경을 지켜만 봤다.

놓쳤다. 튜즈데이가 가버렸다.

이름은 중요하지 않았다.

여자아이가 마브를 향해 손을 흔든 그 짧은 시간, 마브는 두 사람이 얼음과 시간과 내리는 눈을 가로질러 서로를 마주 보는 듯한 신기한 느낌을 받았다. 마브는 꿈결 같은 그 느낌을 떨칠 수가 없었다.

마브는 맥이 빠진 채 탈의실로 발길을 돌렸다.

"아들, 아까 진짜 끝내주던데? 계속 그렇게만 해."

터벅터벅 탈의실 안으로 들어서는 마브 옆에 리언이 따라붙었다.

"그런데 말이야, 좀 전에 내가 뭘 좀 발견했는데, 이게 참 흥미롭단 말이지."

"아, 그래요?"

마브는 아빠가 새로 생긴 피자 가게라도 찾은 줄 알았다.

"네가 생일에 말했던 서커스 기억해?"

마브 귀에서 심장이 쿵쿵 뛰기 시작했다. 마브가 호흡을 가다듬고 대답했다.

"네."

"이거 좀 봐."

리언이 장갑 낀 마브 손 안으로 무언가를 기술 좋게 쥐여 줬다.

무슨 서커스 같은 걸 홍보하는 전단이었다. 맨 위에 '북극의 별 카니발'이라고 적혀 있었다.

곰과 춤추는 소녀를 화려하게 그려놓은 동화 속 삽화 같은 그림을 전면에 내세웠다.

은빛으로 반짝이는 하얀 털에 보라색 목줄을 맨 곰이 의기양양하게 활보하고 있었다. 소녀는 온몸에서 빛을 뿜어내며 한쪽 다리를 높이 든 아라베스크 자세로 빠르게 앞으로 나아가고 있었다. 소녀 뒤로 알록달록한 카니발 줄무늬 천막이 보였다.

'얘 아무래도……. 튜즈데이 같은데…….'

마브는 여자아이 다리에 난 상처와 동화 속 주인공처럼 차려입은 의상을 떠올렸다. 전단 속 소녀가 튜즈데이인지 반드시 알아내야 했다.

"아빠, 우리 카니발 구경 가면 안 돼요?"

마브가 숨넘어갈 듯 급하게 물었다.

"글쎄, 생각해 보자. 이젠 들어가서 이겨 봐!"

"하지만 아빠……. 우리 꼭 가야 해요."

마브 목소리에서 절박한 기운이 묻어나자 리언이 마브를 돌아보고 말했다.

"그 여자애가 여기 왔던 것 같아. 딱 얘였어. 아무래도 내가 본 애가 얘 같아."

그러면서 마브를 뚫어지게 쳐다보며 얼굴을 찌푸렸다.

"여자애가 스케이트를 끝내주게 타는 것 같아요."

마브가 밝은 목소리로 덧붙였다.

"좋아. 아들이 서커스가 보고 싶다는데 가서 보면 되지."

마브가 아빠를 힘껏 끌어안았다.

"사실 아빠, 카니발인데……. 허긴, 그게 뭔 상관이에요. 감사합니다."

남은 경기가 순식간에 흘러갔다. 마브는 전문 하키 선수답게 기이한 카니발이나 신비로운 소녀를 마음속에서 밀어내야 한다는 걸 알았다.

어찌어찌 그러기는 했는데 쉽지는 않았다. 전단 속 아름답고 정교한 그림이 머릿속에서 맴돌았다.

그 순간 코비가 하키 스틱으로 상대편 선수 하나를 공격하기 시작했다. 코비가 방어해주지 않는 사이, 마브와 솔도 상대 팀한테 공격 받았다. 부상이 심하지는 않았지만 나머지 경기를 뛰지 못했다.

마브 팀이 처칠한테 3대 5로 졌다. 코치는 차분했지만 코비한테 실망감을 감추지 않았다. 빨간 머리 소년은 아무렇지도 않은 듯 행동했지만, 마브가 코비 얼굴에 얼핏 스치는 창피한 기색을 봤다.

세 번째 피리어드(*아이스하키는 피리어드라고 부르는 20분짜리 경기 한 회를 총 3번 치른다)가 끝나기 무섭게 마브가 장비를 벗어던지기 시작했다. 외투를 걸쳐 입고 다소 혼란스러워하는 솔을 잡아끌었다.

“아빠, 우리 준비 다 했어요!”

아빠는 전단을 읽다가 고개를 저었다.

“마브, 오늘은 공연이 없대. 게다가 넌 내일 종일 훈련이잖아.”

“그래도 꼭 가야 하는데…….”

리언이 유감이라는 듯 한숨 쉬었다.

“아무래도 올해는 힘들 것 같아.”

“근데 아빠, 있잖아요, 카니발은 참 알다가도 모를 곳이래요. 래 누나 말로는 한밤중에 나타나서 한밤중에 사라진대요. 다음이란 없을지도 몰라요. 곰이랑 스케이트를 타는 여자아이가 진짜 있다면, 정말 환상적이지 않을까요?”

리언은 딱히 생각이 바뀌지 않은 것 같았다.

“저도 이 괴상한 공연을 꼭 보고 싶어요. 아니면 천막을 어디에 세웠는지 장소라도 알아야겠어요.”

솔이 거들었다.

“그냥 그 여자애가 괜찮은지 확인도 하고 인사나 하고 싶은 거예요.”

마브가 덧붙였다.

로이 코치가 다가와서 두 어린 선수와 악수했다.

“좋은 경기였다.”

목소리가 걸걸했다.

“여기 이 아이스 쇼 같은 게 어디에서 하는지 아세요?”

솔이 밝게 물었다.

로이가 전단을 살폈다.

"아, 그래. 이 카니발 알지. 아주 오래전에 여기 한 번 왔었어. 꽤 신기했지. 바닷가 바로 근처일 거야. 내가 해안까지 차를 태워다 줄 수도 있고."

리언은 고개를 젓기 시작했지만, 마브가 로이 코치 손을 덥석 잡더니 목소리를 높였다.

"진짜요? 그래 주시면 저희야 정말 감사하죠."

삼십 분 뒤, 세 사람 모두 곰 버스에 올라타고 마을에서 툰드라로 접어드는 곳을 지나 육지 끄트머리 창백하게 얼어붙은 바다로 향했다.

"한 시간 뒤에 돌아오겠습니다."

로이 코치가 부드럽게 말했다. 마브와 솔, 리언 모두 주의를 기울이며 하얀 눈으로 뒤덮인 얼음 위로 스케이트(리언은 스케이트를 빌렸다)를 탔다. 숨쉬는 소리만 들릴 뿐, 긴장감 흐르는 적막이 내려앉았다.

리언은 북극곰이 배회할지도 몰라서 핸드폰과 쌍안경을 챙겨 왔다. 지금까지는 만사가 순조로웠다.

바람결에 실려서 어떤 소리가 들렸다. 컹컹 짖고 길게 우는 허스키 소리였다. 마브가 앞으로 치고 나갔다. 채 1km도 떨어지지 않은 저 앞 지평선에서 무언가 환히 빛나고 있었다.

"저거 맞겠죠? 개 썰매 보여요?"

마브가 물었다.

리언과 솔이 마브 시선을 따라갔다.

"확실히 보이는데?"

리언은 아들만큼이나 놀란 것 같았다.

눈구름이 잔뜩 낀 하늘 아래 저 멀리로 꿈속에나 나올 법한 알록달록한 카니발 천막이 보이기 때문이었다. 두 시 방향에서는 북극광이 벌써 희미해지고 있었지만, 가까이 다가간 마브가 임시 무대 주변에 마련한 멋진 화차 야영지를 찾아냈다. 야영지 한복판에는 객석으로 보이는 장소에 작은 모닥불을 피워놓고, 그 위 허공에 지붕처럼 빨간색과 흰색이 교차하는 커다란 방수포를 넓게 펼쳐 덮었다. 그 너머로 검은색 빙판 공연장이 있었다.

아직 관객은 아무도 오지 않았고 단원들은 한창 리허설에 몰두한 듯 보였다.

"이 정도면 진짜 멀리 왔어. 너희를 데리고 여기까지 온 걸 네 엄마가 알면 날 가만두지 않을 거야."

리언이 두 아이 어깨에 손을 올리며 말했다.

"알았어요. 그래도 무대 연습 끝나면 가서 인사만 하고 오면 안 돼요?"

마브가 거의 애원했다.

마브는 쌍안경을 들여다보다가 늑대 가죽옷을 입은 할머니를 발견했다. 하지만 할머니랑 흐릿하게 보이는 몇몇 다른 사람 모두 등을 돌리고 있었다. 다들 무대 위에 있는 흑단처럼 까만 조랑말과 키 큰 소년한테 신경을 쏟는 듯 보였다.

마브가 쌍안경을 솔한테 넘겼다. 여하튼 무대가 보일 만큼 가까운 거리였다.

아코디언으로 연주하는 경쾌한 민속 음악이 얼음판 위로 흘러서 세 사람 모두 모자를 들어 올리고 무대를 지켜봤다. 스케이트를 타는 키 큰 소년 솜씨는 숨이 멎을 정도였다. 피겨스케이팅도 아이스 스케이팅도 아니었다. 소년이 구사한 점프 기술은 마브가 모르는 것이었다. 게다가 공연은 다소 혼란스러웠다. 전혀 다른 차원의 특별한 공연이었다.

음악 분위기가 바뀌면서 무대가 으스스한 안개로 소용돌이치기 시작했다. 마브는 눈을 비볐다. 단 한 장면도 놓치기 싫었다. 키 큰 소년과 조랑말이 무대에서 나가고 커다란 상자가 얼음 위로 미끄러져 들어오는 광경에 눈살을 찌푸렸다.

"마술 공연인가 봐. 저 안에 뭐가 들었을 것 같아?"

솔이 농담하듯 말했다.

뚜껑에 용수철이 달린 듯 상자가 벌컥 열렸다. 그 안에서 새하얀 가운을 걸친 튜즈데이가 인형 같은 모습으로 올라오는 바람에 세 사람 모두 말문을 잃었다. 마브가 손으로 입을 틀어막았다.

"다리 상처 꿰맨 지 얼마 되지도 않았는데."

마브가 숨을 몰아쉬었다.

튜즈데이가 조심해서 상자 밖으로 나왔다. 꽤 오랫동안 움직이지 않았다. 음악이 잦아들고 눈송이가 날렸다. 늑대 가죽 할머니가 뭐라고 크게 소리를 질렀는데 마브 일행한테는 들리지 않았다. 소녀가 섬세한 동작으로 상자를 향해 돌아섰다. 안에서 무언가를 불러내는 것 같았다.

"상자 안에 또 누가 있나?"

리언이 중얼거렸다.

마브는 뼛속까지 서늘해졌다.

'설마 저 안에…….'

설마설마했던 일이 눈앞에서 실제로 벌어졌다. 까만 코와 주둥이가 나타나더니 거대하고 웅장한 북극곰이 우렁차게 울부짖으며 두 발로 일어섰다.

리언은 하마터면 쌍안경을 떨어뜨릴 뻔했다. 솔은 놀라서 꽥 소리를 질렀다. 마브는 얼음 조각이 빨려들어 올 만큼 숨을 거세게 들이마셨다.

"저게 가능해?"

리언이 거의 소리치다시피 말했다.

"저저저게 무, 무슨 일이야?"

솔이 더듬더듬 말했지만 마브는 듣고 있지 않았다. 지금 이 순간 마브한테는 온 우주에 튜즈데이와 곰밖에 없었다.

곰이 저항하듯 으르렁거리자 마브는 왠지 심장이 아파 왔다.

'상자 안에 있기 싫었던 거야……'

곰은 어설프게 아무렇게나 되는 대로 상자 밖으로 나왔다. 분노에 가득 찬 듯 이빨을 갈았다.

리언은 욕을 내뱉고 솔은 비틀비틀 뒷걸음질 치고 마브는 앞으로 나아갔다. 심장 고동 소리가 귓가에서 둥둥 울렸다. 늑대 가죽 할머니가 작은 모닥불에서 달궈진 쇠꼬챙이를 집어 들더니 곰을 가리키며 마구 휘두르기 시작했다.

곰이 뒷발로 일어섰는데 균형 감각이 놀라울 정도였다. 게다가 마브는 똑똑히 봤다. 곰이 뒷발에 날이 달린 큼직한 샌들을 신고 있었다.

'스케이트다……'

곰이 분노가 들끓는 듯 끔찍한 소리로 울부짖었다. 마브는 얼음 위로 몸을 숙였다. 더는 가만히 앉아서 지켜보기가 힘들었다. 당연히 곰이 튜즈데이를 공격할 것이었다. 곰이 얼마나 사나운지 마브는 알았다. 튜즈데이를 도와줘야 했다. 하지만 리언이 마브를 꼼짝 못 하게 붙잡았다.

무대 위 튜즈데이는 조각상처럼 움직이지 않았다. 겁이 난 기색은 조금도 없었다. 스케이트를 타고 미끄러지듯 곰한테 가서 품속으로 녹아들 듯 안기며 두 팔로 한없이 다정하게 곰 목을 끌어안는 바람에 모두가 숨을 멈췄다.

곰이 차차 안정을 찾더니 얼마 지나지 않아 혼자서도 가만히 서 있었다. 마브와 솔을 지키려고 꽉 붙잡고 있던 리언이 김빠지는 소리를 내며 한숨을 쉬었다.

리언은 진땀이 났다. 곰은 스팽글이 반짝이는 조끼를 입고 거대하고 희한한 모양새의 스케이트를 신었다. 하지만 거대한 발톱과 치명적인 이빨이 돋은 곰 바로 옆에 여자아이가 있었다. 악몽과 기적이 동시에 벌어지는 무시무시한 동화를 지켜보는 기분이었다.

늑대 가죽 여자가 달궈진 쇠꼬챙이를 내려놓자 그 즉시 밝고 경쾌한 음악이 나지막이 흐르기 시작했다.

"뭐지? 저대로 공연을 계속하는 거야?"

마브가 중얼거렸다. 아닌 게 아니라 정말 그랬다.

튜즈데이가 기계처럼 뻣뻣하게 어깨를 흔들었다. 넝마였던 깃털 치마는 사라진 지 오래였고 이제는 눈표범 털가죽 망토가 어깨부터 발목까지 휘감고 있었다. 까만 곱슬머리를 후드 아래에 달린 은색 리본으로 깔끔하게 말아 올렸다. 튜즈데이가 뾰족한 스케이트 톱니 날로 서서 꼭두각시 인형처럼 행진하며 무대 한쪽으로 향했다.

맞은편에 선 곰이 튜즈데이와 똑같이 움직였다. 튜즈데이가 기다란 망토를 벗어서 미끄러뜨리자 금빛 찬란한 스케이트 의상이 조명을 받아 눈부시게 빛났다. 튜즈데이는 별빛으로 빚은 여자아이 같았다. 음악이 빨라지고 튜즈데이가 곰을 향해 비단결처럼 유연하게 움직이기 시작했다. 하늘에서 내려온 천사처럼 우아하고 아름답게 허공으로 솟구쳐 오르며 곰을 향해 작은 두 손을 뻗는 모습에 마브는 입이 떡 벌어졌다. 놀랍게도 곰이 완벽하게 한 마리 백조가 된 튜즈데이를 공중에서 잡았다. 튜즈데이는 곰의 두 손 사이로 깃털처럼 가볍게 미끄러져 내려와 동작을 끊지 않고 그대로 뒤로 스케이트를 지치기 시작했다.

마브 눈앞에서 세상이 사라지고 얼음과 눈이 녹아버리고 계절이 없어졌다. 마브한테 보이는 것은 떠오르는 달처럼 하늘에서 빛나는 튜즈데이뿐이었다.

'그때 그 둘이야. 저 여자애는 그 아기가 틀림없어.'

곰과 춤추는 갈색 소녀. 마브 꿈이 그대로 재현되고 있었다. 마브 머릿속은 보석처럼 눈이 반짝이던 바구니 속 아기와 얼어붙은 레이븐 강 위 겨울 야생의 영혼으로 충만했던 새끼 곰 생각뿐이었다.

"저 여자애가 누구인지 알아내야 해요."

"우리가 진짜 해야 할 일은 저 여자애를 곰한테서 떨어뜨려 놓는 거야."

리언이 추운 날씨에도 이마에 맺힌 땀을 닦아내며 말했다.

세 사람이 춤추는 튜즈데이를 보는 동안 튜즈데이도 일행을 봤는지 회전하다 말고 멈춰 서서 얼음판을 가로질러 마브를 똑바로 마주 봤다. 하지만 이내 스케이트를 타고 멀어졌다. 늑대 가죽 여자가 고개를 획 돌리더니 일행이 있는 쪽을 향해 이를 갈고는 으르렁거리며 뭐라고 지시했다. 음악이 뚝 멈췄다. 조랑말이랑 스케이트를 타던 키 큰 소년이 무대로 올라가서 곰이 물러나도록 도왔다. 다른 공연자들도 우르르 몰려나와 튜즈데이 주변에서 신속하게 움직이며 튜즈데이가 무대에서 나가게 했다. 토끼 가죽 재킷과 베레모, 스웨이드 부츠 차림의 남자가 얼음 위로 성큼성큼 걸어왔다.

어찌할 바를 모르는 듯 허둥댔지만 눈빛만은 다소 과다한 열정으로 번들거렸다.

"어서 오세요, 환영합니다. 아직 공연 전이에요. 시작은 내일부터니까 원하시면 오후 네 시 반 표를 사시면 됩니다."

마브는 선웃음 치며 말하는 남자가 본능적으로 싫었다.

"그러면 좋겠는데요."

리언이 팔짱을 끼며 천연덕스럽게 말했다.

"좋습니다, 좋아요."

남자가 간드러진 목소리로 말하면서 주머니에서 표 뭉치를 꺼냈다.

"꽤 볼만합디다."

리언이 느릿느릿 지갑을 꺼내면서 말을 이었다.

"끝내주는 여자애가 나오던데, 누구예요?"

솔이 되는대로 주워섬겼다.

"곰은 진짜 북극곰이에요? 살아 있는 진짜 곰이 스팽글을 걸치고 스케이트를 타는 거예요? 그러니까, 도무지 믿기지가 않아서요."

"'달 뜨는 화요일과 겨울의 약속'이라고, 우리 카니발 인기 스타가 나오는 공연이지."

토끼 가죽옷을 입은 남자가 히죽거리며 말했다.

"여자애 부모가 꽤 용감하네요. 딸이 그렇게 곰이랑 스케이트 타게 놔 두는 걸 보면."

리언이 돈을 세면서 슬쩍 말을 꺼냈다.

남자는 아무 말 없이 그저 차갑게 웃었다.

"부모님들이 곰 조련사예요?"

마브가 단어를 신중하게 골랐다.

"그게, 제 말은, 어디서 온 가족이에요?"

대답은 이미 알고 있었다.

'얼어붙은 강 위에서 아기랑 새끼 곰을 발견했을 테지.'

"튜즈데이 할머니가 손녀랑 곰을 같이 키웠어. 할머니가 대단한 조련사 거든."

남자가 대답했다.

마브는 눈을 감고 오래전 그날 밤 긴 외투 입은 형상을 얼핏 본 기억을 떠올렸다. 결국 다른 사람, 늑대 가죽옷을 입은 할머니가 있었다는 의미 였다.

리언이 인상을 잔뜩 쓰면서 남자한테 돈을 건넸다.

"모두한테 처음 있는 일이었죠."

남자가 뻐기듯이 말했다.

"튜즈데이는요? 튜즈데이는 언제부터 곰이랑 스케이트를 타기 시작했 어요?"

솔이 물었다.

남자가 솔을 보며 뻣뻣하게 웃었다.

"이래 봬도 우린 명색이 마법처럼 수수께끼로 가득한 카니발이란다."

"자, 공연이 무척이나 기대되는데 공연 날 오겠습니다."

리언이 낚아채듯 표를 받아 서둘러서 돌아섰다.

"이름이 왜 튜즈데이예요?"

마브가 거의 기어들어 가는 목소리로 물었다.

"화요일은 튜즈데이 운이 좋은 날이거든."

남자는 기쁜 기색이라고는 조금도 깃들지 않은 미소를 지어 보였다. 그러고는 이내 돌아서서 한여름 풀밭을 걷듯 한가로이 얼음판을 걸어서 가버렸다.

마브, 솔, 리언은 한동안 침묵 속에서 서로를 쳐다봤다. 모두가 충격을 받은 데다 혼란스러웠다.

"화요일은 내가 운이 좋았던 날이기도 해."

스케이트를 타고 툰드라를 향해 출발하면서 마브가 조용히 말했다.

"얼씨구."

솔이 웃었다.

"진짜라니까. 곰한테서 공격은 받았지만 섬사람들이 생명을 구해줬고 매릴리 선생님이 상처를 봉합해준 날이 화요일이었어."

'레이븐 강에서 새끼 곰과 아기가 같이 있는 걸 본 날이기도 하고.'

마브는 입 밖으로 꺼내지 않은 생각을 허공에 그대로 놔뒀다.

마브는 몰랐지만, 뒤에서 따라오는 리언은 계속 힐끔거리며 카니발을 돌아보고 있었다. 검은색 얼음 무대 위에는 상자가, 모닥불 안에는 쇠꼬챙이가 그대로 놓여 있었다. 리언 얼굴이 수심에 잠겨 어두워졌다.

11장 이보다 더 추울 수는 없다

　세 사람은 겨울 황혼이 짙게 깔릴 무렵에야 바람을 맞으며 스케이트를 타고 로이 코치의 버스로 돌아왔다. 마브는 그림자가 바뀌는 것을 느꼈다. 깊어지는 어둠이 지금 세 사람이 처한 분위기와 어울렸다.

　"그래서, 어땠습니까? 여자애를 만났나요?"

　로이 코치가 덜컹거리며 호텔로 돌아오는 길에 물었다.

　"전반적으로 어딘가 석연찮은 구석이 있어요."

　리언이 흘리듯이 중얼거렸을 뿐, 누구 하나 돌아오는 길 내내 입을 열지 않았다. 묻지 못한 질문이 허공에서 깜빡이는 것 같았다.

　마브가 잊지 못하는 꿈속 장면과 똑같이, 거대한 흰색 북극곰에 앞서 상자 안에서 나오던 튜즈데이가 마브 머릿속을 떠나지 않았다.

　호텔로 돌아온 마브는 스케이트를 닦고 장비도 말려야 했다. 작은 오락실에서 놀기도 해야 하는데 생각이 계속 카니발에 머물렀다. 이내 솔과 마브는 객실로 돌아가 이상했던 그 날 오후를 놓고 은밀히 수군거리기 시작했다.

"내일 카니발에 갈 때는 잊지 말고 핸드폰 챙기자. 그래야 촬영을 하지."

솔이 쉬지 않고 떠들었지만 마침 맞은편 방에서 들려오는 다른 목소리에 마브가 벌떡 일어나 벽으로 가서 귀를 바짝 갖다 붙이고 솔한테 조용히 하라고 신호했다.

얼음판에서 마브 몸짓을 읽는 데 도가 튼 솔은 즉시 입을 다물고 마브 옆으로 가서 똑같이 벽에 귀를 붙였다.

옆방에서는 리언이 목소리를 낮춰 얘기하고 있었다.

"여자아이 가족이 누구인지는 몰라요. 하지만 그 어떤 어린이도, 전문가건 말건, 공연을 하겠다고 목숨을 걸면 안 돼요."

"할머니가 부모 얘기는 꺼내지 않았어요. 그래도 아이한테 신경은 엄청나게 쓰는 것 같았는데."

부드러운 매릴리 선생님 목소리도 들렸다.

"그런 부상을 당했는데도 스케이트를 타게 하다니. 그것도 북극곰이랑……."

리언은 거의 이를 갈고 있었다.

"스케이트를 신었고 피부가 갈색인 여자아인가요?"

코치가 물었다.

코치가 이야기를 이어가는 걸 보면 보나 마나 아빠가 고개를 끄덕였을 것이다.

"그래요. 저도 늑대처럼 생긴 할머니와 같이 있는 여자아이를 봤습니다. 할머니한테서 좋은 인상을 받지는 않았어요. 어디에서 한 번 본 것 같았지만 도무지 생각이 안 나더니 이제야 기억났어요."

"어디였을까?"

마브와 솔이 서로를 쳐다보고 입을 뺑긋거렸다.

"몇 년 전에 카니발이 섬에도 왔었는데, 거기에서 본 것 같습니다. 선수 애들 몇몇을 데리고 보러 갔죠. 아주 오래전이었어요. 그때 코비도 있었습니다."

방에서 북풍이 몰아친 듯 마브는 삽시간에 온몸으로 퍼지는 냉기를 느꼈다.

'카니발이 섬에도 온 적이 있구나.'

"언제였을까?"

마브가 속삭였지만 솔은 그저 어깨만 으쓱했다.

"제가 보기에 그 사람들 머리가 꽤 좋아요. 시설 전체를 육지가 아닌 얼음 위에 세웠더라고요. 그러면 엄밀히 말해서 누구 영토에도 들어가지 않은 꼴이거든요."

리언이 말했다.

마브는 아빠가 한 말이 무슨 뜻인지 다 알아듣지는 못했지만, 대충 결과적으로 카니발이 누구 말도 들을 필요가 없다는 뜻이라고 짐작했다.

"제가 로이 코치랑 얘기해 볼게요. 카니발 과거나 여자아이 가족에 관해서 뭐라도 아는 사람이 있는지 알아보죠."

매릴리 선생님이 말했다. 그러더니 딸깍하고 문 닫히는 소리가 났다. 어른들이 흩어진 것 같았다.

"카니발이 섬에 언제 왔는지 그것만 알아도 좋을 텐데."

마브가 한숨을 푹 쉬었다.

솔이 마브를 가만히 쳐다보며 물었다.

"왜?"

마브는 뭐라고 대답할지 몰랐다. 머릿속에서 뒤죽박죽 섞인 생각을 입 밖으로 꺼내는 게 우스워 보였다. 하지만 다른 사람도 아니고 마브랑 가장 친한 친구 솔이었다.

마브는 침대 모서리에 앉아서 꼬물거리는 발가락을 내려다봤다.

"그게 있잖아, 어쩌면……."

말이 목에 턱 걸리면서 입술이 바짝 말랐다. 마브는 경기 직전에 하듯이 침을 한 번 삼켜서 마음을 진정시키고 다시 한 번 시도했다.

"만약, 만에 하나, 그러니까……. 그 사람들이 아기랑 새끼 곰을 납치해서 같이 스케이트를 타도록 훈련시킨 걸 수도 있어."

마브는 몸을 살짝 움츠리고 솔이 웃어젖히며 놀려대기를 기다렸다. 그런데 솔이 마브 어깨를 잡더니 말했다.

"코치님한테 물어보러 가자!"

하지만 마브는 고개를 저었다.

"안 돼. 그러면 우리가 엿들은 걸 눈치채실 거야."

"그럼 그때 카니발에 갔던 다른 사람한테 물어보자. 그러니까 내 말은, 코비 어때?"

마브가 뻣뻣해졌다. 코비와 사이는 그럭저럭 괜찮았다. 얼음 위에서 한 팀으로 경기를 치를 때는 심지어 좋다고 할 수 있었다. 얼음을 벗어나면 서로 거리를 지켰다.

"핼러윈에 래 누나가 했던 말을 기억해 봐!"

솔이 밀어붙였다.

'여자애랑 곰이 같이 자랐다면, 둘은 서로를 특별한 마음으로 아끼는 사이일 거야. 말이 되는 설명은 그것밖에 없어.'

래 누나 말이 아침 안개처럼 마브 마음속에 자욱하게 끼었다. 어느새 마브는 솔 말대로 자리에서 일어나 솔을 뒤따라 객실 밖으로 나갔다.

코비 객실은 고작 두 층 위였지만 다 오르는 데 이 년은 걸린 것 같았다. 한 발 뗄 때마다 마브 귓가에서 울리는 심장 소리가 커지더니 객실 문 앞에 다다랐을 무렵에는 마음속에 품은 의심에 스스로 당황해서 쿵쿵대는 북소리 말고는 아무 소리도 들리지 않았다.

튜즈데이와 만난 순간을 회상했다. 경기장에서 서둘러 빠져나가던 튜즈데이, 마브한테 관심을 보이던 튜즈데이를 생각했다. 두려움도 없이 상자에서 솟아오르던 튜즈데이를 떠올렸다.

마브가 주먹으로 문을 두드렸다. 잠시 아무 움직임도 없었다. 마브와 솔이 숨을 죽였다. 돌연 문이 날아갈 듯이 벌컥 열리면서 코비가 몸을 쑥 내밀었다. 한 손에 든 스케이트 은빛 날이 조명을 받아 번쩍였다.

마브는 어색하게 눈을 내리깔았다가 코비 발을 봤다. 멍투성이였다. 분명히 스케이트가 너무 작아서 저렇게 되었으리라.

"곰 싸움꾼, 무슨 일이야?"

"별일은 아닌데 뭐 좀 물어보려고요."

솔이 끼어들자 코비가 눈썹을 치켜올렸다.

"그러니까 형이 아직 어렸을 때일 것 같은데, 아마도요."

솔은 말을 할수록 갈피를 못 잡는 것 같았다.

코비는 킬킬대며 웃었지만 마브는 왠지 코비 눈빛이 차가워지는 기분이 들었다. 어찌 보면 슬프게도 보였다.

"오늘 경기장에서 좀 멀리 있는 카니발에 갔었어요."

마브가 코비한테 전단을 내밀었다.

"죽여주는데? 곰이랑 춤추는 여자애라니! 뭐야, 잭슨, 너도 가서 한 자리 끼려는 거야? 서커스단이랑 같이 달아나게? 곰이랑 붙어 싸우면서 밥 벌어먹고?"

마브는 조롱을 무시하고 말을 이어갔다.

"코치님이 예전에 형이랑 다른 선수들을 데리고 구경 갔던 카니발이랑 같은 카니발일지도 모르겠다고 하셨거든요. 형이 훨씬 어렸을 때라고 하셨어요."

이제는 코비가 인상을 쓰더니 마브 손에서 전단을 낚아챘다.

"전혀. 기억 없어."

"공연 본 기억은 안 나요? 코치님이랑? 언제였는지 생각 안 나요?"

코비가 못 참겠다는 듯이 씩씩거리자 마브는 당장에라도 코비한테서 멀어지고 싶었지만 겨우 참았다.

"잭슨, 지금 뭐 하자는 거지? 그건 왜 신경 쓰는데?"

코비 목소리가 얼음장처럼 차가워졌다.

"그러니까 지금 뭐 질투라도 하는 거냐? 코치가 너는 안 데리고 가서?"

코비가 몸을 앞으로 기울였다. 스케이트가 조금 더 위로 올라갔다.

"넌 다 가졌잖아. 가족에 새 장비에. 스틱이 부러졌다 하면 그때마다 새 스틱도 생기잖아! 그런데 아직도 질투한다?"

코비가 콧방귀를 꼈다.

"그땐 넌 팀에 들어오지도 않았을 때였어. 마블도 아니었고 아무도 너를 알지도 못했어. 곰이 총에 맞기도 전이었어."

코비가 말을 뚝 끊더니 맞은편 벽으로 마브를 냅다 밀어붙였다. 솔이 헉하고 숨을 들이마셨다.

마브가 벽을 밀면서 튀어 나가 오히려 코비 앞으로 바짝 다가섰다 코비도 놀랐지만 마브도 놀랐다.

"카니발을 본 게 곰이 공격하기 전이었어요?"

마브는 침착하고 분명한 목소리로 물었다.

코비가 눈을 가늘게 떴다.

"그래. 아마 거의 같은 날이었을 걸? 그땐 카니발에 춤추는 곰인지 뭔지 없었어. 그러니까 이게 뭐건 난 까먹은 지 옛날이라고."

코비가 안으로 들어가더니 두 사람 얼굴에 대고 쾅 소리가 나게 문을 닫았다.

마브는 움직이지 않았고 솔은 마브 옆에서 헉헉대며 숨을 몰아쉬었다. 놀라서 휘둥그레진 눈을 감추지도 않았다.

"으아, 저 형은 왜 저렇게 너를 못 잡아먹어서 안달이냐?"

마브와 함께 비틀비틀 걸으면서 솔이 중얼거렸다. 마브는 그저 어깨만 한 번 으쓱하려는 차에 문득 코비 말이 이해가 갔다. 가족의 뒷받침, 새 장비, 인기.

"코비 형한테는 뭐 하나 좋은 게 없어. 하키가 유일한 희망이야. 잘할 수 있는 뭔가를 보여줄 기회. 형은 장비를 제대로 다 갖추지도 못했지만, 그나마도 항상 낡아빠진 상태잖아."

마브 생각이 경기장에서 훈련이 시작된 날까지 거슬러 올라갔다. 그때 코비는 헬멧 없이 스케이트를 탔다.

'헬멧이 너무 작았나?'

"뭐야, 그러니까, 네가 마블이 안 됐다면 코비가 그 모든 후원을 받았을 거라는 뜻이야?"

솔이 물었다.

"아마도."

객실 앞에 다다라서 마브가 숨을 내쉬었다.

🌲 🌲 🌲

마브는 조바심이 났다. 알고 있는 사실을 쭉 되짚어봤다.

"카니발은 곰이 공격한 밤이랑 거의 비슷한 시기에 섬에 왔어. 그때만 해도 카니발에는 춤추는 소녀나 곰은 없었어. 그날 밤 아이와 새끼 곰이 사라졌어. 지금 카니발에는 그때 그 아기처럼 생긴 소녀와 스케이트를 타면서 춤추는 곰이 있어."

마브가 말을 끊고 솔을 쳐다봤다.

"이만하면 계속 파볼 만하지 않아?"

"당연하지! 너네 아빠나 코치님, 누구한테라도 알려야 해!"

마브는 가능성에 현기증이 났다.

'진짜 그 여자애면 어쩌지?'

"응, 그럴 거야. 이따 저녁 먹을 때 말씀드리려고."

솔은 스케이트 끈을 풀다 묶기를 반복하면서 계속 수다를 떨었다.

마브는 가만히 있기가 힘들었다. 창가로 가서 황량한 겨울 풍경을 내다봤다.

'저기 어딘가에 튜즈데이가 있어.'

캄캄한 허드슨만 하늘에서 별이 반짝였다. 달은 어슴푸레 빛나는 진주알 같았다. 아까 아빠한테서 빌린 쌍안경이 아직 마브한테 있었다. 마브는 수평선 근처에서 활활 타오르는 카니발 불길이 보일지도 모른다는 생각에 쌍안경을 들여다봤다. 하지만 아무것도 없었다. 까만 밤과 밤이 간직한 비밀뿐이었다. 아무것도 없었다. 끝없이 펼쳐진 시커먼 얼음뿐이었다.

방향을 제대로 잡고 보는 건지 미심쩍어서 마브가 볼 안쪽을 물었다. 고개를 갸웃하며 쌍안경을 서쪽으로 돌리자 일련의 환한 불빛이 대번에 시선을 사로잡았다. 마브는 집중해서 자세히 봤다. 얼음 위로 줄지어 흐르는 별똥별 같았다. 순간 마브는 온몸이 싸늘해지면서 정신이 번쩍 들었다. 눈에 보이는 저 광경이 뭔지 알 것 같았다.

"안 돼! 카니발이 떠나고 있어! 솔, 우리 아빠한테 알려야 해! 당장!"

두 소년이 동시에 우당탕거리며 계단을 내려가 불빛이 희미한 작은 바로 향했다. 리언, 매릴리, 코치, 로이가 함께 앉아서 두런두런 이야기를 나누고 있었다.

"카니발이 떠나는 것 같아요. 벌써 움직이고 있어요!"

리언이 벌떡 일어서서 창문으로 달려갔다.

"진짜네요."

리언이 못 믿겠다는 듯이 고개를 저었다.

"뭔가 눈치챘나 봐요."

매릴리 선생님이 말했다.

"아마도 마브 아버님이 아까 질문을 많이 한 게 마음에 안 들었나 봅니다."

코치가 한숨을 쉬면서 얼굴을 찡그리고 창문 쪽으로 몸을 기울였다.

"북극곰을 키우는 게 불법이에요?"

솔이 놀란 듯이 물었다.

"굉장히 위험하지. 곰이 무슨 짓을 할 수 있는지 우린 다 잘 알잖아."

매릴리 선생님이 마브를 휙 돌아봤다.

"그렇죠……. 전 알죠."

마브가 끼어들었다.

"그래도 저기 있는 곰은 그냥 보통 곰이 아닌 것 같기는 해요……."

안에 있는 사람들이 한꺼번에 마브를 쳐다봤다. 마브는 얼굴을 붉히지 않으려고 애썼다.

"제 말은, 곰이 여자아이랑 같이 스케이트 타는 모습이 진짜 무슨 마술 보는 기분이었다니까요. 그 둘은 정말 떼려야 뗄 수 없는 사이 같았어요. 아무래도 둘이 같이 자란 게 아닐까 싶은……."

리언이 한쪽 팔로 아들 어깨를 감싸고 다정하게 말했다.

"알지. 진짜 기적의 북극곰이었지."

"카니발을 추적할 방법이 있을 거예요. 수를 내야죠."

마브가 몹시 허탈해하자 매릴리 선생님이 말했다.

"사람이 떠난 자리에는 항상 뭐라도 남기 마련이죠."

코치가 하얀색 깃털 하나를 앞으로 내밀며 말했다. 백조 날개깃처럼 매끈하고 윤이 났다.

카니발이 사라지자 마브는 지금껏 경험하지 못한 깊은 상실감을 느꼈다.

아기가 있었다. 분명히 있었다. 새끼 곰도 있었다. 그리고 그 둘이 저기 '북쪽의 별 카니발'에 있는데 여전히 닿을 수 없었다.

마브는 한참이 지나서야 잠들었다.

마브는 몰랐지만, 마브 침실 창문밖 툰드라 너머 밤처럼 까만 얼음을 가로지르는 화차 썰매에 튜즈데이가 있었다. 바닥에 무릎을 대고 앉아서 두 손으로 창살을 쥔 채 얼굴에 곰이 남긴 흉터가 있는 남자아이를 또 만날 날이 있을까 생각하며 하염없이 바깥을 내다봤다.

유세프가 공연을 취소하는 경우는 극히 드물었다. 가끔 튜즈데이한테 온 마음을 빼앗긴 관객 몇몇이 튜즈데이에 관한 것을 죄다 알아내려고 했는데, 그럴 때면 한밤중에라도 카니발과 유명한 대스타는 조용히 사라지곤 했다.

험악한 날씨에 아무도 공연을 보러 오지 못하는 날이 있었다. 유세프는 그럴 때도 아랑곳하지 않고 불이란 불을 죄다 밝히고 공연을 시작했다. 그러다가 첫 번째 무대가 끝날 때까지 결국 아무도 나타나지 않으면 겨울 날씨 따위는 두렵지도 않다는 듯 이동했다.

튜즈데이가 아는 한 카니발이 즉흥적으로, 또는 그저 어떤 걱정거리 때문에 야영지를 포기한 적은 한 번도 없었다.

'무슨 일로 도망치는 걸까?'

튜즈데이는 칠흑 같은 머릿결을 잘근거리면서 생각을 정리해봤다.

마브가 북극성에 왔다. 튜즈데이가 봤다. 거리는 멀었지만 마브라는 걸 튜즈데이는 알았다. 나를 보러 왔을까? 나를 도와주려고? 마브가 어떤 식으로든 유세프를 겁먹게 했나?

상처를 꿰맨 지 얼마 지나지 않았기에 튜즈데이는 공연 전체를 다 안 해서 안도했지만, 마브하고 이야기를 나눴으면 좋았을 것이었다.

곁에 있는 프로미스가 꾸벅꾸벅 졸며 끙 끙 소리를 냈다. 큼지막한 머리를 누인 무릎이 묵직했다. 프로미스는 빙글빙글 도는 얼음과 불확실한 세상에서 한결같이 튜즈데이를 잡아주는 닻이었다.

튜즈데이는 프로미스 귀를 쓰다듬으면서 마블의 섬을 다시 생각했다.

'곰이랑 사람이 함께 살아가는 그런 장소가 정말 있을까?'

튜즈데이는 전심을 다 해 꼭 그런 곳이 있기를 희망했다. 그러고는 프로미스한테 몸을 숙이고 마침내 잠이 들었다. 튜즈데이는 꿈도 꾸지 않았다.

허스키들이 마지못해 질주를 멈추자 튜즈데이가 일어나 앉아서 두 눈을 비볐다. 아무래도 몸을 움직이며 답을 찾아야 할 것 같았다. 튜즈데이는 주머니에서 열쇠를 꺼내서 우리 문을 열고 눈송이처럼 가볍게 빠져나왔다.

프로미스도 느릿느릿 나와서 뒤에 따라붙었고 둘은 아침 산책길에 나섰다. 소녀와 곰이 발걸음을 맞춰 움직였다. 고요한 생각이 자아낸 은사

줄기 하나가 둘 사이를 누볐다.

단원들이 졸음기 가득한 모습으로 일어나 화차 썰매 밖을 내다보고, 밤새 개들을 몰던 이들은 기꺼이 잠자리로 기어들어 갔다.

오늘은 공연이 없을 터였다.

튜즈데이가 옆으로 지나가자 모두가 돌아보며 웃어주었다. 자리나가 짐칸에서 단숨에 뛰어나와 튜즈데이를 꼭 안았다. 프로미스를 달래라면서 라벤더를 채운 작은 주머니도 주었다.

"프로미스가 잘 때 베개 밑에 깔아줘. 상자 안에도 살짝 뿌려 놓으면 프로미스가 안에 들어가서도 조금은 덜 불안해할 거야."

튜즈데이는 고마운 마음에 눈물이 날 것 같았다. 하지만 울지 않았다. 정신을 똑바로 차리고 자리나한테 웃는 것으로 감사함을 전했다.

"튜즈데이, 잘 잤니?"

한스와 프랑코가 활짝 웃으면서 작고 따뜻한 도자기 찻잔에 크림을 듬뿍 넣은 달콤한 차를 가득 따라 건넸다. 꿀맛이었다.

"다리는 좀 어때?"

두 사람이 경쾌한 목소리로 물었다. 튜즈데이를 너무 다정하게 대하지 말라고 그레타한테 한 소리 듣는 것 따위는 신경도 안 쓰는 눈치였다.

"괜찮아요."

튜즈데이가 얌전하게 고개를 끄덕였다. 두 사람은 프로미스도 차를 길게 한 모금 들이키게 해줬다.

톨야 아저씨가 화차 문을 열고 고개를 내밀어 주름지고 창백한 얼굴로 아침을 맞았다. 아저씨는 썰매를 모느라 밤새 한숨도 못 잤다. 눈썹에 졸

음기와 고드름이 주렁주렁 매달린 아저씨는 아직 반쯤 꿈속에 있는 것 같았지만, 튜즈데이한테 왔다. 튜즈데이가 프로미스랑 있을 때 이렇게까지 가까이 다가온 적은 없었다. 그러더니 뭔가를 어깨에 걸쳐주었다. 큼직한 목도리, 또는 섬세하게 짠 분홍색 작은 모직 담요 같은 물건이었다.

"괜찮아진 걸 보니 정말 좋구나."

아저씨가 장갑 낀 튜즈데이 손을 잡으면서 다정하게 얘기했다.

"그럼요, 전 괜찮아요."

튜즈데이가 어깨를 으쓱했다. 사실이었다. 처칠을 떠나서 슬펐는데, 북극성 동료들이 보여주는 따뜻한 배려와 반갑게 맞이해 주며 환영하는 느낌에 얼어붙었던 심장이 다소 녹은 기분이었다. 튜즈데이는 이런 애정 표현이 익숙하지 않았다.

"네가 상자 안에 갇혔을 때 우린 정말 걱정이 많았단다."

아저씨가 말을 멈추고 촉촉한 눈가에서 눈물을 닦아내는 바람에 튜즈데이는 무척 놀랐다.

"난 네가 아기였을 때, 몹시 추운 날 바로 이 담요에 싸인 널 그레타가 데려왔을 때부터 봐왔지."

아저씨가 튜즈데이 어깨에 두른 담요를 가리켰다.

"너를 위해서 그걸 내내 지니고 있었어. 넌 진정한 카니발의 일원이야. 하지만 널 얼음 위에 남겨놓은 게 누구인지는 몰라도……."

아저씨가 긴장한 듯 잠시 머뭇거렸다.

"여하튼, 네가 어디에서 왔건 우린 모두 너를 사랑한단다."

튜즈데이는 말문이 막혔다. 한때 자기 것이었던 소중한 무언가를 직접 가져보는 일은 드물었다.

완전히 잠에서 깬 곡예사 아이들이 자기들 화차 지붕을 재주넘기로 누비면서 노래하듯이 프로미스한테 말을 걸고 튜즈데이한테 이쪽으로 오라고 불렀다. 이런 일은 한 번도 없었다. 평소에 아이들은 곰을 무서워했다.

튜즈데이는 곡예사 아이들 화차를 들여다봤다. 이렇게 좁고 지저분하면서도 유쾌한 보금자리는 처음 봤다. 이름도 모르는 생물과 꽃으로 사방 벽을 장식해 놨다. 천장을 가로질러 새겨놓은 상징은 아무래도 글자 같았다. 어차피 튜즈데이는 못 읽었다. 스팽글이 달린 스카프를 창문에 걸었고 빠끔한 공간 하나 없이 멋진 수공예 목각 인형으로 곳곳을 채워 놨다.

튜즈데이는 단 한 번도 인형다운 인형을 가져본 적이 없었다. 프로미스가 실수로 망가뜨리기 일쑤였다.

"들어와."

아누슈카가 미소 지었지만 튜즈데이는 프로미스 곁을 떠날 수 없었다. 둘은 한 몸이자 한 팀, 한 가족이었다. 따뜻하고 멋진 곡예사 가족 화차에는 프로미스가 들어갈 자리가 없었다.

"그래, 알았다, 사랑스러운 꼬마 같으니라고."

아누슈카가 밖으로 나와서 계단에 자리 잡고 앉았다. 루시가 대번에 엄마 무릎으로 기어올라서 따뜻하게 구운 사과를 튜즈데이한테 건네더니 프로미스한테도 장난스럽게 하나를 던졌다. 차가운 사과였지만 사랑이 담겼다.

튜즈데이가 짧게 숨을 들이마신 뒤 조용히 물었다.

"우리 왜 도망쳐요?"

아누슈카가 살짝 얼굴을 찌푸리면서도 대답했다.

"어제 리허설에 온 사람들 있잖니, 글쎄다, 그 사람들이 누구인지는 몰라도 유세프 마음에 안 들었나 봐."

"저도 경기장에서 그중 한 사람을 만났어요. 상처 꿰매는 데 같이 있었어요."

아누슈카가 얼굴을 더 찡그렸다.

"튜즈데이, 넌 정말 굉장히 뛰어난 아이야. 너 없이는 카니발 자체가 존재하기 힘들지……. 하지만 나머지 우리는……. 우리가 언제까지고 여기 있을 거는 아니야."

튜즈데이는 주변 세상이 뜯기고 찢어지는 것 같았다. 곡예사 가족은 카니발에서 삼 년도 더 넘게 있었다. 튜즈데이도 점차 곡예사 가족한테 애정을 느끼면서 친척처럼 여기고 있었다.

"왜요?"

튜즈데이가 간신히 물었다.

아누슈카가 목소리를 낮췄다.

"우리 중에는 그레타랑 유세프가 일하는 방식이 가끔 불편한 사람도 있거든."

아누슈카가 잠시 말을 멈추고 튜즈데이 얼굴을 쓰다듬었다.

"너하고 네 곰을 대하는 방식이 마음에 안 들 때도 있고."

튜즈데이가 침착함을 잃지 않으려고 어색하게 침을 삼켰다.

"만약 떠난다면……. 우리도 데려가면 안 돼요?"

튜즈데이는 충격을 받아서 말도 더듬거리고 목소리도 기어들어 갔다.

아누슈카가 깊게 한숨을 내쉬더니 튜즈데이 두 손을 꼭 잡았다.

"아, 튜즈데이……. 너를 러시아로 데려갈 수는 없어. 네가 혼자 오겠다면야 당연히 같이 가겠지만……."

튜즈데이가 계단에서 벗어나 몸을 날리듯이 프로미스한테 뛰어들었다.

"안 돼요."

튜즈데이는 숨을 몰아쉬었고 아누슈카는 고개를 끄덕였다.

"그럼 넌 먼저 읽고 쓰기부터 배워야 해. 그래야 우리가 너랑 프로미스를 둘 다 받아줄 만한 곳을 찾아서 너한테 편지라도 보내지."

튜즈데이가 침을 꿀꺽 삼켰다. 당장 아누슈카 품에 안겨서 두 눈이 빠지도록 펑펑 울고 싶었지만, 우는 대신 이렇게 물었다.

"사냥도 가르쳐 주시겠어요?"

"그럼."

아누슈카가 구름처럼 부드러운 목소리로 속삭였다.

사랑하는 곰과 튜즈데이를 반갑게 맞이해준 화차에서 떠나 둘 만의 작은 우리로 돌아가는 길, 겨울은 그 어느 때보다 추웠다.

12장 탈출

한 달 뒤, 별빛 흐르는 얼음 무대 위로 커튼이 닫히고 튜즈데이가 마음을 빼앗긴 관객을 향해 미소를 보냈다. 한 손은 쭉 뻗어서 프로미스 발을 꽉 잡고 진정시켰다.

또 하룻밤을 버텨냈다. 튜즈데이는 무릎을 굽혀 우아하게 인사하며 공연이 끝났다는 데에 진심으로 안도했다. 매일 밤 프로미스는 상자에 들어가기를 조금씩 더 거부했고, 매일 밤 튜즈데이는 이 사실을 그레타한테 감추려고 더 애써야 했다. 매일 밤 점점 더 가까워진 북극성 단원들은 튜즈데이를 조금씩 더 감싸고돌기 시작했다.

이런 변화가 하나도 마음에 들지 않았던 그레타는 튜즈데이와 프로미스 둘 다 단원 식사 자리에 끼지 못하게 막았다. 단원 누구도 대놓고 반대하지는 않지만 튜즈데이와 프로미스 화차로 먹을 것을 갖다주었다. 단지 늘 양이 부족할 뿐이었다.

관객이 다 빠져나가자마자 튜즈데이는 프로미스를 무대 한편으로 데리고 가서 스케이트를 벗겨 줬다. 튜즈데이도 하얀색과 황금색 천으로 짠 화려한 무대 의상에서 연습용 연보라색 치마로 갈아입은 뒤 스케이트를 바꿔 신고 자리나한테 가서 소품 정리를 도왔다.

한쪽 구석에서 우울한 표정으로 튜즈데이를 바라보는 프로미스 모습에 튜즈데이는 한숨이 나왔다.

"그래, 프로미스. 또 하룻밤이 끝났어."

프로미스가 모닥불이 타오르는 장막을 주둥이로 가리켰다. 눈 덮인 얼음판 위에 음식을 먹도록 차려놓은 곳이었다. 튜즈데이는 고개를 저으며 프로미스한테 다가가서 털북숭이 얼굴을 두 손으로 감싸고 미소 지으며 말했다.

"안 돼, 내 사랑. 열매나 따 먹으러 가자."

달이 은빛으로 빛났다. 튜즈데이가 얼음 벌판을 지나 다홍색 숲속으로 들어섰다. 프로미스가 튜즈데이 발뒤꿈치를 코로 문질렀다. 튜즈데이는 어둠 속을 보는 데 익숙했지만 작은 횃불을 들고 왔다. 튜즈데이는 웅크리고 앉아서 버섯을 따거나 프로미스가 씹어서 단물이라도 빨아 먹도록 달빛 색깔 나무껍질을 벗겼다. 겨울 열매가 드문 터라 눈을 뒤집어쓴 고사리 덤불 속에도 기어들어 갔다.

튜즈데이는 교육을 받아본 적이 없었다. 그레타가 그럴 시간이 없다고 했다. 튜즈데이는 글도 못 읽고 시계도 못 보고 기본 셈 말고는 산수도 몰랐다. 북극성 단원들이 이를 바꿔보겠다고 튜즈데이를 몰래 도와주고 있었지만, 튜즈데이는 숲을 이해하고 계절에 따라 달라지는 분위기 읽는 법을 배웠다.

튜즈데이는 눈송이가 피부 위를 가로질러 어떻게 춤추는지만 보고도 눈 종류를 맞힐 수 있었다. 북극에 뜬 달을 힐끔 보기만 해도 지금이 몇 월인지를 알았다. 부싯돌로 불꽃도 피웠다. 엄지장갑이 더 따뜻해지도록 가죽을 덧대서 꿰맬 줄도 알고, 자작나무 가지를 깎아서 은빛 화살도 만들었다. 하지만 튜즈데이와 프로미스는 사냥 기술을 더 연습해야 했다.

둘은 말없이 나무들 사이로 걸었다. 소녀와 곰, 무시무시한 그림자가 딸린 어린아이는 말이 필요 없었다. 둘이 쓰는 언어는 말을 뛰어넘는 그 무엇이었다. 발걸음 소리, 엇박자로 내쉬고 들이마시는 숨소리, 아무리 가파른 계곡이어도, 강이 하늘에 닿을 만큼 높은 곳이어도, 서로가 서로를 따르리라는 것을 알고 뛰는 심장 소리 이 모두가 둘의 언어였다.

덤불 속에서 무언가 부스럭거렸다. 튜즈데이와 프로미스가 즉시 모든 움직임을 멈췄다. 튜즈데이가 가만히 있으라는 의미로 장갑 낀 한쪽 손바닥을 프로미스한테 들어 보이며 조용히 무릎을 꿇고 앉았다. 튜즈데이는 더없이 신중하게 등에서 활을 벗어 들었다. 숨소리도 내지 않고 외투 주머니에서 짤막한 나무 화살을 꺼냈다. 튜즈데이가 직접 깎아 만든 화살은 다소 뭉툭하고 묵직했다.

작은 동물이 굴을 파고 다니는지 앞쪽 덤불이 흔들리기 시작했다. 프로미스가 낮게 으르렁대며 고개를 획 들었다. 튜즈데이가 화난 듯 얼굴을 찌푸렸다.

"조용."

튜즈데이는 호흡을 가다듬고 활을 당겼다. 편히 쉬기를 바라는 다친 산토끼라든가 죽어도 마땅한 못된 토끼, 너무 늙어서 날지 못하는 태곳적 까마귀처럼 뭐라도 나이 들고 느린 동물이기를 바랐다. 튜즈데이는 나뭇잎 아래 작은 생물한테 치명적인 상처를 입힐 준비를 하면서도 온통 이런 생각뿐이었다.

부스럭거리는 소리가 커질수록 튜즈데이는 죽음의 과정이 속히 끝나기를 간절히 바라며 숨을 멈췄다. 마음을 단단히 먹고 심장을 얼음처럼 차갑게 식혔다.

'프로미스가 먹어야 해. 강해져야 해.'

빽빽한 나뭇잎이 갈라지며 조그맣고 새까만 다람쥐가 고개를 쏙 내밀었다. 천진난만하게도 작은 꼬리가 물음표 모양으로 말려 있었다. 튜즈데이는 활줄 쥔 손가락에 힘을 주며 이를 앙다물었다.

'프로미스가 살아야 해.'

다람쥐가 겁도 없이 장난스러운 표정으로 튜즈데이를 올려다봤다. 작은 코를 찡긋거리고 밤공기를 킁킁대면서 앞으로 쪼르르 나왔다. 튜즈데이는 두 눈을 꼭 감고 활시위를 낳다. 화살은 다람쥐를 크게 벗어나 근처 나무에 꽂혔다.

"젠장!"

눈 깜짝할 사이에 털북숭이 다람쥐가 사라져 버리자 튜즈데이가 꽥 소리를 질렀다. 프로미스가 느릿느릿 겅중거리며 다람쥐 뒤를 쫓아갔다.

튜즈데이가 짜증을 내면서 활을 내동댕이쳤다.

"그냥 쏴버렸어야 했는데!"

튜즈데이가 씩씩대면서 소복이 쌓인 눈을 두 주먹으로 마구 내리쳤다. 프로미스는 얼어붙은 쐐기풀을 쩝쩝 씹으면서 조용히 덤불 속을 터벅터벅 다녔다. 프로미스는 사냥 본능이 없었다. 그레타가 말끔히 걷어내 버렸다. 그래놓고 통이나 깡통이나 금속 식판에 담겨 나오는 먹이에 익숙해지게 했다. 게다가 프로미스는 고기를 거의 못 먹어봤다. 프로미스한테서 사냥 욕구 싹을 아예 잘라버리려고 식물 위주로 먹이를 준 터였다.

튜즈데이가 자리에서 일어나 나무에 박힌 화살을 잡아 **빼고는** 어슬렁거리며 다가오는 프로미스한테 손을 뻗어서 등을 쓰다듬어 줬다.

"프로미스, 미안해. 아기 다람쥐였어. 아직 얼마 살아보지도 못한……. 도저히 쏠 수가 없었어."

튜즈데이는 한숨을 쉬었지만 프로미스가 하도 마뜩잖은 표정으로 쳐다보는 통에 그만 웃음을 터트렸다.

"다음에, 다음에는 꼭 잡아줄게."

튜즈데이는 프로미스 머리를 탁탁 두드려 주고는 숲을 향해 돌아섰다.

채 한 발도 떼기 전에 다시 무슨 소리가 나서 둘 다 그대로 멈췄다. 높고 길게 매 매 울며 무력하게 신음했다. 튜즈데이 얼굴이 구겨졌다. 어딘가 끔찍할 만큼 귀에 익은 소리였다.

"프로…."

튜즈데이가 프로미스를 불렀지만, 프로미스는 이미 소리 나는 쪽으로 걸어가고 있었다. 튜즈데이가 속도를 높여 달렸다. 프로미스 앞으로 치고 나가서 손바닥을 들어 올려 멈추라고 신호했다. 프로미스가 멈추더니 고개를 숙이고 튜즈데이를 앞으로 밀었다.

"알았어. 조금 천천히 가."

튜즈데이가 속삭이면서 다시 프로미스와 함께 걷기 시작했다.

프로미스가 이런 식으로 행동한 적이 예전에도 몇 번 있는데 그때마다 상처 입은 동물을 찾아냈다. 튜즈데이는 입술을 깨물면서 부디 자기가 죽일 수 있을 만큼 작은 동물이기를 바랐다.

'떼까마귀나 큰까마귀 같은 새일지도 몰라.'

"매." 하고 다시 들려오는 소리에 튜즈데이가 움찔했다.

'새가 아니야. 북극여우인가?'

튜즈데이는 제발 썰매 개만은 아니기를 바라고 또 바랐다.

마침내 나무 사이로 시야가 트이자 튜즈데이가 얼어붙었다. 묵은 낙엽이 쌓인 눈앞 공터에 쓰러져 있는 동물은 다름 아닌 버터우유라는 이름의 염소였다. 카니발에서 키우는 유일한 염소 덕에 단원들이 버터와 우유를 얻을 수 있다면서 루시가 버터우유라고 이름 붙였다.

옆으로 누운 버터우유 목 근처에 단풍잎처럼 새빨간 피가 번져 있었다. 탁한 눈동자 위로 파르르하던 눈꺼풀이 덮였다. 튜즈데이는 헉 소리를 내면서 그대로 무릎을 꿇었다. 뒤에 오던 프로미스도 무겁게 숨을 몰아쉬면서 멈춰 섰다. 그러더니 난데없이 앞으로 쏜살같이 튀어 나가는 바람에 튜즈데이는 화들짝 놀랐다.

"안 돼!"

너무 늦었다는 걸 알면서도 튜즈데이가 울부짖었다. 불쌍하게도 작은 염소는 이미 죽었다.

'야생 북극곰이 염소도 사냥하나?'

튜즈데이는 의문이 들었다. 톨야 아저씨가 북극곰은 얼음 위에서 바닷속 바다표범이나 생선을 잡아먹는다고 했다. 그런데 염소라고? 한 번은 쥬드가 관객들이 튜즈데이를 무슨 별가루로 빚은 소녀인 듯 바라보는 이유도 프로미스 같은 곰이 치명적으로 위험하다는 사실을 알기 때문이라고 했다.

'그런데 곰이 염소를 먹을까? 당연하지. 배가 고프면. 하지만 이건 그냥 염소가 아니잖아.'

공터 맞은편에서 목이 졸린 듯 가느다란 비명이 나더니 어둠이 내린 숲속에서 루시랑 루시 오빠들이 나왔다. 루시가 큰 눈으로 프로미스를 슬프게 보더니 프로미스 발치에 죽어 있는 염소로 눈길을 돌렸다. 프로미스 털이 붉은 피로 물들어 있었다. 튜즈데이보다 한 살 어린 사랑스러운 루시는 버터우유를 강아지 키우듯 보살폈고 거대한 곰 프로미스가 주변에 있으면 항상 조금쯤은 불안해했다.

"루시, 프로미스가 염소를 다치게 한 게 아니야. 우리가 발견했을 때부터 저랬어."

튜즈데이는 설명하고 싶었다. 하지만 루시는 눈물을 낙엽처럼 흩뿌리며 경악한 표정으로 도망쳤다. 오빠들이 루시를 쫓아갔다.

튜즈데이가 털썩 주저앉았다. 폐에서 바람이 새는 것 같았다.

'루시는 프로미스가 버터우유를 죽였다고 생각하나 봐……. 불쌍한 루시…….'

그 순간 튜즈데이 심장이 발끝까지 곤두박질쳤다.

'프로미스한테 무슨 일이 벌어지는 게 아닐까?'

북극성 단원들이 프로미스가 동물을 죽이고 다닌다고 생각하면 프로미스랑 같은 화차에서 지내는 튜즈데이가 안전하지 않다고 여길 것이었다. 사랑하는 곰한테서 튜즈데이를 떨어뜨려 놓을지도 몰랐다. 하지만 프로

미스는 튜즈데이가 없으면 잠들지 못하고 튜즈데이는 프로미스가 없으면 숨을 못 쉬었다.

"프로미스, 가자."

튜즈데이가 야영장 반대편으로 손짓했다. 희미하게 반짝이는 별빛 사이에서 프로미스의 깊은 눈동자가 튜즈데이의 눈을 찾았다.

"물이 있어야 해."

튜즈데이는 근처에 물이 있기를 바라며 중얼거렸다. 프로미스를 깨끗이 씻겨서 염소를 해친 게 프로미스가 아니라고 어른들을 믿게 할 수만 있으면 그냥 넘어갈지도 몰랐다. 당장은 말이다.

튜즈데이는 입술을 깨물고 프로미스와 발걸음을 맞춰 나란히 걸었다. 당황하지 않기가 어려웠다. 뒤에서 튜즈데이 이름을 애타게 부르는 단원들 고함과 울음소리가 들렸다. 하지만 튜즈데이는 귀를 닫아 버렸다.

'프로미스 털에서 피만 씻어낼게요.'

드디어 튜즈데이와 프로미스가 얼어붙은 작은 시내에 다다랐다. 튜즈데이는 갖은 수를 써서 얼음을 깨트렸다. 조각 난 얼음덩어리를 손에 들고 프로미스 털에 대고 녹여 가며 주둥이와 발바닥을 인정사정없이 문질렀다.

프로미스도 튜즈데이 분위기가 어둡다는 걸 느끼는지 튜즈데이 앞에서 쭈그리고 앉듯 몸을 둥글게 말았다. 한밤중 얼어붙은 작은 강 위에서 프로미스는 튜즈데이 가슴에 이마를 기대고 눈을 꼭 감았다. 더없이 다정하고 부드러운 몸짓이었다. 세상에 이보다 더 큰 사랑은 없었다. 튜즈데이는 떨리는 두 팔 가득 프로미스를 끌어안고 젖은 털 냄새를 들이마셨다.

프로미스한테서 눈 녹은 냄새와 모험의 향기가 났다.

튜즈데이 이름을 외쳐 부르는 키 큰 형체가 강둑에 불쑥 나타났다.

"여기 있어요."

튜즈데이가 누구인지 살펴보니 루시 아빠인 서배스천 아저씨였다. 아저씨는 화도 났지만 복잡해 보이는 표정이었다.

"튜즈데이! 세상에, 찾았다. 이게 다 무슨 일이냐?"

"우린 그냥 숲속을 걷고 있었어요. 그러다가 버터우유를 찾았는데…….
버터우유는 벌써 죽어 있었어요. 프로미스가 해친 거 아니에요…….."

서배스천이 소녀를 응시하는 강 위로 어쩐지 불안한 적막감이 흘렀다.

"네가 곰을 얼마나 사랑하는지는 우리도 다 알아. 그레타는 네가 곰이
랑 너무 가까워지게 놔뒀어. 그래 봤자 곰은 동물인데 말이지."

튜즈데이가 가슴을 움켜쥐면서 고개를 저었다.

"이 일로 튜즈데이 너를 탓할 사람은 없다. 하지만 너도 사실대로 말해
야 해."

"지금 그러고 있는데요."

튜즈데이는 도전적이라 할 만큼 당돌했다.

"그런데 곰 털에서 피는 왜 씻어내고 있지?"

서배스천이 훨씬 부드럽게 물었다.

튜즈데이가 숲속 그 어떤 나무보다도 몸을 곧게 세웠다.

"루시가 얼마나 공포에 질렸는지 봤거든요. 그리고 제 말을 안 믿으실
줄도 알았고요."

튜즈데이한테는 보이지 않았지만, 탁한 밤공기 속에서 서배스천은 슬

퍼 보이는 미소를 짓고 있었다.

'이 아이는 곰처럼 용감하구나.'

서배스천이 생각했다.

"일단 둘 다 집으로 가자."

서배스천이 한 손을 튜즈데이한테 내밀었지만, 튜즈데이는 날렵하게 움직여서 혼자 강에서 나왔다. 프로미스는 태연하게 어슬렁거리며 따라왔다. 두 사람은 하얀 곰을 사이에 두고 침묵 속에서 터덜터덜 야영지로 돌아가다가 숲 가장자리에 이르러 눈앞에서 벌어지는 소란에 덜컥 멈춰 섰다.

"어린애가 감당하기엔 너무 큰 짐을 강요하고 있다고요!"

아누슈카가 울분을 이기지 못하고 고함치고 있었다. 루시는 엄마 다리에 매달려서 흐느끼고 있었다.

튜즈데이는 충격을 받고 별빛이 비치는 어둠 속에서 눈을 깜빡였다. 아누슈카는 강한 여자였지만, 그레타는 물론이고 누구한테 목소리를 높이는 일은 매우 드물었다.

늙은 여인은 표정 하나 변하지 않고 조각상처럼 움직이지 않았다. 회색 머리가 달빛을 받아서 유령처럼 하얗게 보였다.

"헛소리!"

그레타가 매몰차게 쏘아붙였다.

"둘은 같이 자랐어요. 둘이 서로를 얼마나 아끼는지는 누구라도 한 번에 알 수 있어요. 하지만 프로미스는 야생동물이라고요. 염소도 죽었는데 다음에 과연 무슨 짓을 할지 우리가 어떻게 알겠어요? 튜즈데이를 해치지 않을 거라고 어떻게 장담하느냐고요. 아니면 우리 애들은요?"

아누슈카가 따지고 들었다.

"우리가 본때를 보여주면 돼. 말귀를 알아들을 만큼 단단히 혼꾸명내야지."

그레타 목소리는 얼음장 같았다.

"곰한테 무슨 짓을 하면 튜즈데이만 상처받아요. 심장에 대못을 박는 꼴이라고요."

아누슈카가 맞받아쳤다.

긴장감 속에 적막이 흘렀다.

"이번 공연이 끝이에요. 우리 가족은 봄에 떠날 겁니다."

아누슈카가 덜덜 떠는 딸을 안아 올리더니 훌쩍 가버렸다.

그레타는 왠지 풀죽은 모습이었다. 나무 그루터기에 앉아서 지친 듯이 한숨을 내쉬었다. 바람이 눈을 쓸어 올렸다. 뽀드득 소리를 내며 유세프가 걱정스러운 표정으로 다가와서 물었다.

"진짜 프로미스가 염소를 죽였을까?"

그레타가 고개를 저으며 냉정하게 말했다.

"아니. 곰이 한 짓은 아니야. 애가 갈수록 분수를 모르고 깝죽대네. 곰을 그렇게 사람들이랑 가깝게 지내게 하고."

튜즈데이 발밑에서 땅이 요동쳤다. 튜즈데이가 땅바닥에 털썩 주저앉자 까맣게 얼어붙은 낙엽이 위로 훅 날아올랐다. 흐느낌이 목구멍을 치고 올라왔지만 꿀꺽 삼켜 넘겼다. 프로미스가 튜즈데이 무릎에 머리를 올렸다. 튜즈데이는 프로미스 작은 두 귀를 꽉 움켜잡았다. 옆에 있던 서배스천은 욕이 튀어나오려는 입을 손으로 틀어막고 중얼거렸다.

"맙소사, 저 여자는 진짜 마녀라니까."

그레타가 화난 듯 한숨을 쉬었다.

"아누슈카가 그만둘 줄은 몰랐지만 곡예사는 차고 넘치니까 곧 새로 구할 수 있어."

유세프가 얼른 고개를 끄덕이며 어눌하게 말했다.

"할 일을 한 거야. 여하튼 프로미스한테는 벌을 줄 생각……."

"안 돼."

튜즈데이가 이를 갈자 서배스천이 프로미스를 빙 돌아서 튜즈데이 옆에 와 쭈그리고 앉더니 한쪽 팔로 어깨를 따뜻하게 감쌌다.

잠깐이었지만 튜즈데이는 부모의 사랑을 느꼈다. 빨갛게 물든 야생 나무 아래에서 그 순간만큼은 서배스찬 아저씨 딸이었다. 하지만 서배스천은 금방 튜즈데이 곁을 떠나 달빛 속으로 성큼성큼 멀어졌고 튜즈데이는 몸을 와들와들 떨었다. 흠뻑 젖은 튜즈데이 옷이 얼어붙기 시작했다.

"곰도 아이도 건드리지 마요."

서배스천이 차분하게 말했다.

유세프는 낯빛이 허옇게 질렸지만 그레타는 완전히 침착한 모습으로 일어났다.

"유세프가 원하는 대로 할 거야. 카니발은 유세프 거니까."

서배스천이 그레타 시선을 그대로 받았다.

"프로미스는 잘못한 게 없어요. 모두가 알게 될 겁니다."

"과연 그럴까?"

그레타가 쌀쌀맞게 말했다.

"아무렴요."

서배스천이 대답하더니 돌아서서 걷기 시작했다. 야영지에 닿기 직전 어깨 너머로 힐끔 돌아보며 말했다.

"아내 말처럼 우리는 봄에 떠납니다."

그러고는 사라졌다.

그레타와 유세프가 안달하는 기색으로 속삭였지만 튜즈데이는 듣지 않았다. 몸을 일으켜서 프로미스한테 기댄 채 비틀거리며 두 사람한테서 멀어져서 화차로 향했다.

"프로미스, 여기에서 나가야 해. 북극성을 떠나야 해."

화차가 가까워지자 튜즈데이가 중얼거렸다. 프로미스는 알았다는 듯이 주둥이로 튜즈데이 머리를 쿵쿵댔다.

"난 이 카니발이 정말 좋아."

튜즈데이는 무한한 기운을 품은 썰매 개와 화려한 색깔의 화차를 눈에 담았다. 단원들이 야영지를 정리하며 주고받는 농담과 노래에 귀를 기울였다. 마지막 순간, 까만 보석처럼 반짝이는 튜즈데이 눈길이 프로미스와 같이 쓰는 화차에 달린 창살, 우리에 머물렀다.

"하지만 여기는 우리 집이 아니야."

튜즈데이가 프로미스를 돌아봤다. 둘의 이마가 맞닿았다. 프로미스가 투덜거리듯이 가볍게 낑낑대자 튜즈데이가 프로미스를 힘껏 끌어안았다.

"넌 내 전부야."

튜즈데이는 프로미스 털에 눈물을 닦으면서 숨을 쉬었다.

'우린 누구도 기다리지 않아. 얼음이 녹기 전에 떠나서 곰 섬을 찾아갈 거야.'

13장 눈 폭풍

누구 하나 북쪽의 별 카니발 소식을 더는 듣지 못한 채 눈과 하키로 충만하고 곰을 경계해야 하는 섬의 겨울이 흘러갔다.

하지만 마브는 잊지 않았다. 외로운 소녀가 곰과 함께 스케이트 타는 꿈을 여전히 꿔서 쉽게 잠에서 깼다. 때로는 창가에 앉아 세상 만물을 내려다보는 달을 쳐다보며 튜즈데이한테도 저 달이 보일까 생각했다.

어느 밤 달이 가장 높이 뜬 시간, 다급하게 문 두드리는 소리에 마브가 화들짝 잠에서 깼다. 마브는 우다다 계단을 뛰어 내려오다가 누나와 부딪쳤다. 엄마가 남매보다 먼저 문에 닿아 문을 활짝 열어젖혔다. 공항에서 일찍 퇴근한 아빠가 트러커 아저씨와 함께 있었다. 아빠 눈썹이 얼음투성이였다.

"열쇠 잃어버렸어?"

인디가 화를 내며 묻는 말에 리언은 고개를 저었다.

"마지막 비행기가 특별한 손님을 태우고 일찍 도착했어. 트러커가 이제 막 집으로 데려다주는 길이야."

"알았어. 누구야?"

인디가 트럭에 타고 있는 사람을 무심히 쳐다봤다.

하지만 마브가 먼저 뛰어나가서 슬리퍼 바람으로 눈 속을 내달려 트럭 문을 벌컥 열었다. 불빛이 쏟아져 나왔다.

"잭슨, 잘 지냈어?"

플로리안 목소리였다.

마브는 입이 귀에 걸리도록 웃으면서 플로리안 옆자리로 펄쩍 뛰어올랐다.

"안에 들어와서 커피라도 마시고 갈래?"

인디가 물었다.

"아니, 괜찮아요. 감사합니다."

플로리안이 인디한테 가볍게 거수경례를 붙였다.

마브는 플로리안이 옆에 목발 한 쌍을 끼고 앉은 걸 눈치챘다. 무릎에는 깁스도 했다.

"다쳤어요?"

"응. 무릎이 박살 났어. 이번 시즌은 영 틀렸어."

마브는 하키 스타 얼굴에 어리는 복잡한 표정을 보고 움찔했다.

"그나마 쉬는 동안 너희를 가르칠 수 있으니까 괜찮아."

플로리안이 싱긋 웃었다. 순식간에 밤 어둠이 옅어지고 칼바람 위력도 약해졌다.

플로리안은 그랬다. 함께 있으면 주변 모든 것이 조금은 더 나아지는 것 같았다.

트러커 아저씨가 운전석에 오르자 마브는 몸을 돌려 작별 인사 대신 플로리안을 와락 껴안더니 얼른 밖으로 튀어나와 쏜살같이 눈밭을 달려 안으로 들어갔다.

마브는 창가에서 멀어지는 트럭을 지켜보며 밴쿠버에서 마지막으로 플로리안을 본 순간을 떠올렸다. 튜즈데이를 만나고 얼마 지나지 않아서였다.

곰이랑 춤추던 소녀. 힘겹게 언덕을 휘청휘청 오르는 트럭을 지켜보는데 한 창백한 그림자가 마브 시선을 사로잡았다. 별빛이 비친 구름처럼 은빛이 어른거렸다. 마브는 형체를 유심히 살피다가 그게 곰이라는 사실을 깨달았다. 심장 뛰는 속도가 빨라졌다. 레이븐 강 맞은편에 줄지어 들어선 나무 사이로 절묘하게 숨어 있었다.

곰과 눈이 마주친 마브가 나지막이 헉 소리를 냈다. 마브의 곰이었다. 어미 곰은 그저 가만히 바라보며 기다리고 있었다.

'뭘 기다리지? 나 기다리나?'

불현듯 마브한테 느낌이 왔다. 어미 곰은 마브가 따라오기를 바라고 있었다. 마브 역시 진심으로 어미 곰을 따라가고 싶었다. 하지만 곰을 믿기란 불가능했다. 얼굴 흉터가 이를 증명했다.

마브는 손을 올려서 달 무늬 흉터를 만졌다. 금세 상처투성이였던 튜즈데이 팔이 생각났다.

'하지만 튜즈데이는 곰을 믿어. 니브키아 신화에 나오는 이야기처럼 둘의 영혼이 하나인 것 같아.'

마브는 스르르 잠이 들었지만, 얼음의 딸 이야기가 꿈속까지 따라왔다.

일주일 뒤 눈 때문에 학교가 문을 닫았다. 마브와 미야가 한창 숙제하고 있는데 온 집 안에 초인종 소리가 경쾌하게 울려 퍼졌다.

"엄마 통화 중이야. 둘 중 하나가 좀 나가 봐."

서재에서 작업 중인 인디가 외쳤다.

"내가 나갈게요!"

두 남매가 동시에 큰 소리로 대답하고는 서로 문에 먼저 가 닿으려고 씨름을 했다.

미야가 이겼다. 문을 열어보니 래가 밤보다 더 까만 개 이든과 함께 서 있었다. 마브가 미야를 옆으로 밀고 나가서 성에가 하얗게 낀 개의 까만 귀를 쓰다듬었다.

"이든이 너 좋아하네."

래가 말했다.

"이든은 뭘 좀 아는 멋진 개거든."

마브가 맞장구쳤다.

래가 숲에서 살면서 얻은 차분한 눈길로 마브를 봤다.

"정확히 말해서 이든은 개가 아니야. 사실 내 개도 아니고. 이든은 섬의 개야."

"뭐가 됐든 다 좋은데, 제발 문부터 닫자! 얼어 죽겠네."

미야가 빽 소리쳤다.

세 아이는 이든이 밖에서 마음대로 다니게 놔두고 거실에 모였다. 래가 발을 굴러 장화에 묻은 눈을 털어낸 뒤 눈옷을 벗고는 문 닫으라고 눈짓했다.

"카니발을 찾은 것 같아."

래가 둘둘 말린 지도를 옷소매에서 꺼내며 속삭였다.

"뭐라고요?"

마브가 반쯤 소리를 질렀다. 마브와 미야는 말문을 잃고 지도를 쳐다봤다.

"어디서……. 어떻게요? 당장 가요!"

"어젯밤에 아빠가 정말 늦게 집에 들어왔거든. 뭐 항상 그렇지만. 그런데 아빠가 코치님한테 전화를 거시더라고."

미야와 마브가 서로를 힐끔 쳐다봤다. 그다지 새로울 것 없는 이야기였다. 긴밀하게 연결된 이곳에서는 나이 든 섬 주민 모두가 공동체 중심이었다.

"그런데 코치님이 우리 집에 오셨어. 눈보라 치는 한밤중에. 그러고는 우리 아빠랑 커피를 마셨어."

"네, 그래서요?"

마브는 영문을 알 수 없어서 슬슬 화가 나기 시작했다.

"우리 아빠가 코치님한테 하는 말이 들렸어. 해빙을 가로지르는 지름길로 차를 몰고 오는데, 허드슨만 끝에 있는 작은 섬 근처로 알록달록한 화차들이 들어선 야영지가 보였대. 무대로 보이는 검은 얼음판 근처에 자리를 잡고 관객을 환영하듯이 눈부시게 불을 밝혀놨더래."

"맞아요! 카니발이에요!"

마브가 자리에서 벌떡 일어섰다.

"코치님이 북극곰 순찰대한테 얘기하신댔어. 순찰대가 어떻게 해줄 건지 알아보시겠대."

래가 말을 이었다.

마브가 잔뜩 인상을 썼다.

"북극곰 순찰대는 왜 필요하대요?"

"카니발에서 돌아가는 일이 순찰대가 보기에 이상하다 싶으면 여자아이를 꺼내올 수도 있나 봐. 곰은 야생으로 돌려보내거나 동물원 같은 데 보내겠지."

미야가 조심스럽게 말했다.

마브가 두 손으로 머리카락을 쓸어 올리자 모자가 벗겨졌다. 털이 북슬북슬한 곰한테 녹아들 듯 안기던 튜즈데이를 생각했다. 단단히 연결된 곰과 소녀, 오로지 소녀 말만 듣는 곰을 생각하며 소파에 털썩 주저앉았다.

"안 돼요, 그건……. 그렇게 하면 안 돼요! 튜즈데이가 카니발을 떠나기 싫다고 하면요? 거기 있는 게 행복하면 어떡해요? 그냥 그렇게 곰을 데리고 오면 안 된다고요!"

래가 한참 마브를 가만히 바라봤다. 그러더니 신중한 표정으로 지도를 마브 손에 쥐여 줬다.

"네가 가서 귀띔해주면 어때?"

미야가 무슨 소리냐는 듯 입을 딱 벌리고 래를 쳐다봤다.

"제정신이야? 나가면 안 돼! 날씨 좀 봐."

마브가 초조하게 모자를 만지작거리면서 물었다.

"카니발이 얼마나 있다가 떠날 것 같아요?"

꼼짝도 하지 않고 앉아만 있던 래가 드디어 입을 열었다.

"오래 있지는 않겠지."

응접실 문이 활짝 열리자 세 아이가 놀라서 펄쩍 뛰었다.

"얘들아, 뭐……. 무슨 일 있어?"

아이들이 어딘가 찔리는 표정으로 쳐다보자 인디가 물었다.

"아무 일도 아니에요. 그냥, 그게, 음, 지리 문제를……."

미야가 재빨리 대답했다.

"공항에 좀 다녀올게. 네 아빠한테 뜨거운 차를 좀 갖다주려고. 이 눈보라 속에서는 비행기가 안 뜰 테니까. 다녀올 때까지 너희끼리 있어도 괜찮지?"

세 아이가 세상 해맑은 표정으로 고개를 끄덕였다. 인디가 집에서 나가기가 무섭게 미야가 지도에 코를 박고 엎어졌다.

"마브, 너무 멀어. 도저히 스케이트를 타고 갈 만한 거리가 아니야. 너무 위험해."

어디선가 구슬픈 듯 나직이 끙끙 우는 소리가 들렸다.

미야가 창밖을 내다봤다가 믿기지 않는다는 표정을 지었다.

"마브, 어미 곰이야. 네 곰이 밖에 왔어."

세 아이가 일제히 창문 유리창에 얼굴을 바짝 갖다 댔다. 차가운 바깥 공기와 뜨거운 아이들 숨결로 유리가 뿌예졌다. 하지만 창문 너머 수정처럼 맑고 하얀 저 바깥 세상에 보이는 거대한 형체는 누가 봐도 마브 곰이었다.

마브가 소매로 유리창을 닦았더니 곰의 눈길이 마브를 찾아냈다. 한밤 중 숲속처럼 깊은 눈동자로 찾고 있었다. 어미 곰 시선이 눈밭을 가로질러 창문을 꿰뚫고 모든 논리를 뛰어넘어 마브에게 닿았다. 밖으로 나오라고, 짙어지는 어둠 속으로 나오라고 애원하고 있었다.

"나 나갈래."

마브가 단호하게 말했다.

"어디 나갈 수 있으면 나가 봐."

미야도 지지 않고 잘라 말했지만 이내 동생 얼굴을 살폈다. 아름다운 달 모양 흉터, 간청하는 표정, 기대에 찬 눈빛이 보였다. 동생 뜻을 굽힐 수 없으리라는 걸 깨닫고 결국 미야가 한발 물러서며 조용히 말했다.

"다짜고짜 곰을 따라가겠다고 나갈 수는 없어. 북극곰 순찰대가 당장 따라붙을 거야. 엄마가 우릴 죽이려고 들걸?"

"순찰대는 곰이 공격적으로 나올 때만 끼어들어."

래가 일깨워 줬다.

"게다가 우린 세 명이잖아. 곰이랑 간격을 유지하면 돼. 스케이트로 갈수 있을 거야. 만일을 대비해서 내가 아빠 전기 충격기를 챙겨갈게. 한 발만 맞아도 곰은 한 시간도 넘게 잘 거야."

래 말에 마브와 미야가 반쯤 정신을 났다.

"작은 거야. 내 가방에 딱 들어가. 곰 철이 돌아오면 늘 갖고 다녀. 숲속에 사니까……."

"쏴 본 적은 있어?"

미야가 눈을 휘둥그레 뜨고 물었다.

래는 고개를 저었다.

"아니. 그래도 사용법은 알아."

바깥에서 곰이 부드럽게 그르릉 울었다. 미야는 응접실을 가로질러 동생 갈색 눈동자를 바라봤다. 같은 갈색이지만 동생 눈은 초록색이 덜했다. 그래도 미야는 고개를 저었다.

"안 돼, 마브. 안전하지 않아."

그러자 래가 말했다.

"그래. 대신 내일 아침에 일어나자마자 가면 어때? 이 날씨에는 북극곰 순찰대도 섬에서 떠나지 않을 거야. 카니발도 그다지 멀리 가지는 않을 테고."

마브는 가슴 한복판이 아려왔지만 그 말에 따를 수밖에 없었다.

시간이 흘렀다. 세 아이가 다음 날 이동할 경로를 짠 뒤 래가 잭슨 가족 집에서 자고 가겠다고 엄마한테 전화했다. 미야와 래는 영화를 보겠다며 위층으로 올라갔다.

하지만 마브는 초조했다. 영원 같은 시간이 흐른 뒤 마브가 현관으로 가서 문을 조금 열었다.

조각난 달빛이 쏟아져 들어와 마브를 휘감았다. 거리는 이미 가로등 불빛으로 환했다. 머나먼 곳에서 반짝이는 별빛이 옥상에 맺힌 고드름에 비추어 눈부시게 빛났다.

섬이 텅 빈 것 같았다. 마브 곰은 사라지고 없었다. 마브는 문을 닫고 뒤로 물러섰다. 그런데 어느새 마브가 스케이트를 신고 끈을 묶은 뒤 하키 헬멧을 쓰고 장갑까지 끼고 있었다. 래 배낭에 눈길이 닿은 마브는 전기 충격기를 넣고 다닌다는 래 말을 떠올리며 머뭇거리다가 배낭에 지도를 집어넣고 어깨에 둘러멨다.

마브는 뒷문으로 몰래 빠져나와 창고로 향했다. 나중에 불을 붙일 생각으로 막대기를 하나 챙기고 손전등도 넣었다. 바다 한복판에서 신호가 잡힐는지 의심스러웠지만 핸드폰도 넣었다.

마브는 심장이 목에서 뛰는 기분으로 비틀거리며 뒷마당으로 나왔다. 케이크를 자르는 칼날처럼 스케이트 날로 슥슥 눈을 가르며 레이븐 강을 타고 시내가 있는 쪽 바다를 향해 내리막을 질주했다.

마브는 사람들이 집 밖으로 나와서 질문을 해대면 어쩌나 걱정했다. 부모님이 일찍 집에 들어오거나 난데없이 곰이 뒤쫓아 올까 봐 겁도 났다. 하지만 아무 일도 벌어지지 않았다. 섬 전체에 펄펄 내리는 솜털 같은 부드러운 눈송이가 앞에 놓인 길과 창유리를 하얗게 덮었다. 이내 눈이 평평하게 쌓인 바다가 시야에 들어오자 마브는 강에서 뒤뚱뒤뚱 나와 곳곳에 성에가 낀 모래밭 쪽으로 스케이트 신은 발을 어색하게 내디뎠다. 쏟아지는 눈발에 앞이 거의 안 보이고 무섭게 울어대는 바람 소리에 귀도 안 들렸지만, 카니발을 찾아야 한다는 절박함이 마브를 얼어붙은 바다로 밀어붙였다.

사방이 밤에 물든 탓에 어디까지가 땅이고 어디부터가 바다인지 가늠이 안 됐다. 하지만 결국 비단결 같은 해빙 위로 스케이트가 부드럽게 미끄러지기 시작하자 마브는 마음이 놓였다. 중간에 지도 좌표를 확인하느라 딱 한 번 잠깐 멈춰서 손전등을 켜고 사방을 살폈다. 반짝이는 불빛과 멀리서 어슴푸레 빛을 발하는 경기장 말고는 섬이 쓸쓸해 보였다. 마브는 누나한테 아무 말 없이 나온 죄책감과 부모님이 걱정하실 생각으로 머릿속이 복잡했다. 마브가 두 손으로 귀를 덮어서 바람 소리와 마음 소리를 막았다. 그저 얼어붙은 바다를 가로질러 스케이트를 지쳤다.

채 세 걸음도 나가지 않았는데 달빛 아래 북극 공기 속에서 한 형체가 나타났다. 마브는 스케이트 날로 가가각 소리를 내며 얼음을 힘껏 파고들어 급하게 멈췄다.

심장이 뼈에 닿도록 거세게 뛰었다.

'곰이다.'

마브는 막대기에 불을 붙여서 머리 위로 높이 쳐들었다.

곰이 뭔가를 안다는 듯 끙끙거렸다. 마브는 헬멧에 달린 철제 보호대 틈으로 곰을 응시하며 꼼짝도 하지 않았다. 몸이 떨리지 않도록 기를 썼다. 마브가 아는 곰이었다. 딱 이런 식으로 둘이 마지막으로 만났을 때 마브는 다섯 살이었고 곰은 새끼를 보호하려던 어미였다.

거대한 곰이 유순하게 마브를 향해 고개를 돌렸다. 천천히 눈을 껌뻑이면서 마브를 찾고 있었다. 마브는 곰 움직임이 매우 침착하며 나이도 꽤 많다는 점을 깨달았다. 곰은 몹시 지치고 약해 보였다. 더는 마브한테 상처 입힌 무시무시한 어미 곰이 아니었다. 그저 좀 더 지혜롭고 침울해져서 생의 막바지에 다다른 야수에 지나지 않았다. 곰은 눕고 싶어 하는 것 같았다.

폭풍을 품은 먹구름이 달을 가리고 굵은 눈발이 장엄하게 휘날렸다. 곰이 섬에서 고개를 돌렸다. 마브는 평생 그 어느 때보다 숨을 깊이 들이마시고 조용히 셋을 센 뒤 힘차게 스케이트를 지치고 나가 수월하게 곰을 지나쳤다. 곰이 가볍게 뽀드득 소리를 내면서 뒤를 따라왔다. 서두르지 않고 얼음 위를 달렸다. 곰치고는 느린 편이었지만, 그래도 여전히 빨랐다.

경기장에서 훈련하며 보낸 수많은 시간과 클레러티 호수에서 스케이트를 탄 기나긴 세월, 승리를 위해 뼈가 부서지도록 싸운 모든 시합이며 스케이트 끈을 묶던 매분 매초가 다 이 순간으로 이어져 온 것 같았다.

얼어붙은 바다 한복판에 있는 카니발로 마브가 곰을 이끄는 이 밤으로 말이다.

맞바람을 정면으로 맞으며 나아가는 마브는 다리 근육이 불타는 느낌이었다. 스케이트 날이 얼음덩어리에 부딪칠 때마다 뼈마디가 덜컥거리며 흔들렸다. 마브는 플로리안을 생각했다. 항상 앞으로 치고 나갔고 언제나 퍽을 쫓았다. 늘 한발 앞서 생각하면서 발레를 추듯 가볍게 발끝으로 상대 선수 주변에서 날렵하게 밀어붙였다.

얼마 지나지 않아 마브 전신이 땀에 흠뻑 젖으면서 두 발과 손가락, 양 볼에서 감각이 사라졌다. 옆에서 눈을 헤치며 마브와 속도 맞춰 달리는 어미 곰도 마브만큼이나 지쳐 보였다.

마브는 삶과 죽음을 생각하겠다며 멈추는 짓을 하지 않았다. 곰과 앞서거니 뒤서거니 눈보라를 가로지르자니, 지금 이 여정의 끝이 보이지 않듯 남은 청춘 내내 스케이트를 타며 보낼 것 같았다. 바로 그 순간 번쩍이는 조명이 눈에 들어왔다. 마브 가슴이 기쁨으로 벅차올랐다.

마브는 얼음에 무릎을 부딪치며 꿇어앉아 쑤시는 옆구리를 움켜잡았다. 횃불이 쉭쉭거리며 눈으로 연기를 뿜어댔다. 곰이 마브 옆에 멈춰 섰다. 마브는 숨을 쉬려고 헬멧 보호대를 위로 올렸다. 바람이 불어 땀이 뚝뚝 떨어지는 머리를 말려주기를 바랐다. 곰이 낮게 으르르 울었다. 날것 그대로의 나지막한 울음소리에 마브는 두려워서 죽을 것 같았다.

마브는 한쪽 다리를 콱콱 찔러대며 올라오는 통증을 무시하고 두 발로 일어나 곰을 마주 봤다. 눈처럼 흰 곰이 흐트러짐 없는 시선으로 마주 보자 심장이 미친 듯이 뛰었다. 이게 끝인가? 곰이 다시 달려들까? 새끼 잃은 원통함을 나한테 쏟아내려나? 하지만 곰은 그저 한 번 컹하고 콧소리를 내더니 카니발 쪽으로 비척비척 걸음을 옮겼다.

14장 달과 별이는 경주

북쪽의 카니발 검은색 얼음 무대 위로 커튼이 내려왔다. 무대 위에서는 인형처럼 차려입은 소녀가 사랑하는 곰과 함께 객석을 향해 허리 숙여 인사하고 있었다. 관객은 기대 이상의 무대에 깊이 감동하고 박수갈채를 보냈다.

튜즈데이는 가장 환한 미소를 지었다. 오직 무대를 위해 공들여 연습한 미소였다. 안도감이 밀려왔다. 튜즈데이가 프로미스를 끔찍한 상자 안으로 다시 들어가게 하려고 얼마나 애를 썼는지 쥬드 말고 아무도 몰랐다.

톨야 아저씨가 그나마 밖이 보이도록 상자 뒤에 큼지막하게 구멍을 뚫어줬다. 숨쉬기도 편해졌다. 하지만 매일 밤 똑같은 과정을 반복하려면 여전히 튜즈데이는 용기와 인내심을 한 점 남김없이 끌어모아야 했다. 막이 오르기 직전 머릿속에서 소용돌이치는 불안한 생각도 그대로였다.

'이걸 프로미스가 얼마나 더 오래 할 수 있을까? 오래는 못할 거야……. 부디 우리 둘이 이곳에서 빠져나갈 때까지만 버텨줘.'

튜즈데이는 스포트라이트를 한 몸에 받으면서 마지막으로 절을 한 뒤

시선을 들었다. 제멋대로인 곱슬머리를 이마에서 걷어내고 누군가를, 또는 무언가를 찾는 눈길로 낯선 얼굴을 하나씩 급하게 훑어봤다. 하지만 누구 눈동자도 옅은 초록색이 도는 갈색이 아니었다. 곰이 남긴 흉터가 한쪽 뺨에서 반짝이는 사람도 없었다. 저 중 누구도 마블이 아니었다.

튜즈데이는 소년과 흉터, 그리고 섬을 한시도 잊지 않았다.

겨울이 끝나가지만 눈은 그칠 기미가 없었다. 얼어붙은 바다도 여전히 마법 같은 풍경을 연출했다. 하지만 새벽이 밝아오는 시간이 이미 빨라졌고 햇살도 조금 더 밝아졌다. 튜즈데이가 마음 깊은 곳에서 굳게 다짐한 약속은 절대 꺼지지 않을 불꽃처럼 타오르고 있었다.

'우린 누구도 기다리지 않아. 얼음이 녹기 전에 떠나서 곰 섬을 찾아갈 거야.'

튜즈데이는 마블이 사는 마을을 지도에서 찾아냈다. 쥬드가 도와줬다. 둘이 톨야 아저씨한테서 태곳적 북극 지도를 빌렸는데, 지도에서 찢겨 나간 부분을 아저씨가 눈치채지 않기를 바랄 뿐이었다.

톨야 아저씨 지도에서 사라진 부분은 곱게 접힌 채 무대 한 편에 놓인 튜즈데이의 손바느질 가방 안에 들어 있었다.

커튼이 닫히고 환호성도 사라졌다. 튜즈데이는 무릎을 꿇고 프로미스의 거대한 스케이트를 재빨리 푼 뒤 발에서 벗겨냈다. 다시는 신지 않을지도 몰라……. 이렇게 생각하니 튜즈데이는 문득 슬퍼졌다. 튜즈데이는 프로미스와 스케이트 타는 게 좋았다. 하지만 화차로 돌아갈 시간은 없고 무대 옆에 스케이트를 이대로 남겨두자니 나쁜 짓을 하는 것 같았다. 튜즈데이는 주변을 살핀 뒤 지도가 든 큼지막한 토끼털 가방 안으로 얼른 스케이트를 밀어 넣었다. 녹초가 된 한스와 프랑코가 주섬주섬 소품을 챙기고 자리나가 무대 의상을 개켜서 치우기 시작했다.

"괜찮으면 전 의상을 입고 있을게요. 급하게 연습할 점프 동작이 몇 개 있어서요."

튜즈데이는 웃으며 말했지만 거짓말하는 자신이 싫었다.

'이 망토가 내 물건 중에서 제일 따뜻해.'

튜즈데이가 혼자 중얼거리며 망토를 몸에 바짝 붙여 둘렀다. 프로미스를 다시 무대 위로 데리고 올라가서 공연 동작 하나를 열심히 연습하기 시작했다.

버터우유가 죽은 뒤 한 달도 안 돼서 곡예사 가족은 그레타가 정한 규칙을 무시하고 암묵적인 경계선도 넘어서 튜즈데이를 더 많이 끌어들이기 시작했다. 쥬드와 자리나도 알게 모르게 튜즈데이와 한층 가까워졌다. 튜즈데이가 단순히 풍경만 알아보는 게 아니라 나침반을 읽고 별의 좌표를 이해해서 지리를 알도록 세상에 관해서 더 많이 가르쳐주고 직접 가본 장소를 알려주고 더 넓은 세계 그림을 보여줬다.

몹시 추운 저녁이면 자리나가 무대 의상을 수선한다는 구실로 튜즈데이한테 와서 장작불로 요리하는 법을 몰래 가르쳐줬다. 싱거운 버섯 수프에 말린 열매와 향신료를 더해서 맛도 좋고 힘을 북돋는 죽을 끓일 수 있게 가르쳤다. 가죽 벗긴 토끼 고기를 뼈 하나 버리지 않고 각기 다르게 요리하는 조리법도 알려줬다.

서배스천은 그레타와 유세프가 딴 데 정신 판 사이 튜즈데이를 데리고 나가서 사냥을 가르쳤다. 정교하게 나무를 깎아 만든 화살로 동물 눈 꿰뚫는 법을 가르쳤다. 튜즈데이는 이제 두 번 다시 망설이지 않았다. 검은 다람쥐를 한 마리 잡아서 가죽까지 벗겼다. 서배스천은 얼음에 구멍을 뚫고 멋지게 생긴 신선한 물고기를 잡을 수 있게 낚시도 알려줬다. 감사하게도 서배스천 아저씨는 프로미스한테도 사냥을 가르치려고 시도했다. 물론 별 소용은 없었다.

튜즈데이는 떠날 준비가 되었음을 심장으로 알았다.

"이제 필요한 건 눈 폭풍뿐이야."

매일 밤 튜즈데이는 혼자 중얼거렸다. 그런데 지금, 오늘 밤, 폭풍설이 시작됐다.

튜즈데이 계획을 아는 사람은 쥬드밖에 없었다. 그리고 바로 이 순간 쥬드는 '실수'로 썰매 개 두 마리를 풀어주러 가는 길이었다. 그레타는 얼음만큼이나 개들을 아꼈다. 한 판 붙지 않고서야 그레타가 개를 풀어줄 리는 만무했다.

튜즈데이는 모든 기운을 끌어모아 날아오르듯 뛰어오르면서 다소 어리둥절한 프로미스 주위로 맹렬하게 스케이트를 탔다.

자유를 갈망하며 깽깽 우는 소리가 들렸다. 정신없이 눈 위를 달릴 허스키들을 기다리던 튜즈데이는 숨이 목에 턱 걸렸다. 저기 저쪽, 개들이 미친 듯이 달리고 있었다. 튜즈데이는 휘둥그렇게 뜬 눈으로 주변을 두리번거리며 다른 사람 못지않게 놀란 척했다. 분노한 그레타가 당황해서 내지르는 고함이 대기를 가득 채웠다. 북극성 단원들이 모조리 도우러 빠져나가자 무대가 텅 비었다. 튜즈데이는 호흡을 가다듬었다. 한 사람도 남김없이 개를 쫓아가기에 시간이 넉넉하도록 장갑 낀 손가락을 꼽으며 열까지 셌다. 튜즈데이 뱃속에서 눈보라가 휘몰아쳤다. 머리카락을 꽉 물고 불안함을 달랬다. 프로미스가 영문을 모르겠다는 눈길을 보냈다.

"내 사랑, 괜찮아."

튜즈데이가 북슬북슬한 프로미스 흰 털에 한 손을 다정하게 얹으며 입 모양으로 말했다. 다른 한 손은 곧게 뻗어 얼음 평원이 펼쳐진 쪽을 가리켰다. 별한테 명령하듯 단호했다. 튜즈데이 마음을 읽었는지 프로미스 등줄기를 따라 털이 뻣뻣하게 일어섰다. 튜즈데이가 프로미스한테 자주 보여주지 않는 희망에 찬 미소를 지으며 속삭였다.

"달려."

프로미스가 박차고 나갔다. 코를 하늘로 치켜들고 카니발에서 보낸 세월은 없었다는 듯 거대한 네 발을 가볍게 겅중거리며 뛰었다. 튜즈데이는 기쁨으로 벅찬 탄성을 짧게 지른 뒤 날듯이 얼음을 가로질러 프로미스 옆으로 가서 가슴속에 불이 붙은 듯 스케이트를 탔다. 둘은 검은 얼음을 지나고 모닥불이 타오르는 관객 천막을 넘어 달빛이 입 맞춘 얼어붙은 바다를 향해 질주했다.

튜즈데이는 뒤돌아보지 않았다. 엄두가 나지 않았다. 미래를 향해 달렸다. 곰과 소녀 뒤로 카니발 불빛이 희미해지고 둘의 흔적도 눈에 묻혀 사라지자 튜즈데이는 비어져 나오는 웃음을 어찌할 수가 없었다.

🌲 🌲

이제는 어미 곰이 안정적인 속도로 마브 앞에서 달리고 있었다. 마브는 혼자가 아니어서 기뻤다. 카니발에 도착해서도 저 장엄한 겨울 나라 야수

뒤에 숨어서 접근하면 쉽게 눈에 띄지 않을 터였다.

'아무도 어미 곰을 해치지 말아야 하는데.'

마브는 쇠꼬챙이를 떠올리며 우울하게 생각했다. 하지만 눈송이가 흉터에 내려앉자 더 절망적인 생각이 머릿속을 스치고 지나갔다.

'어미 곰이 아무도 해치지 말아야 할 텐데.'

거센 돌풍이 몰아쳐서 구름을 가르고 눈을 휘감아 올렸다가 꽃송이처럼 흩뿌렸다. 얼음을 스치는 달빛이 온 세상을 따뜻하게 감싸며 반짝였다. 마브가 눈을 가늘게 뜨고 수평선을 바라봤다.

'저건 긴 망토를 입은 여자애 아니야? 곰도 있네……'

마브는 안 그래도 온몸이 얼어붙을 판인데 피가 더 차갑게 식었다.

'눈앞에서 전설이 펼쳐지는 거야? 저 애는 니브키아 후예인가? 곰을 구하려는 거야? 아니면 싸우는 건가?'

마브는 헬멧 보호대를 들어 올리고 가느다랗게 뜬 눈에 힘을 더 줬다가 이내 헉 소리를 냈다. 곰과 소녀 모습에 쓰러질 뻔했다. 형언할 수 없을 만큼 우아한 동작으로 스케이트를 타는 저 소녀는 틀림없이 튜즈데이였다. 그렇다면 소녀 옆에서 경중경중 달리는 잘생긴 곰은 프로미스일 수밖에 없었다.

어미 곰이 고통스럽게 울부짖었다. 꿈이 기억난 마브는 뼛속까지 얼어붙었다. 눈 폭풍, 그리고 물결치는 밤하늘 아래에서 춤추는 소녀. 하늘을 쪼개는 어미 곰의 절규.

어미 곰이 마브보다 튜즈데이를 먼저 찾으면 무슨 일이 벌어질까. 마브는 자세를 낮추고 온몸에 남아 있는 마지막 공기까지 쥐어짜서 튜즈데이를 향해 치고 나갔다. 저 앞에서 두 마리 곰이 서로를 향해 돌진했다.

"튜즈데이!"

폭풍을 꿰뚫는 소리였다. 튜즈데이는 끝내 유세프가 뒤를 쫓아온 줄 알고 크게 당황해서 휙 돌아섰다. 하지만 뒤에는 아무도 없었다. 심술궂은 바람이 장난삼아 이름을 부르며 놀린 건가?

튜즈데이가 천천히 속도를 줄이며 손을 눈 위로 들어서 달빛을 가리고 어둠 속을 뚫어지게 쳐다봤다. 처음에 시야에 들어온 것은 하키 헬멧을 쓰고 빠르게 이쪽으로 다가오는 어떤 형상이 전부였다.

"이쪽으로 와! 저 앞······."

저쪽에서 악을 썼지만 난데없이 프로미스가 크헝하고 우는 바람에 튜즈데이는 끝부분을 못 들었다. 대답하듯 길게 우는 소리가 바람을 타고 들려오더니 발톱으로 구름을 깎아서 만든 형체가 어렴풋이 드러났다. 달빛을 가르며 달려오는 거대한 곰의 모습에 튜즈데이가 쭉 미끄러지며 아슬아슬하게 멈춰 섰다.

튜즈데이는 심장이 목구멍으로 넘어올 것만 같았다.

"프로미스! 멈춰!"

튜즈데이가 악을 썼다.

'프로미스는 다른 곰과 싸우는 법을 몰라······. 다칠 거야.'

달빛이 얼음판에 내리쬐었다. 튜즈데이가 민첩하게 프로미스 앞으로 치고 나가면서 날카롭게 깎은 화살을 활에 끼워서 어깨높이로 들었다.

어미 곰이 속도를 높였다. 튜즈데이는 꼿꼿이 선 채 움직이지 않았다. 화살은 명중할 터였다.

"안 돼!"

마브는 목이 터져라 외치면서도 자기 생각이 옳으리라는 희망을 버리지 않았다. 마브는 어미 곰이 공격할 리 없다고 확신하면서 얼음 위로 몸을 날려 어미 곰 앞을 가로지르면서 튜즈데이를 넘어뜨렸다.

화살이 따라락 소리를 내며 얼음 위로 떨어지고 스케이트 신은 두 아이가 눈 천사처럼 빙그르르 돌면서 곰 앞에서 미끄러져 나갔다. 어슴푸레 빛나는 밤하늘 아래, 어미 곰과 이제는 성장한 새끼 곰이 얼굴을 마주했다.

둘은 흥분한 두 마리 개처럼 서로를 마주 본 채 껑충껑충 날뛰었다. 하지만 내리는 눈을 맞으며 점차 가라앉았다. 어미 곰이 달래듯이 부드럽게 크르르 울었다. 프로미스가 한참 가만히 쳐다보더니 어미 곰 주위를 돌기 시작했다. 마침내 두 마리 곰이 정적 속에서 만났다. 서로의 주둥이가 맞닿았다.

튜즈데이는 땀과 눈물로 범벅이 된 눈을 손으로 닦아내며 안도한 나머지 울음을 터트렸다. 마브는 심하게 캑캑대며 한입 가득했던 눈을 뱉어내고 까진 팔꿈치와 긁힌 턱을 문질렀다.

튜즈데이가 머리카락에서 눈을 털어내며 천천히 일어나 앉아 숨을 몰아쉬며 물었다.

"마블, 저 둘이 뭐 하는 거야?"

"인사하는 것 같아."

튜즈데이는 눈표범 망토를 휘감고 활과 화살, 가방을 둘러매고 토끼털 엄지장갑을 끼고 있었다. 결연한 표정이었다. 매서운 기운에 베일 정도였

다.

"너희 둘을 다 찾았다니 믿을 수가 없어."

마브가 호흡을 가다듬으며 말했다.

튜즈데이가 백조처럼 우아하게 자리에서 일어났다. 얼음 위 발레리나 같았다.

"아니……. 우리가 너를 찾은 거야."

튜즈데이 목소리에서 얼핏 웃음기가 묻어났다.

"너희 둘만 여기에서 뭐 하고 있었어?"

마브가 갑자기 궁금해져서 물었다.

"카니발에서 도망치고 있었어. 이젠 거기에서 못 살거든. 네가 사는 곰 섬을 찾아가려고 했어."

마브는 놀라서 눈만 껌뻑거렸다.

"그럼 나랑 같이 가면 돼."

마브가 비틀거리면서 일어섰다.

"거기서는 프로미스가 안전할까?"

마브는 뭐라고 대답할지 몰랐다. 래가 했던 말을 생각했다.

'순찰대는 곰이 공격적으로 나올 때만 끼어들어.'

"너만 같이 있으면 아마 괜찮을 거야. 내 생각이지만. 쟤가 어떤 곰인지 우리가 설명할 수도 있고."

마브가 차분하게 말했다.

"프로미스, 이리 와."

튜즈데이가 겨울 종소리처럼 또렷하게 명령했다. 아주 잠깐이지만 프로미스는 튜즈데이 말이 들리지 않는 것 같았다. 하지만 이내 고개를 돌려 튜즈데이를 찾더니 고분고분하게 튜즈데이한테 와서 머리카락에 코를 문질렀다. 튜즈데이가 두 팔로 프로미스 목을 꽉 끌어안고 숨을 쉬었다.

"넌 내 전부야."

튜즈데이가 다른 곰을 눈여겨봤다. 거대하고 위엄이 깃든 흰곰은 폭풍만큼 거칠어 보였다. 튜즈데이는 혹시 프로미스가 여기 얼음 벌판에서 동족과 함께 지내는 편이 행복하지 않을까 의문이 들었다. 가슴이 찢어질 듯 아팠다.

'프로미스는 사냥을 못 해.'

생각이 뒤엉켰다.

'인간을 두려워하지 않아.'

바로 그래서 프로미스가 얼마나 위험해질 수 있는지 되새겼다.

'프로미스는 야생 곰이 아니야.'

튜즈데이는 프로미스가 안쓰러워서 슬프기도 했지만, 헤어지지 않아도 된다는 결론에 크게 안심했다. 상상하기도 싫었다.

"저 곰은 누구야? 네 곰이야?"

마브가 쿡쿡 웃으며 고개를 저었다.

"설마 그럴 리가. 절대 아니야. 나한테 이 흉터를 남긴 게 저 곰이야……. 아주 오래전에. 아무래도 저 곰이 프로미스 엄마 같아."

튜즈데이가 깊은 침묵에 잠겼다. 한 손을 프로미스한테 올리더니 둘이 나란히 어미 곰을 향해 얼음 위를 걷기 시작했다.

마브는 걱정이 손톱을 세우고 심장을 긁어대는 기분이었다. 그래도 나서지 않았다. 튜즈데이가 안전한 거리에서 멈추더니 한밤중 숲속 색깔 같은 어미 곰 눈동자를 응시했다. 그 순간 튜즈데이는 느꼈다. 그냥 알았다. 이 곰은 프로미스 엄마였다.

"준비됐어?"

마브가 물었다.

튜즈데이가 마브를 쳐다봤다. 깊고 진지한 눈빛이었다.

"응."

달빛이 얼음 위에서 어스름하게 반짝였다. 밤을 누비며 서로를 뒤쫓는 눈송이들이 자그마한 소용돌이를 일으켰다. 바람이 고요하게 자장가를 불러주듯 윙윙 울었다. 세상 가장자리, 폭풍 끄트머리, 무수한 가능성의 목전에서 두 아이가 서로를 잠시 마주 봤다. 이내 두 아이는 별빛이 부서지는 어둠 속으로 곰들의 섬을 향해 나란히 스케이트를 타고 나아갔다.

마브는 어미 곰이 따라오거나 길을 막거나 어떻게든 야생의 방식으로 자기 뜻을 드러내리라 예상했다. 하지만 어미 곰은 그저 반짝이는 별빛 아래에서 주둥이를 하늘로 쳐들고 서서 노래를 불렀다. 튜즈데이와 마브는 스케이트를 타다가 급히 몸을 돌려 어미 곰 울음소리에 넋을 뺏긴 채 얼음 위를 날 듯이 뒤로 미끄러져 갔다. 마브가 생일에 듣던 길게 우는 구슬픈 울음소리가 아니었다. 부드러운 노래로 희망을 불어넣으며 작별을 고하는 인사였다.

마브가 장갑 낀 손으로 눈을 훔쳤다. 자기가 작별 인사를 하는 기분이었다. 이번 만남을 끝으로 어미 곰과 다시는 만나지 못할 것 같았다.

어미 곰이 마브 감정을 느낀 듯 고개를 한쪽으로 갸웃 기울였다. 눈도 깜빡이지도 않고 천천히 마브와 시선을 마주치더니 이내 눈길을 돌려 프로미스를 가만히 쳐다봤다. 프로미스가 그 자리에 멈춰서 어미 곰과 눈을 맞추고 엄마 노래를 따라 불렀다. 달을 향해 노래했다. 튜즈데이가 프로미스를 따라 소리를 높이며 프로미스한테 몸을 기댔다. 마브는 순식간에 온 세계가 마법에 걸린 것만 같았다.

이내 노랫소리가 그치고 어미 곰이 눈밭에 앉았다. 프로미스가 튜즈데이 머리에 코를 비비고는 둘이 함께 돌아섰다.

마브도 뒤로 돌아 튜즈데이 손을 잡았다. 둘은 몸을 던지다시피 앞으로 나아갔다. 프로미스가 조금 더 앞서서 달렸다.

희한하게도 바람이 잠잠해졌다. 마브한테는 헉헉거리는 두 사람 숨소리와 튜즈데이 곰이 규칙적으로 눈 밟는 소리밖에 안 들렸다.

바람이 잦아든 반면 눈은 거침없이 펑펑 내렸다. 눈발이 스케이트 날을 때려서 튀고 휘청거렸다. 마브는 튜즈데이가 거의 넘어지지 않는 걸 눈치채고 몹시 놀랐다. 가끔 비틀거리긴 해도 곧 균형을 잡으며 숨이 멎을 만큼 멋진 자세로 점프했다. 튜즈데이도 마브가 어찌나 빠르게 스케이트를 타는지 조용히 감탄했다. 얼음 위로 넘어져도 눈 깜짝할 사이에 벌떡 일어나서 휘청휘청 나아갔다.

한동안 달리던 마브가 멈춰 서서 끝없이 쏟아지는 눈 속을 유심히 들여다봤다.

"섬이 안 보여."

마브가 소리친 뒤 무릎을 꿇고 앉아서 래 지도를 꺼냈다. 핸드폰 불빛으로 지도를 보려고 애를 썼지만 소용없었다. 눈이 모든 것을 집어삼켰다.

바람이 마브 손에서 지도를 날려버렸다.

지금쯤 저 멀리에서 반짝이는 넓은 지역이 눈에 들어와야 마땅했다. 아무리 심한 폭설이 쏟아져도 북극성처럼 얼음 너머로 빛줄기를 쏘아 보내는 외로운 등대는 언제나 보이기 마련이었다. 하지만 지금은 앞이 보이지 않을 만큼 가차 없이 내리는 눈과 시커먼 하늘뿐이었다.

'이 길이 맞기는 한 거야? 길을 잃었나?'

마브는 의문이 들었다.

튜즈데이가 마브한테 바짝 다가오자 프로미스가 거대한 몸을 두 사람한테로 숙여서 눈보라를 최대한 막아줬다. 어미 곰한테서 공격받은 날 빼고 마브가 곰과 이토록 가까운 거리에 있기는 처음이었다. 곰의 거친 숨결이 곧장 목에 와 닿은 적도 없었다. 마브는 몸을 심하게 떨었다. 이가 사정없이 딱딱 소리를 내며 맞부딪쳤다. 뼈 마디마디가 죽을 만큼 아팠다. 튜즈데이가 무릎을 꿇고 앉더니 가방에서 섬세하게 짠 분홍색 담요를 꺼내서 마브 목과 어깨에 두르고 단단히 감싸줬다. 마브가 추위로 경련을 일으키기 시작했다. 땀이 말라서 옷 안에 얼음이 맺혔다.

"계속 움직여야 해."

튜즈데이가 부드럽게 말했다. 놀랍게도 튜즈데이는 조금도 떨고 있지 않았다. 눈보라도 어쩌지 못할 달빛으로 빚은 소녀는 고요하고 평화로웠다.

마법인가?

반쯤 헛것을 보기 시작한 마브가 튜즈데이 뼈는 얼음을 깎아 만들고 영혼은 곰과 맺어졌고 심장은 끝없이 내리는 눈에 맞춰 뛰는 건 아닐까 생각했다.

튜즈데이가 망토 주머니에서 나침판을 꺼내 하늘에 대고 맞춘 뒤 지도를 들여다봤다.

"이쪽이야."

튜즈데이가 확고하게 말했다.

마브는 확신이 들지 않았다. 몹시 피곤했지만 정신은 말짱했다. 스스로 만든 상상의 세계로 들어온 듯 더는 아무것도 현실 같지 않았다.

"마블, 일어나!"

튜즈데이가 안개를 꿰뚫는 고드름 같은 목소리로 다급하게 말했다. 마브도 튜즈데이 말을 따라야 한다는 것을 알았다. 이대로 머물다가는 둘 다 죽을 터였다. 튜즈데이가 손을 뻗어서 마브가 일어나도록 잡아당겼다. 현기증으로 속이 울렁거렸지만, 수년간 하키 경기를 하며 부딪치고 다닌 덕에 버틸 힘은 있었다. 튜즈데이가 마브한테 바짝 붙더니 한쪽 팔로 마브 허리를 둘렀다. 두 아이는 뒤뚱거리고 욕을 하면서도 얼음판을 가로질러 스케이트를 탔다.

얼마 가지도 않았는데 스케이트 날로 얼음을 서걱서걱 썰면서 긁어대는 소리가 들렸다. 튜즈데이가 굳어버렸다. 눈 속에서 회전하며 스케이트 날을 직각으로 맞붙이고 서서 두 팔로 프로미스를 안아 진정시키고는 어느새 활과 화살을 손에 쥐었다.

"튜즈데이, 괜찮아."

마브가 말했다. 누군가 빛의 속도로 빠르게 다가오고 있었다. 우아하면서도 힘찬 동작 그 어디에서도 무릎 부상의 기미는 보이지 않았다.

"잭슨! 으아! 너 진짜……."

날아오던 플로리안이 아이들과 함께 있는 곰을 발견했다. 플로리안은 몸을 뒤로 젖히고 얼음을 갈면서 멈췄다. 플로리안도 늘 주변에 있는 겨울 나라 군주들과 함께 성장했다. 하지만 지금까지 살아온 27년 동안 야생 곰과 이렇게 가깝게 있기는 처음이었다.

"얘는 튜즈데이에요."

마브가 한 손을 튜즈데이 어깨에 올리면서 말했다.

"튜즈데이, 이쪽은 플로리안 형, 곰 섬에 살아. 나랑 친구야."

"마브, 가족들이 걱정하다가 정신을 놓을 지경이야. 트러커 아저씨랑 리언 아저씨는 트럭을 몰고 오다가 눈이 너무 많이 쌓여서 내가 스케이트로 먼저 왔어. 그런데 너 대체 무슨 일……."

별안간 마브가 스케이트를 탄 채 플로리안한테 안기더니 벌꿀 색 눈동자를 마주 봤다.

"아무래도 튜즈데이가 원래는 섬사람이었던 것 같아요."

그러더니 플로리안 두 어깨를 움켜잡고 말했다.

"고향으로 데리고 가야 해요."

플로리안이 팔짱을 끼고 어떻게 해야 할지 따져봤다. 마브는 동생이나 다름없었다. 플로리안은 어느새 마브가 하는 말을 귀담아들으며 그걸 곧이곧대로 다 믿고 있었다. 튜즈데이는 달아나고 싶어서 안달 난 듯 초조하게 주변을 살피고 있었다. 플로리안이 조용히 투덜거리더니 금세 튜즈데이한테 인사했다.

"안녕, 꼬마 아가씨."

"안녕하세요."

튜즈데이가 사뭇 정중하게 말했다. 프로미스가 다가와서 튜즈데이 후드에 코를 파묻었다.

튜즈데이가 풍기는 불멸의 자부심 같은 기운에 플로리안이 균형을 잃을 뻔했다. 튜즈데이 이마에 어린 표정이 어딘가 낯익었다. 꼬집어 말하기는 어려워도 플로리안은 천둥과 햇빛을 한데 엮은 무언가가 생각났다. 플로리안이 눈으로 가득한 공기를 들이마셨다.

"트럭은 저쪽이야. 정신 차리고 따라와."

플로리안이 스케이트 날로 회전해서 어둠 속으로 날아갔다.

그 뒤로 스케이트를 지치는 소년과 소녀, 그리고 춤추는 곰이 따라붙었다. 모두 온 신경을 앞쪽에 집중한 채 질주하느라 뒤에서 길게 우는 썰매 개들 울음소리를 듣지 못했다.

15장 별빛 아래에서 잠들다

    무자비한 북극의 밤, 일행은 스케이트를 타고 앞으로 나아가면서 한 번도 뒤돌아보지 않았다. 눈발이 시야를 가로막았지만 하얗게 몰아치는 광풍에 눈을 감고 그저 앞으로 미끄러져 나갔다. 마브 얼굴에서 감각이 사라졌다. 플로리안도 무릎 통증 말고는 느낌이 없어졌다. 튜즈데이 평생 이렇게 숨이 찬 적도 없었지만, 지금만큼 생기가 넘친 적도 없었다. 튜즈데이건 마브건, 누가 비틀거리거나 넘어지려고 할 때마다 용케도 플로리안이 곁에서 균형을 잡아주었다. 수년간 하키를 한 덕분에 플로리안은 한 겨울 밤 소규모 하키 팀 선수들을 생생하게 감지했다.

    앞쪽에서 커다랗고 두툼한 형상이 흐릿하게 보였다.

    "저게 트럭이야!"

    마브가 반쯤 소리치면서 튜즈데이한테 손짓했다.

    "리언 아저씨, 트러커 아저씨, 저희예요. 마블 찾았어요. 여자애랑 아주 얌전한 곰 한 마리도 같이 있어요."

    플로리안이 두 손을 나팔처럼 모아서 입에 대고 외쳤다. 튜즈데이는 눈

속으로 스케이트 날을 박아 넣고 퍼벅 소리를 내며 정지했다. 프로미스 때문에 사람들이 너무 큰 충격을 받을까 봐 갑자기 걱정스러워졌다. 튜즈데이가 프로미스 앞으로 달려 나가서 천사처럼 하늘을 향해 두 팔을 활짝 펼쳤다.

트럭에서 구르다시피 내려온 리언이 허둥지둥 아들을 향해 달려가다가 튜즈데이를 발견하고 급히 멈춰 서며 놀라움에 손으로 입을 막았다.

트러커도 눈 위로 내려섰다. 입술 한쪽 끝에는 불붙인 여송연을 물고 나이 든 섬사람 특유의 흔들리지 않는 자세로 느릿느릿 움직였다.

"마블, 누굴 모셔 온 거냐?"

마브가 막 입을 열려는데 별빛처럼 깨끗한 튜즈데이 목소리가 눈보라를 꿰뚫고 맑게 울렸다.

"전 튜즈데이예요. 얜 제 동생 프로미스고요."

트러커가 눈에 궐련을 떨어뜨려서 비벼 껐다.

"네 가족, 그러니까 카니발 사람들이 걱정하지 않을까?"

"카니발은 내 가족이 아니에요."

튜즈데이가 프로미스한테 명령을 내릴 때처럼 사뭇 권위가 깃든 목소리로 말했다.

"어쨌건 우린 카니발을 떠났어요."

휘몰아치는 눈송이가 별빛 아래에서 반짝였다. 문득 마브는 누군가 지켜보는 느낌을 받았다.

'내 곰인가? 어미 곰이 돌아왔나?'

마브가 막 돌아서는데 눈을 꿰뚫고 개들 으르렁거리는 소리가 들리더니 썰매 한 대가 얼어붙은 바다를 가로질러 돌진해 왔다. 썰매에는 석상처럼 움직이지 않는 승객이 단 한 사람 타고 있었다.

바람에 뒤로 휘날리는 잿빛 머리가 달빛을 받아서 유령처럼 보였다. 여자가 입은 늑대 가죽 외투 때문에 여자는 사람이 아니라 야생의 존재로 보였다. 눈의 여왕이자 백색 마녀인 여자는 불가능한 일을 해냈다. 전례 없는 무대를 연출했고 어린아이가 곰과 함께 스케이트를 타도록 훈련했다. 여자는 둘을 놔줄 생각이 눈곱만큼도 없었다.

사람들 눈을 찔러대며 한바탕 흩날리는 진눈깨비도 겨울을 위해 태어난 그레타는 건드리지 못했다. 리언이 아들과 여자아이를 보호하려고 두 아이 쪽으로 움직이다가 처음으로 튜즈데이가 키에 비해 몹시 어리다는 걸 알아챘다. 트러커는 굳건하게 서 있었다. 트럭 바퀴 주변으로 눈이 한참이나 쌓여서 얼마 안 가 차가 움직이지 못할 것 같았다. 플로리안은 욱신거리는 무릎을 무시하고 무게중심을 한쪽 스케이트로 조심스럽게 옮겼다.

"문라이즈 튜즈데이, 이런 장난을 치는 꿍꿍이가 뭐지?"

그레타가 낭랑하고 달콤한 목소리로 웃었다. 간사한 눈의 마녀 목소리는 오싹하리만큼 상큼했다.

망토 아래에서 몸이 떨리기 시작했지만 튜즈데이는 흔들리지 않고 침착하게 늙은 여자를 마주했다. 마브와 플로리안이 본능적으로 튜즈데이한테 더 바짝 붙었다. 트러커와 리언도 한 발짝 앞으로 나갔다. 프로미스가 어찌나 사납게 으르렁거리는지 튜즈데이만 빼고 모두가 움찔했다.

"부인, 무슨 일이시죠?"

트러커가 신중하게 물었다.

"저 애는 귀한 내 손녀예요. 또 눈 속에서 길을 잃었나 봐요. 어리석지만 아름다운 저놈의 곰이 옆에 있으니까 자기가 무슨 불사신인 줄 알거든요."

늙은 여인이 클클 웃었다.

"아, 그래요?"

트러커가 꿰뚫어 보는 파란색 눈을 가늘게 뜨고 어둠을 가로질러 그레타를 쏘아봤다.

"자, 튜즈데이, 이제 그만 가자. 장난은 여기까지야. 돌아가서 프로미스한테 차라도 마시게 해야지. 프로미스 혼자 사냥 못 하는 거 알잖니. 너도 곰이 배고픈 건 싫을 텐데?"

한동안 아무도 움직이지 않았다.

튜즈데이는 그레타 목소리에 갇힌 기분이 들면서 속이 울렁거렸다. 쇠사슬로 카니발에 묶인 것 같았다. 저 목소리는 튜즈데이 유년 시절이었다. 튜즈데이한테 스케이트를 가르치고 동요를 부르고 동화를 속삭여 주던 목소리였다.

튜즈데이가 울지 않으려고 얼마나 용을 썼는지 급기야 몸이 덜덜 떨리기 시작했다. 하지만 가차 없는 냉기 속으로 밀어내다시피 할 말을 꺼냈다.

"아니요, 아줌마는 우리 할머니가 아니에요. 우린 아줌마한테 매이지 않았어요."

"너희한테 가족이라고는 나밖에 없어!"

늙은 여자가 표독하게 말했다. 프로미스가 들릴 듯 말 듯 으르렁거리기 시작했다.

"그쪽은 공연을 하겠답시고 어린아이와 곰을 착취하고 있어요."

리언이 말했다. 마브는 고요한 아버지 목소리에 어린 분노를 느꼈다.

"기적에 가까운 그런 공연이 가능하려면 어떤 기술과 의지가 필요한지 그쪽이 알 거라고 기대도 안 해. 하지만 분명히 말해두지. 난 그 어떤 법도 어기지 않았고 누구를 착취하지도 않았어. 튜즈데이와 프로미스는 같이 스케이트를 타기 위해서 사는 거야. 게다가 저 곰은 내 거야. 카니발 소유라고. 자, 이제는 진짜 가야 해."

여자가 썰매에서 커다란 밧줄 뭉치를 꺼내더니 매끄러운 동작으로 올가미를 던져서 한 번에 프로미스 목에 걸었다.

"안 돼!"

올가미가 프로미스 하얀 목덜미를 조이자 튜즈데이가 비명을 질렀다. 올가미가 느슨해지도록 가냘픈 손가락으로 밧줄을 잡고 안간힘을 썼다.

마브도 튜즈데이를 도왔다. 돌풍이 불어서 마브가 두른 담요가 펄럭였다. 연분홍빛 보드라운 담요는 마치 아기 담요…….

돌연 마브 심장이 귓가에서 쿵쿵 뛰었다.

"저 곰은 어디에서 구했죠?"

마브가 뜻밖의 질문을 했다.

"네가 알 바 아냐."

그레타가 짜증을 내며 팍 쏘아붙였다.

"튜즈데이 고향은 어딘데요?"

마브는 아무렇지도 않게 물었다.

"카니발이지."

그레타가 이를 갈았다.

"하지만 튜즈데이랑 혈연관계는 아니죠. 튜즈데이는 단원 그 누구하고도 닮지 않았어요. 어디에서 찾았습니까?"

리언이 물었다.

"얼음 위에 버려진 아이였어. 얼어 죽을 운명이었다고. 내가 구한 거야. 은혜도 모르는 저 곰 새끼랑. 저놈 동족들은 밖에서 죽어 나가지. 하지만 저놈은 따뜻하고 안락하게 지내면서 굶어 죽을 걱정을 피했어. 왕처럼 살고 있다고."

마브가 재빨리 말하기 시작했다. 무서운 기세로 말을 쏟아냈다.

"할머니는 저 둘을 11월 7일 화요일에 레이븐 강에서 발견했어요. 튜즈데이는 바구니 안에 있었어요. 한쪽 발에만 장화를 신었고 이 담요를 덮고 있었을 거예요."

마브가 침을 한 번 삼키고 담요를 허공으로 쳐들었다.

"순진한 새끼 곰이었던 프로미스는 튜즈데이 옆에 있었고요. 그런데 할머니가 둘을 한꺼번에 납치한 거예요."

그레타 얼굴색이 언뜻 하얘진 반면 튜즈데이는 뻣뻣하게 굳었다.

"내가 쟤 목숨을 살렸어."

그레타가 차분하게 말했다.

어딘가에서 짧게 숨 들이마시는 소리가 났다. 플로리안이 믿기지 않는다는 듯 두 손으로 머리를 감쌌다. 몸을 돌려 마브를 응시하는 트러커 아

저씨 눈동자가 사파이어처럼 눈 속에서 번쩍였다.

"맙소사."

리언이 손으로 얼굴을 문질렀다.

"진짜 아기가……. 있었구나. 마브, 미안해."

마브는 이가 부딪치며 딱딱대서 거의 듣지 못했지만 튜즈데이를 돌아보고 간신히 싱긋 웃었다.

"넌 원래 곰 섬 사람이야. 너랑 프로미스 둘 다. 고향에 온 걸 환영해."

마브가 담요를 내밀었다.

튜즈데이는 세상이 빙빙 도는 것만 같았다. 깊은 구덩이로 뚝 떨어지는 기분이었다. 흐느낌이 목구멍으로 올라왔다.

"내가 쟤를 구했어!"

그레타가 악을 썼다. 밧줄을 더 세게 그러잡고 기를 쓰며 프로미스를 잡아당겼다.

"내가 살아갈 목적을 줬어. 집을 주고 가족이 돼 줬어. 너를 먹이고 입힌 건 나야."

프로미스가 반대쪽으로 몸을 젖히자 밧줄이 팽팽해졌다.

"누구도 감히 견줄 수 없는 얼음 위 춤꾼으로 키워냈어. 꿈을 꾸게 해줬다고. 둘 다 당장 나를 따라 집으로 가야 해!"

트러커가 더 수북해진 눈을 밟고 성큼성큼 걸어서 그레타와 프로미스 사이에 자리를 잡았다.

"입마개는 물론이고 어떤 보호 장치도 없이 곰을 키웠네요. 기술이 대단히 좋으십니다. 하지만……. 어린아이를 고향에서 데리고 갔어요. 이젠 아이가 집으로 돌아갈 시간입니다."

트러커가 정중하게 말했다.

늙은 여자가 늑대처럼 날렵하게 썰매에서 내렸다. 장갑 낀 손에 커다란 칼이 들렸다.

"튜즈데이, 너는 알 거야. 내가 칼을 얼마나 잘 던지는지."

그레타가 도도하게 일행을 향해 다가왔다. 한 손으로는 프로미스가 옴짝달싹 못 하도록 여전히 밧줄을 말아 쥐고 있었다.

"제발요, 프로미스를 해치지 마요."

튜즈데이가 흐느꼈다.

"지금 당장 썰매에 오르지 않으면 저 빌어먹을 곰 새끼 심장에 이 칼을 박아 주마."

"그만둬요!"

마브가 절박하게 울부짖었다. 튜즈데이는 공포에 사로잡혔으면서도 어째서인지 마브 외침은 들었다. 튜즈데이가 프로미스 앞 한 지점에 스케이트를 고정하고 빙그르르 돌았다. 눈물이 얼굴 위로 빗물처럼 흘러내렸다. 튜즈데이가 두 팔을 십자 형상으로 활짝 펼쳤다. 튜즈데이 어깨 너머에서 프로미스가 뒷발로 우뚝 서서 거칠게 울부짖었다. 그레타가 칼을 겨눴다. 트러커가 곧장 그레타를 향해 걸어갔다. 공격하지 않겠다는 뜻으로 두 팔을 앞으로 쭉 뻗었는데도 그레타는 손을 거뒀다가 트러커를 향해 칼을 겨눴다. 모두가 일제히 움직인 순간 산이 무너지는 소리가 나면서 세상이 요동쳤다. 분노로 똘똘 뭉친 무언가가 눈밭을 가로질러 무서운 속도로 달려왔다. 그레타가 멈칫하더니 겁을 먹고 뒷걸음치며 칼을 날렸다.

튜즈데이나 프로미스를 겨눈 게 아니었다. 그레타를 향해 맹렬하게 돌진해 오는 어미 곰이 목표였다.

"튜즈데이! 도와줘! 이놈 좀 멈춰 봐!"

곰이 한겨울만큼 살벌한 아가리를 쩍 벌리자 그레타가 목이 터지도록 비명을 질렀다.

'내 곰이야. 우리를 계속 따라왔나 봐.'

튜즈데이가 프로미스를 놔두고 그레타를 보호하러 총알처럼 튀어 나갔다. 플로리안이 튜즈데이 허리를 낚아채서 있는 힘을 다해 붙잡았다. 튜즈데이가 거세게 발길질을 해대서 스케이트 날에 낡은 바지가 찢기면서 다리가 베였는데도 끝까지 놓지 않았다.

칼이 어미 곰 심장에 박혔지만, 증오로 가득한 마브의 곰은 그레타 얼굴에 대고 길게 포효하더니 앞발로 그레타를 날려버렸다. 얼음 위로 사정없이 미끄러진 그레타는 한쪽 뺨을 가로질러 깊이 파인 상처를 입고 그 자리에 엎어져서 신음했다. 트러커가 옆으로 가서 추켜세운 뒤 부축해서 썰매에 태웠다.

어미 곰이 흘린 피가 새빨간 흔적을 남기며 털 속으로 스며들었다. 어미 곰은 오래도록 서서 버티다가 프로미스를 돌아봤다. 한없이 부드러운 눈빛으로 힘겹게 앞으로 몇 걸음 옮기다가 얼음 위로 무너져버렸다.

튜즈데이와 마브가 기를 쓰고 프로미스 목에서 올가미를 벗겨내자 거대한 곰이 쓰러진 여왕을 향해 전력으로 달려 나갔다. 두 곰의 코가 맞닿았다. 마침내 눈이 그치는 순간, 무거운 적막이 일행 위로 내려앉았다. 창백한 달빛 아래에서 엄마가 아들한테 입을 맞춘 뒤 깨어나는 세상을 향해

눈을 감았다. 프로미스는 커다란 머리를 숙인 채 낮고 애끓는 소리로 서러이 울었다.

튜즈데이가 무릎을 꿇고 눈물을 쏟았다. 마브는 흐느끼면서도 튜즈데이를 달랬다. 어미 곰은 마브 삶에서 실로 커다란 부분을 차지해왔다. 마브가 제일 사랑하는 추억이자 가장 끔찍한 기억이었다.

리언이 두 아이를 품에 안아 일으켜 세운 뒤 함께 천천히 프로미스 곁으로 갔다. 세 사람은 한데 뭉쳐서 충격을 견뎠다. 흉터가 생긴 밤 이후 처음으로 마브는 튜즈데이가 그저 꿈이 아니었다는 걸 확실히 알았다. 얼음 위 아기는 진짜였다.

'그 여자애가 여기 있어.'

"튜즈데이, 넌 섬사람이야. 고향으로 돌아가는 거야."

마브가 말했다.

튜즈데이 머릿속에 천 가지 질문이 떠올랐지만 물어볼 기운이 없었다. 고마운 마음을 담아 간신히 빙긋 웃었다.

"안 돼!"

목구멍으로 나지막이 그르릉대는 소리가 들렸다. 그레타가 일어서 있었다. 얼굴에서 피를 흘리며 비틀거리고 있었다.

트러커가 그레타를 잡자 그레타 목구멍에서 끔찍한 비명이 날카롭게 터져 나왔다. 트러커는 야생 개를 다루듯이 침착하게 말했다.

"튜즈데이는 우리랑 집으로 돌아갑니다. 튜즈데이 섬으로요. 더 따지고 자시고 할 것도 없어요."

트러커가 그레타를 번쩍 들어서 썰매에 앉혔다. 그레타가 얼핏 저항했지만 넘어지는 바람에 힘이 빠지고 말았다.

"저 둘은 카니발을 떠나서 절대 살아남지 못해. 두고 봐."

그레타가 사납게 말을 내뱉더니 개한테 러시아어로 소리쳐서 밤 속으로 썰매를 몰고 가버렸다.

리언과 플로리안이 마브와 튜즈데이 옆에 무릎을 꿇고 앉아 팔을 뻗어서 아이들을 둥글게 감쌌다. 프로미스도 함께 있다는 의미로 간격을 조금 띄웠다.

트러커가 어미 곰한테 가서 조심스럽게 칼을 빼냈다. 따뜻한 손길로 눈을 감겨줬다. 모두가 어미 곰을 둘러싸고 서서 눈으로 살살 어미 곰을 덮기 시작했다. 마침내 어미 곰과 야생이 다시 하나가 되었다.

마브가 장갑 낀 손에 입을 맞춘 뒤 차가운 어미 곰 하얀 얼굴에 올렸다. 튜즈데이는 짤막한 겨울 기도를 속삭였고 프로미스는 코를 비비며 엄마한테 이별을 고했다.

"이제 가야 해. 다들 트럭에 타!"

플로리안이 외치면서 재빨리 하늘을 살폈다.

마브가 다시 몸을 심하게 떨었다. 피부에 흐른 땀이 얼어붙고 있었다. 튜즈데이는 지나치게 흥분해서 몸이 떨렸다. 그나마 트럭 방수포가 눈을 막아줬다.

트러커가 걱정스러운 표정으로 운전대에 가서 작은 모종삽을 꺼내 들고 오더니 트럭을 파묻다시피 쌓인 눈을 퍼내기 시작했다. 튜즈데이가 이를 눈치채고 트러커를 따라갔다.

"프로미스가 도울 수 있어요."

튜즈데이가 바퀴를 가리키며 프로미스한테 짧고 명료하게 말했다.

"파."

프로미스가 경중경중 뛰어와 발로 눈을 한가득 떠서 퍼내기 시작했다.

"곰이 쟤가 말하는 건 다 해."

플로리안이 얼떨떨한 표정으로 눈을 껌뻑였다.

플로리안 가족은 전부 북극곰 순찰대 출신이었다. 어릴 때부터 북극곰은 사나운 북극의 포식자라고만 알고 자랐다. 이런 광경은 단 한 번도 못 봤다.

리언이 고개를 끄덕였다.

"저 여자애야말로 진정한 기적의 북극곰 팀 선수야."

트러커가 트럭 시동을 켰지만 푸르르 털털털 거리더니 급기야 멈춰버렸다. 모두가 숨을 죽였다. 트러커가 다시 시동을 걸었다. 트럭이 피시식 살아났지만 눈 속에서 바퀴가 헛돌았다. 튜즈데이가 프로미스한테 뭐라고 중얼거리자 곰이 한겨울 제왕처럼 벌떡 일어서서 트럭 뒤에 대고 몸무게를 싣더니 눈 위로 트럭을 번쩍 들어 올려서 앞으로 밀어냈다.

처음에는 꿈쩍도 하지 않았다. 하지만 이내 트럭이 펄떡 한 번 튀더니 자유롭게 앞으로 비틀비틀 움직여서 모두가 놀랐다.

환호성이 일었다.

마브가 트럭 뒤로 기어오른 뒤 손을 뻗어서 튜즈데이를 올려줬다. 프로미스도 올라와서 타도록 모두가 조금씩 붙어 앉아 자리를 마련했다.

리언이 미리 무전을 쳐서 모두 집으로 가고 있다고 알렸다. 트럭이 움직였다. 얼어붙은 눈으로 뒤덮인 벌판에서 방향을 틀고 미끄러지며 곰 섬까지 가야 하는 위험한 여정의 시작이었다.

일행은 그렇게 집에 도착했다. 곰들이 자유롭게 어슬렁거리고 어둠이 영원히 지속할 것 같은 섬으로 돌아왔다. 수수께끼와 비밀이 가득한 곳, 얼어붙은 강에서 아기가 납치되고 경이로움이 전설이 된 곳이었다.

눈은 계속 내리고 트럭은 더디기만 했다. 하지만 마침내 태양이 희미하게 모습을 드러낼 무렵, 트럭이 얼어붙은 해안에 멈춰 섰다. 섬이 오래전에 잃어버린 딸과 섬사람들이 한참이나 찾아다닌 아들이 집으로 돌아왔다.

16장 얼음의 딸

인디는 걱정으로 초주검이 된 채 땅이 바다가 되는 길목에서 오들오들 떨며 서 있었다.

인디 뒤에는 북극곰 순찰대원 몇몇이 전기 충격기를 들고 서 있었다. 그 모습을 본 튜즈데이가 겁에 질려 짧게 숨을 들이마시자 리언이 두 팔로 튜즈데이를 감쌌다.

"순찰대는 곰이 공격적으로 나올 때만 끼어들어. 걱정하지 마."

플로리안이 트럭 뒤에서 뛰어내렸다. 발이 마비된 듯 느낌이 거의 없었다. 플로리안은 그대로 이모한테 갔다. 이모가 순찰대 대장이었다.

플로리안이 무슨 얘기를 했는지 몰라도, 남녀 대원들이 충격기를 내리더니 마뜩잖게 고개를 끄덕였다. 지체 없이 트럭으로 달려오는 엄마 모습에 마브가 마음의 준비를 했다.

인디는 마브를 한 대 올려 칠 수도 있었다. 귀가 얼얼해지도록 소리 지르거나 남은 청춘을 집에 처박혀서 보내게 할 수도 있었다. 하지만 인디는 이 중 어떤 것도 하지 않았다. 무사히 잘 돌아온 아들을 보자마자 화가

눈 녹듯 사라졌다. 곰 옆에 찰싹 붙어 있는 사랑스럽기만 한 아름다운 갈색 소녀 모습에 모든 의혹과 의심이 풀렸다.

'아기가 있었어. 그 아기가 고향을 찾아왔어.'

인디는 모성애를 따라 모든 엄마가 할 만한 행동을 했다. 용기를 내어 트럭 뒤로 올라가 아들을 용서하고 입을 맞춘 뒤 두 팔을 활짝 벌려 소녀를 안아줬다. 그 와중에도 곰과 너무 가까워지지 않게 신경을 썼다.

튜즈데이는 포옹이라는 언어를 모르고 자랐지만, 단번에 인디를 믿을 수 있다는 확신이 들었다. 어떤 것들은 굳이 말로 하지 않아도 알 수 있는 법이다. 그래서 튜즈데이는 기꺼이 사람들을 따라 성에가 끼어 반짝이는 해변을 걸어갔다. 옆에는 마브가, 뒤에는 프로미스가 바짝 붙어서 따라왔다.

이미 새벽이 밝았다. 섬 주민들은 잠도 부족한 데다 소녀와 곰의 등장에 몹시 놀라서 바짝 긴장했다.

튜즈데이는 북극곰 순찰대가 보내는 눈길을 느꼈다. 평생 거의 매일 밤 느끼던 관객 시선과 비슷했다. 순간 튜즈데이는 이것이 자기 인생 최고의 연기라는 사실을 새삼 깨닫고 불안해져서 몸을 떨었다.

'프로미스랑 나는 여기 적응해야 해. 우리가 노력해야 해.'

튜즈데이는 저 멀리 별들한테 조용히 기도했다.

섬 주민들은 이 놀라운 광경을 어떻게 받아들여야 할지 복잡한 심경으로 바닷가를 따라 모여 섰거나 창밖으로 내다보고 있었다.

마블과 전설. 튜즈데이는 목덜미 털이 곤두서는 느낌이었다. 뒤에서 따라오던 프로미스가 길 중간에서 우뚝 멈추더니 씩씩거리며 주둥이를 흔들었다. 몇 명 되지 않는 일행도 멈췄다. 튜즈데이가 곰을 돌아봤다. 프로미스를 여기로 데려온 것이 과연 옳은 일이었을까 문득 의문이 들었다.

"괜찮아. 진정……. 가만히 있어."

"군중이 너무 많아요. 곰을 불안하게 하면 안 됩니다."

트러커가 경고하자 플로리안이 대번에 다시 바닷가까지 뛰어가서 순찰대와 섬사람들과 의견을 나눴다. 마침내 군중이 뿔뿔이 흩어졌다. 단 한 사람만이 굳건하게 자리를 지켰다. 덩치 큰 남자는 여전히 스케이트를 신고 있었다.

마브는 만에 하나라도 일행이 다른 경로로 올 경우를 대비해서 코치가 여태까지 섬 해안가를 따라 얼음 위를 수색하고 있었다는 사실을 깨달았다. 코치는 추워 보였지만 표정은 유난히 행복해 보였다.

코치가 스케이트 날로 얼음을 뽀드득 밟으며 일행한테 다가왔다.

"아무래도 이건 네 것 같구나."

영혼까지 따뜻하게 해주는 목소리였다. 코치가 새하얀 백조 깃털을 꺼내더니 매우 다정한 손길로 튜즈데이 귀 뒤에 꽂아주었다.

튜즈데이가 여태껏 참았던 숨을 후 내쉬더니 감사하는 마음을 담아 눈을 한 번 깜빡였다.

"네가 살아온 놀라운 삶을 기억하게 해주는 기념품."

코치가 설명하듯 말했다.

"그리고 이건 고향에 돌아온 걸 환영하는 선물."

코치가 말을 이으면서 주머니에서 노란 북극 양귀비를 한 송이 꺼내어 다른 쪽 귀 뒤에 섬세하게 꽂아 주었다.

튜즈데이가 고개를 들어 코치를 마주 봤다. 망토 후드가 스르르 흘러내려서 바람결에 머리카락이 춤추듯 휘날렸다. 머리에는 여전히 스팽글 장식이 꼬여 있었다. 플로리안은 장갑 낀 손으로 입을 틀어막고 조용히 지켜봤다. 마브는 재빨리 플로리안을 쳐다보는 아빠를 봤다. 두 사람이 놀라워하는 표정으로 서로를 향해 고개를 끄덕였다. 마브는 두 사람도 튜즈데이의 등장에 나만큼이나 놀란 거라고 짐작했다.

어느새 튜즈데이가 미소 짓고 있었다. 목조 주택과 뿌연 가로등, 조심스럽게 지켜보는 시선, 튜즈데이는 이 섬이 낯설기는 해도 어쩐지 과거와 미래 사이에 놓인 다리를 건너는 기분이었다. 미래는 겨울 달처럼 밝았다. 튜즈데이는 그 미래를 향해 사랑하는 곰과 함께 발맞춰 나아가고 있었다.

줄지어 선 일행이 눈 덮인 거리를 따라 구불구불 행진하는 중에도 마브는 튜즈데이한테 레이븐 강이랑 높이 솟은 메이플우드 산봉우리, 저 멀리 어렴풋이 보이는 절대 녹지 않는 레러티 호수를 가리키며 보여줬다. 튜즈데이는 여전히 얇은 스케이트 날로 균형을 잡고 서서 그저 눈을 크게 뜨고 마브를 쳐다봤다.

일행이 마브네 작은 목조 주택에 도착하자 미야가 문을 활짝 열어젖혔다. 얼굴이 눈물로 범벅이고 피곤해 보였지만 웃고 있었다.

"아주 그냥 이런 짓을 또 하기만 해."

동생 팔을 한 대 세게 후려치면서 미야가 고래고래 소리쳤다. 그러더니 덜컥 움직임을 멈췄다.

"세상에, 마브, 진짜 찾았구나. 여자애를 찾았어. 너 진짜 마블 맞나 봐."

미야는 입을 딱 벌린 채 눈표범 망토를 걸친 소녀와 연보라색 목줄을 찬 곰을 쳐다봤다. 현관 계단 앞에 서커스가 도착했다. 하지만 어느새 미야가 집 안에서 튀어나와 튜즈데이를 꽉 끌어안았다.

"도망쳐 나와서 정말 다행이야."

미야가 목청 높여 소리치는 바람에 튜즈데이가 다소 놀라기는 했지만, 자기도 모르게 웃고 있었다.

"이젠 다들 안으로 들어가요. 튜즈데이, 프로미스는 뒷마당에 남겨놔도 괜찮을까?"

인디는 어떻게 해야 할지 아직 확신이 서지 않아서 튜즈데이한테 물었다.

대번에 튜즈데이가 미야 손길에서 벗어나 프로미스한테 몸을 붙이고 섰다. 프로미스가 없으면 튜즈데이도 없었다. 코치가 튜즈데이 어깨 위에 한 손을 조심스럽게 올렸다.

"그럼 다 같이 정원에 나와 있죠. 뭐도 좀 먹고요. 다들 배가 많이 고플 텐데!"

모두가 잭슨 가족 집에 딸린 아담한 정원에 복작복작 모였다. 코치와 트러커, 플로리안은 적당한 곳을 찾아서 앉거나 섰다. 마브는 낡은 그네에 걸터앉고 미야는 계단 위에 앉았다. 프로미스는 인디가 가꾸는 식물을 거의 다 뭉개놓고 쓰레기통에서 찾은 사과 속을 하나 먹어 치운 뒤 눈 위에 거대한 백룡처럼 몸을 말고 엎드렸다. 튜즈데이가 프로미스 품으로 파고들었다. 눈여겨 볼만한 광경이었다.

트러커는 죽을 만큼 떨어대는 사람들을 위해서 불을 크게 피웠다. 유독 튜즈데이는 그다지 추워하지 않는 걸 눈치챘다.

인디와 리언은 부엌으로 들어가 부리나케 요리를 시작했다. 틈틈이 창문 너머로 소녀와 곰을 힐끔거렸다. 곰이 정원으로 자연을 들여왔다.

알고 보니 프로미스는 안 먹는 것이 없었다. 아이스크림까지 먹었다! 반면 튜즈데이는 음식 대부분이 낯설어서 거의 아무것도 먹지 못했다.

결국 트러커가 사슴 고기를 가져오라고 래한테 전화했다. 그나마 튜즈데이한테 익숙한 음식이었다. 트러커는 불을 더 키워서 모두가 먹도록 사슴 고기를 요리했다.

한낮 태양이 저물기 시작하자 인디는 튜즈데이한테 목욕하거나 아니면 새 옷으로 갈아입기라도 해야 한다고 타일렀다. 튜즈데이도 정원에서 벗어나려고 해봤지만 보이지 않는 끈으로 몸속 뼈가 프로미스한테 묶인 느낌을 받았다. 마지막에 미야가 방법을 생각해냈다. 튜즈데이가 창고에서 씻도록 들통으로 따뜻한 물을 떠다 주면 될 터였다.

튜즈데이도 일단 미야 실내복으로 갈아입고 수건으로 머리를 감싸자 놀랄 만큼 기분이 나아졌다. 마브한테 떠밀린 등이 멍들었고 녹초가 될 만큼 몸도 피곤했지만, 백만 년 전에 있었던 일 같았다. 인디가 튜즈데이 옆에 자리 잡고 한참 앉아서 머리카락에 꼬여 있는 스팽글 장식을 풀어낸 뒤 기름을 발라 빗질을 해줬다. 하늘에서 점점이 별빛이 비치고 프로미스도 졸음에 겨운 눈을 감을 무렵 플로리안이 정원 문을 닫아 잠근 뒤 튜즈데이가 창고에서 자도록 간이침대를 놔줬다. 창고가 썰매 화차보다는 컸지만 하키 장비가 한가득이어서 튜즈데이는 다른 누군가의 인생으로 몰래 들어온 기분이었다. 인디가 휴대 난로를 놔줬지만 튜즈데이는 오히려

녹아버릴 것만 같았다. 그래서 코치와 플로리안이 난로 대신 불을 창고 가까이 옮겨 피운 뒤 불 주위를 눈으로 두껍게 둘러쌌다.

마브와 미야가 밖으로 나와서 튜즈데이한테 책이 잔뜩 든 상자를 건넸다. 하지만 튜즈데이는 왠지 슬프게 웃으며 말했다.

"글자 배운 적이 없어……."

"아, 걱정하지 마. 대단한 걸 놓친 것도 아니야."

마브는 농담이라고 했지만 튜즈데이 표정에 그만 입을 다물고 말았다.

"아니, 내 말은 내가 가르쳐 줄 수 있다고. 어렵지 않아."

마브는 계획을 바꿔서 퉁퉁 부은 발로 일어나 뒤뚱거리며 집 안으로 들어가서 책꽂이에 꽂힌 『얼음의 딸과 전래동화 모음집』을 꺼내 들고 나왔다.

정원 안, 마브 주변이 조용해졌다. 사냥에 나섰던 올빼미도 이야기를 들으려는 듯 멈췄다. 곰이 잠자면서 킁킁 소리를 냈다.

옛날 옛적 꿈꾸는 사람들이 마법을 부리던 시절, 어느 북극 땅에 온전히 겨울로 빚은 사람들이 살았습니다. 뼈는 빙하를 깎아 만들었습니다. 한밤중 강물처럼 머리카락이 짙푸른 사람들은 그들이 지키는 곰들과 영혼이 이어진 사이였습니다.

마브는 책을 잘 고른 건지 미심쩍어서 잠깐 멈췄다. 직접 읽어보지는 않았지만 아는 이야기였다. 튜즈데이가 피곤해도 행복한 표정으로 마브를 지켜봤다. 마브가 다시 읽기 시작했다.

전사 한 사람이 산속에 사는 단순하고 유한한 생명의 한 인간 남자와 사랑에 빠졌습니다. 곧 아기가 태어났습니다. 여자아기는 추위를 느끼지 않고 황혼과 눈을 위해 살았습니다. 하지만 겉모습은 영락없는 인간이었습니다.

얼음 어머니의 영혼은 '사냥꾼'이라는 이름의 커다란 곰과 짝이었습니다. 사냥꾼은 굶주린 눈빛으로 아기가 탐나는 듯 지켜봤습니다.

그래서 얼음 어머니는 아기한테 이별의 입맞춤을 한 뒤 인간 아버지한테 아기를 남기고 떠났습니다.

"첫눈 내리는 날 아기를 강으로 데려오면 아기가 영원히 보호받을 수 있어요."

얼음 어머니가 속삭였습니다.

인간 아버지가 고개를 끄덕였습니다. 아버지는 아기를 눈이라는 뜻의 '니브'라고(* 프랑스어로 neve는 만년설이라는 뜻) 부르며 산속에서 키웠습니다.

어린 니브가 어디를 가건 곰들이 따라다니고 늑대들이 찾아와 같이 놀았습니다. 니브는 이상할 만큼 별빛과 고드름을 좋아했습니다. 니브가 불빛을 받으면 머리카락이 한밤처럼 짙푸르게 반짝였습니다.

아버지는 곧 산속 여자와 결혼해서 집안에 아이가 더 많이 태어났습니다. 가족들은 니브를 꼬마 니브카라고 즐겨 불렀습니다. 니브카는 화목한 대가족 사이에서 성장했습니다. 얼음 어머니는 서서히 잊혔습니다.

니브는 차가운 빙하처럼 아름답고 심장이 따뜻했습니다. 어느 날 밤, 열여섯 살 니브는 강으로 물을 길으러 갔다가 달빛만 들통 가득 받아왔습니다.

다음날 밤 니브는 노랫소리를 듣고 밖을 내다봤습니다. 곰들이 둥글게 모여 서서 북쪽 하늘을 향해 코를 치켜들고 있었습니다.

세 번째 밤, 니브는 강으로 달려가 달빛을 들이켰습니다. 온몸이 황금색으로 빛나기 시작하자 니브가 활짝 웃었습니다. 니브는 둥그렇게 둘러선 곰 무리로 걸어 들어가 담대하게 함께 노래했습니다. 대번에 곰들이 일제히 뒷다리로 일어섰습니다. 그 순간 니브는 봤습니다. 곰들은 그저 평범한 곰이 아니라 겨울로 빚은 사람들이었습니다.

니브는 다시 집으로 돌아가지 않고 니브키아인들과 함께 살았습니다.

아버지는 큰 상처를 받았습니다.

해마다 첫눈이 내리면, 아버지는 곧장 강으로 달려가 기대에 차서 기다렸습니다. 그러면 종종, 얼어붙은 강 위에 비치는 아름다운 소녀와 장엄한 여왕 곰이 하나의 영혼을 나누어 가진 듯 함께 노래하는 모습을 볼 수 있었습니다.

🌲 🌲 🌲

마브가 숨을 쉬었다가 계속 읽으려는데 미야가 손가락을 하나 입 앞에 갖다 대더니 눈짓으로 튜즈데이를 가리켰다. 튜즈데이는 이미 깊은 단잠에 빠져 있었다.

마브는 책을 튜즈데이 베개 밑에 넣어주고 자러 올라갔지만, 오래도록 창가에 앉아서 정원에 있는 곰과 소녀가 잠든 창고를 내려다봤다.

어째서인지 튜즈데이가 잠에서 깼다. 튜즈데이는 영문도 모르고 일어나 똑바로 앉았다. 혼란스러움이라는 안개가 주변에서 소용돌이쳤다.

섬. 강. 얼굴에 곰이 낸 흉터가 있는 소년. 이게 다 진짜였나? 내가 정말 카니발에서 도망쳐 나왔나?

튜즈데이는 창고에서 몰래 빠져나왔다. 밤하늘을 봐야 했다. 프로미스와 눈이 졸려 보이는 코치 말고는 달빛 아래 혼자였다.

튜즈데이가 자는 동안 코치와 플로리안이 차례대로 정원을 지키고 앉아 튜즈데이를 살피고 있었다. 한 사람이 밤새껏 지키기엔 바깥이 너무 추웠다. 평생 아이스하키 경기장에서 살아온 코치조차 리언 외투 중에서 가장 큰 걸 빌려 원래 입은 외투 위에 겹쳐 입었다. 코치는 환한 불빛 속에 앉아서 손이 따뜻하도록 장갑을 끼고 김이 모락모락 오르는 음료를 마시고 있었다.

튜즈데이가 망토를 몸에 두르고 까치발로 다가갔다.

"뭐 좀 마실래?"

코치가 빙긋 웃으며 핫 초콜릿을 건넸다. 튜즈데이는 한참을 망설이다가 한 모금 마셨다.

"와, 맛있어요."

튜즈데이가 숨을 내쉬며 놀랐다는 듯 쿡쿡 웃었다. 프로미스가 못마땅하게 으르렁거리더니 돌아누웠다.

"너랑 같이 온 저놈은 아주 순하구나."

코치가 프로미스를 가리키며 말했다.

"우린 언제나 함께였어요."

튜즈데이가 어깨를 으쓱했다.

"뭐든 괜찮아. 너한테는 저놈을 달래는 아주 특별한 능력이 있으니까."

튜즈데이가 부끄러워하면서도 생긋 웃더니 외투를 겹겹이 입은 키 큰 남자가 드리운 그림자 속으로 들어가 앉았다.

"나도 곰이랑 거의 마주친 적이 있단다."

코치가 나직하게 말했다. 튜즈데이는 이야기 들을 기대감에 눈을 크게 뜨고 코치를 쳐다봤다.

"레러티 호수에 나갔지. 통행금지가 훨씬 지난 시간이었어. 곰들은 보통 산사람들을 신경 쓰지 않는데 그놈은 쓰더라고."

기억을 더듬는 코치 눈이 반짝였다.

"화가 잔뜩 난 놈이 어둠 속에서 툭 튀어 나왔어. 난 그걸로 끝이라고 생각했지. 곰이랑 어떻게 싸우겠어. 그래도 하키 스틱을 휘둘렀어. 놈이 그대로 물어뜯어 버렸지만."

튜즈데이가 핫 초콜릿 잔을 품에 안았다.

"어떻게 됐어요?"

코치가 아련한 눈빛으로 튜즈데이를 쳐다봤다.

"기이한 노랫소리가 들렸어. 안개 속에서 나오듯 한 여자가 스르르 나타나더니 곰을 불러서 데리고 가는 거야. 덕분에 목숨을 건졌지."

튜즈데이가 가벼운 호기심으로 눈을 깜빡였다.

"진짜 있었던 일이에요? 아니면 또 다른 얼음 전설이에요?"

코치가 푸근한 목소리로 껄껄 웃었다.

"정말 꿈결 같았지……."

코치 목소리가 낮게 가라앉았다.

"정말 고마운 마음에 여자한테 손을 뻗었던 게 기억나. 얼음보다 차가웠단다. 그래도 손을 계속 잡은 채 말하고 또 말했어. '고마워요. 정말 감사합니다.' 다음 날에도 그게 꿈이라고 생각했어. 그런데 스틱이 진짜 부러져 있는 거야. 그것도 이빨 자국이 난 채. 언제 한 번 보여줄게."

"또 만난 적 있어요?"

코치가 고개를 저었다.

"아니. 아직은. 여자가 섬에 다시 온 적이 있다는 건 확실히 알아. 적어도 한 번은……."

튜즈데이는 코치와 나란히 앉아 한참 시간을 보냈다. 카니발에서 보낸 소소하고 행복한 시간을 얘기하고 섬의 온갖 전통문화와 니브키아 신화, 레러티 호수에 얽힌 불가사의한 이야기를 들었다. 폭풍에 발이 묶인 사람들이 결국 어떻게 곰 섬을 터전 삼아 살기 시작했는지도 들었다.

"이곳에는 어떤 자력 같은 게 있단다. 사람들은 오가기 마련인데 섬사람들은 절대 떠나지 않아. 내가 애초 여기 온 이유도 하키 여행 때문이었지. 당시 섬에는 나같이 생긴 사람이 하나도 없었어. 내가 섬에서 유일한 흑인이었지. 그런데도 환영받는 느낌이란……. 하키팀을 만들기 시작하니까 많은 가족들이 고마워했어. 플로리안을 훈련시켰지. 그전에는 스토니, 마브 목숨을 구한 사람도 훈련시켰고. 지금은 훨씬 어린 학생들을 훈련하고 있단다. 하키는 내 인생이었어. 난 더 바랄 게 없었지. 하지만 잭슨 가족이 나타났는데 진짜 내 가족 같았어."

코치가 튜즈데이를 바라보면서 잠시 말을 쉬었다. 추위로 눈동자가 촉촉했다.

"그런데 이제 튜즈데이 네가 여기 있네. 너도 그 가족에 속할 수 있어."

튜즈데이가 코치를 보고 웃었다. 둘 중 누구도 눈치채지 못했지만, 불빛에 비친 두 사람은 둥그런 이마와 자부심이 엿보이는 턱의 생김새가 똑같았다.

다음 날 아침 튜즈데이는 산들바람이 기분 좋게 살랑살랑 불고 사랑하는 곰이 얼굴을 핥아주는 덕분에 잠에서 깼다.

"넌 내 전부야."

프로미스가 마당 여기저기를 느긋하게 다니면서 눈에 갇힌 거대한 개처럼 하키 스틱을 물고 질근거리자 튜즈데이가 다정한 목소리로 나무랐다. 계단으로 나온 마브는 프로미스 모습에 한 번 번진 웃음기를 지울 수가 없었다. 야생 곰과 비교도 안 될 만큼 순하고 장난기 넘치는 모습이 보기 좋았다.

"생각을 해봤는데, 너랑 프로미스가 경기장에 머무는 건 어떨까? 앞으로 어떻게 할지 생각하는 동안 임시로."

모두 마당에 피워놓은 작은 모닥불에 옹기종기 둘러앉아 튜즈데이가 끓인 죽을 먹는데 코치가 입을 열었다.

"순찰대가 뭐라고 할지 모르겠네요."

플로리안이 조용히 말했다.

"거긴 내 경기장이다."

플로리안을 보는 코치 눈길에서 마브는 앞으로 나이를 얼마나 먹든 상관없이 권위는 항상 코치한테 있으리라는 걸 깨달았다.

"영원히 그럴 것도 아닙니다."

코치가 잭슨 가족한테 장담했다.

"섬이 프로미스한테 익숙해지게 하면 돼요. 그리고 나서 트러커가 숲속에 판잣집이라도 한 채 지으면 어떨까 하는데……. 산사람들이랑 같이 말이죠. 그 사람들이라면 곰은 신경 쓰지 않을 테니까요. 아니면, 시간만 되면……. 우리 집 뒷마당에 뭐라도 짓거나 하려고요. 어떻게 될지 봅시다."

이후 다 같이 스케이트장을 향해 길을 나섰다. 줄지어 걸어가는 친구들 뒤로 거대한 체구의 흰색 곰이 따라붙었다. 얼음 녹은 물처럼 맑고 환한 날이었다. 튜즈데이는 희망에 부풀었다. 베어즈빌을 지나는 동안에는 장갑 한쪽을 벗고 프로미스 옆구리에 손을 올려서 프로미스가 흥분하지 않도록 안정시켰다.

주민들은 안전거리 뒤에 머물렀지만 호의적으로 손을 흔들어주어서 튜즈데이도 손을 들고 마주 흔들었다. 기뻐서 심장이 두근거렸다.

코치가 경기장 문을 활짝 열어주자 튜즈데이가 차가운 공기로 가득한 안으로 발을 들였다. 경기장 분위기에 마음이 편안해졌다. 프로미스가 어슬렁거리며 튜즈데이 뒤를 따라가고 다른 사람은 경외심으로 가득 차서 침묵을 지키며 까치발로 걸어갔다. 곰이 경기장 커피숍에 있으니까 어쩐지 모두가 몹시 신나고 들떠 보였다. 미야는 끊임없이 쿡쿡 웃어댔다. 래는 좀 더 태연했지만 비집고 새어 나오는 미소만은 어쩌지 못하는 것 같았다. 마브는 튜즈데이가 부담감을 느끼지 않도록 옆에 가까이 붙어 있었고 코치는 그런 두 아이를 어깨 너머로 계속 지켜봤다.

프로미스가 경기장 이곳저곳을 한가로이 거닐면서 무심히 의자를 넘어뜨리고 다녔다. 실내에서 방향 감각이라고는 영 없어 보이더니 계단 앞에서는 곤혹스러운 표정으로 멈춰 섰다.

"하, 프로미스는 계단에 서툴러."

튜즈데이가 한숨을 쉬었다.

"튜즈데이 네가 먼저 가 보렴. 준비만 되면 틀림없이 널 따라갈 거다."

튜즈데이가 기쁜 듯이 옅게 웃고는 얼음판으로 향했다.

모두가 혼자 스케이트를 타기 시작한 튜즈데이를 지켜봤다. 마브는 먼

거리에서나마 튜즈데이 공연을 본 적이 있는데도 여전히 넋을 놓았다. 코치는 퍼스펙스(*유리 대신 쓰는 강력한 투명 아크릴 수지)를 꽉 붙잡은 채 줄곧 서서 봤다.

투덜대듯이 조용히 그르렁대는 소리에 미끄럼을 타던 튜즈데이가 숨이 멎도록 멋진 동작으로 멈춰 섰다. 프로미스가 거구를 이끌고 머뭇거리며 계단을 올라 자신 없이 한 발을 얼음판에 들이자 모두가 움찔했다.

"옳지, 프로미스, 이리 와. 괜찮아."

튜즈데이가 쿡쿡 웃었다. 집고양이를 얼러서 눈 속으로 데려가려는 사람 같았다. 프로미스가 튜즈데이 쪽으로 돌더니 큰 대자로 뻗어서 그대로 미끄러지기 시작했다. 네 다리를 사방으로 쫙 펼친 채 불가사리 모양으로 빙글빙글 돌았다.

경기장 전체가 숨을 죽였다.

튜즈데이가 웃음을 터트리며 스케이트를 지쳐서 프로미스한테 갔다.

"이거 봐, 진짜 매끄러워. 북극 바다 얼음판이랑은 완전히 달라."

튜즈데이가 두 손으로 프로미스 얼굴을 받치고 조잘거렸다.

모두가 소리 내어 웃었다.

아이스하키 경기장에 북극곰이 있다는 소문이 섬 전체에 쫙 퍼졌다. 곰이 보고 싶어서 몸살 난 하키 선수 몇 명이 경기장으로 달려왔다. 솔이 곧장 뛰어와서 마브를 힘주어 안았다.

"네가 이 일을 해냈다는 게 안 믿겨. 여자애가 진짜 여기 있다니 말이 돼?"

튜즈데이가 수줍게 스케이트를 타고 다가와서 인사를 건넸다. 얼마 뒤,

프로미스가 괜찮아 보이자 마브와 솔, 미야와 래도 하키 장비를 갖춰 입고 튜즈데이와 프로미스가 있는 얼음판 위로 조심스럽게 올라왔다. 코치도 스케이트를 신고 튜즈데이 옆에 머물렀다. 코치 두 눈이 기쁨으로 환히 빛났다.

하루가 끝날 무렵 튜즈데이는 완전히 마음을 놓았다. 희망찬 기대감과 자부심으로 훨씬 용감해진 느낌이었다.

마브만이 관객석 제일 높은 곳에 걸터앉아 있는 코비를 봤다. 그저 가만히 앉아서 돌처럼 차갑게 튜즈데이와 프로미스를 뚫어지게 보고 있었다. 마브와 눈이 마주친 코비는 냉담한 표정으로 무심히 고갯짓을 한 번 하더니 조용히 가버렸다.

마브는 애써 불안감을 떨쳐버리면서 코비는 그저 한 사람일 뿐이고 튜즈데이 뒤에는 섬 전체와 곰이 버티고 있다는 사실을 되새겼다.

17장 그들이 사는 법

튜즈데이와 프로미스는 경기장 안쪽 열린 창가 근처에 담요를 잔뜩 쌓아 마련한 잠자리에서 그럭저럭 하룻밤을 잤다. 코치도 함께 밤을 보냈다. 셋은 얼음과 별빛과 핫 초콜릿을 마음껏 즐겼다. 하지만 불안한 잠자리였다. 꿈을 꾸다가 수시로 깨고 두려움에 가슴을 두근거렸다.

아침이 밝았지만 튜즈데이 뼈마디 사이에는 손톱만 한 근심 조각이 박혀 있었다.

옆에서 프로미스도 일어나 엉덩이를 깔고 앉아서 차가운 공기를 킁킁 들이마시고는 날카로운 이빨이 다 드러나도록 주둥이를 쩍 벌리며 하품했다. 튜즈데이가 졸린 눈으로 킥킥 웃었다.

"내 사랑, 너만 좋으면 돼."

튜즈데이가 부드러운 프로미스 흰 털을 파고들며 중얼거렸다. 프로미스가 일어서더니 북극 바람의 입맞춤을 그리워하는 듯 열린 창문을 쳐다봤다.

"밖에서 스케이트 타고 싶어요. 진짜 눈이 쌓인 호수 같은 데서요."

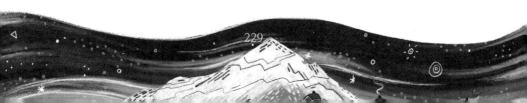

튜즈데이가 눈을 빛내며 코치 표정을 살폈다. 코치는 한참 고민하더니 두 손으로 눈송이를 다루듯 소중하게 튜즈데이 작은 얼굴을 감싸고 고개를 끄덕였다.

"내가 북극곰 순찰대 만나러 간 사이 트러커 아저씨가 너를 레러티 호수로 태워다 줄 수 있는지 알아볼게. 조금은 신중할 필요가 있거든."

튜즈데이 표정이 심각해졌다.

"북극곰 순찰대가 안 된다고 하면 어떻게 되는 거예요?"

코치가 듬직하게 웃었다.

"나한테 맡기렴."

하지만 튜즈데이는 걱정으로 몸이 다 떨렸다. 북극곰 감옥을 멀리에서 본 적 있었다. 얼핏 우리를 봤을 뿐이지만 어린애가 들어갈 여유라고는 없는 공간이었다.

"밤에 가도 돼요?"

튜즈데이 질문에 코치도 찬성했다.

일행은 밤이 깊어 캄캄해지기를 기다렸다. 트러커가 고물 트럭을 몰고 나타나자 플로리안과 마브, 튜즈데이, 프로미스까지 다 올라탔다. 별빛 비치는 경기장 입구에 서 있는 코치가 튜즈데이를 향해 가볍게 손을 이마에 붙였다가 뗐다.

"돌아오면 그때 보자. 핫 초콜릿 타 놓고 기다리고 있을게."

튜즈데이가 미소로 답하자 코치는 기쁨에 겨워서 숨이 다 막혔다.

호수는 달빛을 받아 어쩐지 으스스한 은빛으로 반짝이고 있었다. 튜즈데이가 대번에 트럭에서 튀어 나가 스케이트 끈을 묶고는 춤추는 눈송이를 맞으며 껑충껑충 뛰어오는 프로미스 주변에서 피루엣(*한 발을 축으로 팽이처럼 회전하는 발레 동작)을 했다.

'저 둘은 춤추지 않고는 못 견디나 봐.'

마브가 튜즈데이와 프로미스를 보며 생각했다. 프로미스는 스케이트 없이도 튜즈데이와 두 손을 단단히 맞잡고 무심한 듯 우아하게 춤을 췄다.

마브도 바람이 눈을 흩어서 생긴 길로 스케이트를 지쳐서 둘한테 갔다. 마브와 튜즈데이가 빠르게 원을 그리며 스케이트를 타는 사이 프로미스가 아찔할 만큼 우렁찬 소리로 울더니 두 사람을 남겨두고 신나게 경중거리며 뛰어가 버렸다.

튜즈데이가 마브 팔을 잡자 마브는 스케이트를 탄 채 강풍에 휩쓸린 기분이 들었다. 가공할 속도에 마브 스케이트가 순식간에 얼음 위에서 떨어지더니 몸이 공중으로 붕 뜨는 바람에 마브가 목이 터져라 비명을 질렀다. 마브는 날고 있었다!

"꽉 잡아!"

튜즈데이가 소리치더니 몸을 뒤로 젖혀서 자기 몸무게와 마브 몸무게 균형을 맞추고 회전했다. 이제는 마브 몸이 아예 통째로 허공에서 수평이 되었다.

"잡고 있어!"

튜즈데이가 절대 자기를 놓치지 않으리라는 걸 알았지만 마브는 절로 비명이 나왔다. 팽글팽글 돌아가는 중에 세상이 사라지고 눈과 얼음이 멀어졌다. 계절도 잊었다. 마브한테는 튜즈데이, 하늘을 밝히며 떠오르는 달밖에 안 보였다.

다급하게 하늘을 가르는 날카로운 개 울음소리가 들렸다. 경고하듯 길게 우는 소리였다. 호수 가장자리에서 다가오는 한 그림자에 튜즈데이가 마브를 얼음 위로 내려줬다.

"이든이라고, 트러커 아저씨 개야."

마브가 설명했다. 이든 눈동자는 환히 빛나고 있었지만, 등줄기를 따라 검은색 털이 곤두서 있었다.

"이든, 왜 그래?"

트러커 목소리는 심각했다. 이든이 다시 오래도록 길게 우는 소리에 모두가 주변을 두리번거렸다. 트러커가 엽총을 들었다.

신이 나서 호수를 경중경중 뛰어다니던 프로미스가 움직임을 멈추고 낮게 으르르 목을 울렸다. 튜즈데이가 두려움 가득한 얼굴로 서둘러 프로미스 곁에 갔다.

'야생 북극곰인가?'

마브는 궁금해하다가 어디선가 킬킬거리는 비웃음 소리가 들려서 이내 인상을 썼다.

트러커와 플로리안이 동시에 호수로 들어왔다.

코비 스톤이 스케이트를 타고 얼음 위로 나타났다. 옷도 후줄근해 보이는데 외투는 왜 안 입었지? 얼어 죽을 만큼 추운 날씨였다. 마브는 그대로 굳어버렸지만 뜻밖에도 코비는 누구와도 눈을 마주치지 못한 채 시선을 내리깔고 있었다. 그제야 마브는 코비가 혼자가 아니라는 걸 깨달았다.

눈에 광기 어린 한 남자가 발을 질질 끌면서 호수 가장자리에 나타났다. 한물간 스토니, 몰락한 하키 영웅, 코비 아빠였다. 총으로 어미 곰을 쏴서 마브 목숨을 구한 남자. 마브가 마지막으로 본 지도 제법 오래전이었는데 아저씨 몰골은 말이 아니었다. 영혼에서 선하고 좋은 것들이 남김없이 시들어버린 것 같았다.

"어이, 스토니, 여긴 웬일이야? 필요한 거라도 있어?"

트러커 아저씨가 산책하듯이 얼어붙은 호수를 천천히 가로질렀다. 스토니가 호수 위로 올라왔지만 중심을 못 잡고 위태롭게 자꾸 미끄러졌다.

"다들 미쳤어?"

스토니가 플로리안을 홱 돌아보며 괴성을 질렀다.

"곰이 애들한테 이렇게 가까이 오게 놔두면 어떡해!"

스토니가 휘청휘청 마브한테 갔다.

"다른 사람은 몰라도 너는 곰이 얼마나 끔찍한 재앙 덩어리인지 알아야지."

이든이 크르르 울었지만 트러커 아저씨가 듬직한 손으로 만져주자 이내 잠잠해졌다.

"잠깐만요, 스토니 아저씨. 북극곰 순찰대가 우리 위치를 정확하게 알고 있어요."

플로리안이 말하기 시작했지만, 스토니는 코비 어깨를 움켜잡고 거칠게 튜즈데이 쪽으로 밀었다.

"이봐, 꼬마 아가씨, 내가 하나만 말하지."

바람 새는 소리로 말하는 스토니 목소리에 마브는 온몸에 소름이 돋았다.

"넌 옆으로 꺼지고 내 아들 코비가 저 곰새끼랑 춤추게 놔둬 봐. 저 곰이 얼마나 순한지 모두가 보게 말이야."

코비 얼굴이 잿빛이 되었다.

튜즈데이는 땀에 전 스토니 몸에서 쉰내가 풍기고 숨 쉴 때마다 시큼한 술 냄새가 진동했지만 움찔하지도 않았다. 튜즈데이는 과연 곰을 길러낸 아이답게 당당하고 꼿꼿하게 서서 침착한 목소리로 말했다.

"프로미스는 저하고만 스케이트 타요."

스토니가 눈 위에 침을 뱉었다.

프로미스가 뒷발로 벌떡 일어서자 튜즈데이만 빼고 모두가 화들짝 놀랐다. 프로미스가 거대한 두 앞발을 튜즈데이 어깨에 올렸지만, 튜즈데이는 버티고 선 채 무게를 지탱하면서도 프로미스 쪽으로 몸을 기울여 심장이 달음박질치는 프로미스를 달랬다.

"아, 그러셔?"

스토니가 비아냥거리며 아들 코비를 함부로 밀치는 바람에 코비는 속수무책으로 호수 위를 쭉 미끄러지다가 플로리안이 잡아줘서 간신히 멈춰 섰다.

"저리 비켜. 내가 한 수 가르쳐주지."

스토니가 쉭쉭 소리를 내며 튜즈데이를 옆으로 밀쳐 버리고 프로미스를 향해 주먹을 쳐들었다.

"안 돼!"

스토니한테 덤벼드는 프로미스 모습에 튜즈데이가 악을 썼지만, 프로미스는 이미 스토니 팔 하나를 통째로 잡고 허공으로 휘둘렀다가 얼음 위로 패대기를 쳤다. 쩍, 얼음이 쪼개졌다. 공기가 얼어붙었다. 스토니가 보란 듯이 바람 빠지는 소리를 냈다. 얼음 위로 붉은색 피가 넓게 퍼졌다.

정신이 아득해진 마브가 비틀거리며 뒷걸음질 쳤다. 코비는 두 손으로 눈을 가렸다.

"아, 프로미스, 안 돼……."

튜즈데이가 숨을 몰아쉬었다. 어떻게 될지 뻔했다. 아이 하나 더 들어갈 공간도 없는 철창행이리라.

'순찰대는 곰이 공격적으로 나올 때만 끼어들어.'

"마브, 나 가야 해……. 우리 가야 해."

튜즈데이가 더듬더듬 말하더니 눈을 희번덕거리는 프로미스를 호수 옆으로 밀면서 가방을 집어 들었다.

"튜즈데이, 아무 데도 가지 마."

플로리안이 부들부들 떨고 있는 코비를 여전히 붙잡은 채 튜즈데이를 말렸다. 하지만 튜즈데이는 이미 호수에서 벗어나고 있었다.

"안 돼."

마브가 다급히 스케이트를 타고 뒤를 쫓았다.

트러커가 스토니 어깨를 잡고 흔들었다.

"스톤, 정신 좀 차려! 한 번이라도 코비 생각 좀 해!"

"쓸모없는 놈."

스토니가 웅얼거렸다.

트러커가 스토니 얼굴을 세게 후려쳤다.

"쓸모없는 건 너야. 너한테 코비는 과분한 아들이야."

그러고는 스토니를 질질 끌고 얼음에서 벗어나 전화기를 집어 들고 매릴리 의사한테 알렸다.

"튜즈데이, 기다려!"

단풍나무 숲으로 사라지는 튜즈데이 뒷모습에 대고 플로리안이 소리쳤다.

"어떻게 된 건지 우리가 사람들한테 다 설명할게."

하지만 마브는 플로리안 목소리에 드리운 의심의 그림자를 알아채고 박차를 가했다. 튜즈데이는 정말 빨랐다. 산을 타고 구불구불 내려와 레이븐 강과 만나는 얼어붙은 작은 시내를 잘도 찾았다. 스케이트를 신고 별똥별보다 더 빠르게 치고 나갔다. 프로미스도 옆에서 경중경중 내달렸다.

트러커가 플로리안한테 차 열쇠를 던졌다.

"트럭 몰고 따라가!"

마브도 튜즈데이를 따라 얼음 위로 질주하듯 산을 따라 내려갔다. 발을 헛디디고 어딘가에 걸리는 통에 날이 다 망가졌다. 이렇게 속도를 내서 스케이트로 내리막을 내려가기는 처음이었다. 튜즈데이를 따라잡겠다는 의지로 한 치 망설임 없이 몸을 낮춰서 앞으로 던지듯 단호하게 나아갔다. 하지만 얼어붙은 시내는 심하게 미끄러웠고 튀어나온 돌멩이마다 날이 부딪쳤다. 급기야 마브는 균형을 잃고 거대한 바위를 향해 위태롭게 질주했다. 냅다 바위를 들이받은 마브는 발목이 돌아가는 고통에 비명을 질렀다.

누군가 마브를 잡아 바위에서 재빨리 떼어내더니 균형을 잡아 주었다. 마브는 도와주는 사람이 코비여서 몹시 놀랐다. 코비 눈은 부었고 얼굴에서는 창피함이 엿보였다. 마브가 코비한테 손을 뻗었다.

두 사람은 적수였다. 그렇다. 하지만 동료이기도 했다. 기적의 북극곰 팀 선수로서 두 사람은 서로를 돌봤다.

"아빠 일은 미안해."

코비는 마브 눈을 제대로 쳐다보지도 못하고 더듬거렸다.

"난 괜찮아. 튜즈데이나 못 가게 막아줘."

마브가 헉헉대며 말했다.

두 소년이 맹렬한 속도로 지그재그로 달려 시내를 따라 내려갔다. 마브는 찌르는 듯한 발목 통증에 이를 악물고 올라오는 눈물을 삼켰다. 하얀 망토를 걸친 여자아이가 레이븐 강을 따라 바다를 향해 속도를 높였다.

두 사람 주변에서 바람이 유령처럼 우 우 신음했다.

마브는 심장이 터질 것 같았다.

'튜즈데이가 섬을 떠날 수는 없어……'

뒤에서 트럭이 덜컹거리며 메이플우드 산을 따라 거북이처럼 내려가고 있었다. 아드레날린이 솟구친 마브는 트럭이 제시간에 튜즈데이를 따라잡지 못하리라는 걸 깨달았다. 코비와 함께 직접 튜즈데이를 멈춰야 했다.

두 소년은 새된 소리를 지르면서 레이븐 강으로 올라섰다. 스케이트 날이 엉망으로 망가졌지만 두려움 따위는 모르는 듯 얼음 위를 내달렸다.

오래도록 하키를 연습한 사람만이 낼 수 있는 속도였다. 뼈가 부러지건 멍이 들건 상관없었다. 퍽을 쫓듯이 튜즈데이한테 시선을 고정한 채 튜즈데이를 향해 몸을 날렸다.

튜즈데이는 심장에 불이 붙은 것 같았다. 반은 구르고 반은 몸을 날려서 성에 낀 모래밭 위로 솟구쳐 올랐다가 바다로 출항하는 배처럼 해빙 위로 미끄러져 나아갔다.

"튜즈데이! 기다려!"

마브가 고함쳤다.

"튜즈데이! 기다려 봐! 내가 순찰대한테 말할게. 우리 아빠가 잘못한 거라고 설명할게!"

코비가 울부짖었다.

잠시나마 튜즈데이는 솔깃한 듯 보였다. 두 갈래 길에서 마음이 찢어졌다. 안락하고 따뜻한 섬마을 공동체, 잭슨 가족, 스케이트장과 코치, 그리고 별빛 흐르는 마법 같은 호수에서 스케이트를 탈 수 있는 미래.

하지만 북풍이 머리카락을 잡아당겼다. 튜즈데이는 달을 향해 고개를 들고 앞에 펼쳐진 풍경을 응시했다. 북극광, 한밤처럼 새카만 얼음, 그리고 프로미스.

'내 가족은 너야.'

튜즈데이가 밤을 향해 말했다. 달빛에 튜즈데이 까만 머리가 푸르스름하게 반짝였다.

"난 가야 해. 우린 떠나야 해."

"그럼 나도 같이 가게 해줘."

해빙에 다다른 마브가 애원하며 손을 뻗은 채 비틀거리면서 튜즈데이를 향해 나아갔다. 겨우 십 미터 떨어진 거리였다. 손 내밀면 닿을 것 같았다. 발목이 너무 아파서 눈물이 났다.

코비도 절룩이면서 마브 뒤를 따라갔다. 한쪽 스케이트 날이 부러져서 발을 끌었다.

"우리 아빠가 술에 취했어. 바보처럼. 내가 책임질게. 곰이 잘못한 게 아니라고 확실하게 말할게."

마브는 코비를 안아주고 싶은 심정이었다.

아이들 뒤로 북극곰 순찰대 트럭이 바닷가까지 와서 멈췄다. 전기 충격기를 든 남녀 몇몇이 차에서 내렸다.

"저 사람들은 프로미스를 해치지 않을 거야. 지금은 프로미스가 해빙 위에 있잖아."

코비가 목 놓아 외쳤다.

"섬에서는 프로미스가 안전하지 않아."

튜즈데이가 숨을 몰아쉬며 외쳤다. 아이들 모두 마음 한구석으로는 그 말이 사실이라는 걸 알았다.

"그, 그래도 넌 도, 돌아올 거지?"

마브는 울음을 참느라 말이 더듬더듬 나왔다.

"너를 어떻게 찾으면 돼?"

튜즈데이가 마브를 가만히 쳐다보더니 하염없이 눈물을 흘리며 간신히 입만 벙긋거렸다.

"우리를 찾아줘서 고마웠어."

그러더니 금방 생각난 듯 덧붙였다.

"첫눈이 내리면 강에 와서 나를 찾아. 이야기에 나온 것처럼……. 내가 너를 찾을게."

마브는 흐느낌을 억눌렀다.

튜즈데이가 스케이트 날 옆으로 빙글 돌더니 바람처럼 사라졌다.

"튜즈데이!"

마브는 목이 터져라 외쳤다. 마법이 소환한 듯 하늘에서 눈이 날렸다. 튜즈데이 말이 바람을 타고 메아리쳤다.

'내가 너를 찾을게.'

달 모양 흉터가 있는 소년과 빨간 머리 소년이 동시에 앞으로 치고 나갔다. 마브는 발목이 휙 꺾이면서 튜즈데이 이름을 목 놓아 외치며 얼어붙은 바다 위로 나동그라졌다. 코비가 마브 곁으로 와서 괜찮은지 확인하고 다시 튜즈데이를 뒤쫓아 나아갔다. 스케이트 한 짝으로 균형을 잡고 다른 발로 얼음판을 박차서 속도를 더했다.

마브는 숨을 죽이고 주먹을 움켜쥐었다. 어찌어찌 튜즈데이를 따라잡은 코비가 검은색 곱슬머리를 잡으려고 손을 뻗었다. 하지만 튜즈데이는 불길처럼 두 팔을 위로 휙 쳐들고 팽이처럼 회전하면서 코비 주위로 고리를 그리며 멀어졌다. 번개처럼 막강하고 아름다웠다. 코비 손가락 사이로 머리카락이 비단처럼 빠져나갔다. 코비가 비틀거리자 한쪽 스케이트가 헐렁해지더니 그대로 넘어졌다. 코비는 프로미스를 따라 사라지는 튜즈데이 이름만 속절없이 외쳐 불렀다.

마브가 얼음 위를 기어서 코비 곁으로 갔다. 둘은 함께 흐느껴 울었다.

마브가 한쪽 팔로 코비를 감싼 채 두 소년이 겨울바람을 향해 튜즈데이 이름을 불렀다.

튜즈데이는 규칙적인 프로미스의 숨소리에 집중하면서 두 아이 목소리에 귀를 닫았다. 흩날리는 진눈깨비를 맞으며 달렸다. 강풍과 안개가 휘몰아치는 수수께끼 같은 어둠 속으로 질주했다. 비 섞인 눈을 뿌리는 폭풍 속으로 돌진했다. 앞이 거의 보이지 않았다. 하지만 어차피 눈물이 흘러서 시야를 가린 터라 튜즈데이는 개의치 않고 심장과 발로 스케이트를 탔다. 프로미스가 조금 더 앞서 나갔다. 진정한 고향을 향해, 사람 발길이 닿지 않은 북쪽을 향해 날아가고 있었다.

저 멀리 뒤에서 덜컹거리며 얼음판을 긁어대는 트럭 바퀴 소리가 들렸다. 튜즈데이 이름을 외쳐 부르는 플로리안과 트러커 아저씨 목소리가 들렸다. 튜즈데이는 기다란 곱슬머리를 입에 물고 그대로 나아갔다.

튜즈데이와 프로미스는 그나마 튜즈데이가 가장 잘 아는 그린란드에 자리를 잡을지도 몰랐다. 듬성듬성한 마을에서 마을로 이동하며 세상과 뚝 떨어진 곳에서 살아가는 사람들을 찾아보면 될 터였다. 어린아이와 곰을 위협으로 여기지 않는 사람들이 있을지도 모를 일이었다.

'뭐가 됐든 우리는 자유야. 누구도 프로미스를 우리에 가두지 못해.'

튜즈데이가 달아나면서 혼잣말했다. 지독한 가슴 통증을 애써 참았다. 뼈마디 어딘가에 박혀 있는 고드름 같은 가시는 좀체 사라질 기미가 보이지 않았다. 하지만 가시를 생각했다가는, 마브와 잭슨 가족, 코치와 곰 섬, 심지어 코비조차 머릿속에 떠올렸다가는 슬픔에 겨워 죽을지도 몰랐다.

튜즈데이는 그 모두를 향한 마음을 꽁꽁 얼려버렸다.

'프로미스가 살아야 해. 프로미스는 내 목숨과 같아.'

튜즈데이는 한 발 한 발 내디딜 때마다 마음속으로 되새겼다. 이토록 간절한 적은 없었다. 프로미스를 향한 사랑이 자신의 이야기와 동화를 잊은 채 고향을 등지는 고통과 가족을 떠나는 괴로움보다 생생했던 적도 없었다.

동쪽 어딘가에서 무대 조명이 음울하게 번쩍였다. 마치 다른 삶의 차원인 듯 먼 곳에서 길게 울며 컹컹 짖는 허스키들 소리가 바람결에 실려 왔다.

온몸이 오싹해지는 짧은 순간, 튜즈데이는 돌아갈까 생각했다. 하지만 칼을 날리던 그레타와 어미 곰이 잠든 눈 무덤을 생각했다. 돌아가면 프로미스도 그런 운명을 맞이할지도 모른다는 것을 튜즈데이는 알고 있었다.

튜즈데이는 용기를 내서 줄기차게 스케이트를 타고 나아갔다.

하늘에서 별들이 한데 모였다가 금방 뿔뿔이 흩어지고, 밤이 사그라질 듯하다가 이내 확 퍼졌다. 튜즈데이는 시간 감각을 잃었다. 꾸준히 부는 한 줄기 바람이 튜즈데이 등을 밀어서 눈꽃처럼 가볍게 실어주었다.

튜즈데이는 몹시 지쳤다. 뼛속까지 피곤했다. 심장도 탈진했다. 녹초가 된 마음은 텅 비었다.

별이 빛나는 어둠을 뚫고 노래 한 가락이 들려왔다. 언제까지라도 따라갈 수 있을 소리였다. 튜즈데이 옆에서 따라오던 프로미스가 멈추더니 고개를 돌리고 가볍게 컹 소리를 냈다. 튜즈데이도 급히 고개를 돌리고 눈꺼풀에서 눈을 털어냈다. 저 멀리 서쪽에서 서로를 마주 보고 둥그렇게

둘러선 곰들이 보였다. 튜즈데이는 앞이 잘 보이지 않아서 눈살을 찌푸렸다. 달빛마저 구름에 가려 어두워지는 바람에 튜즈데이는 눈을 비볐다. 다시 보니 곰 무리가 아니었다. 가까이 모여 있는 사람들이었다. 함께 여행하는 이들일지도 몰랐다.

한동안 튜즈데이는 사람들한테 넋을 빼앗겼다. 기이한 노랫소리가 다시 튜즈데이한테 와 닿자 노랫소리가 힘껏 끌어당기는 느낌에 튜즈데이는 본능적으로 뒷걸음질 치다가 휘청거리며 프로미스한테 부딪쳤다. 무아지경에 빠졌던 프로미스가 깨어났다.

튜즈데이는 저들이 누구인지 몰랐지만 오늘 밤만큼은 마주치고 싶지 않았다.

무리가 북쪽으로 방향을 돌리더니 그대로 달려갔다. 튜즈데이는 마브를 떠올렸다.

'내가 너를 찾을게.'

튜즈데이는 반드시 그러리라 맹세했다. 얼굴에 곰이 남긴 흉터가 있는 남자아이를 언젠가는 찾겠노라 다짐했다. 튜즈데이가 별을 향해 고개를 젖히고 가쁜 호흡을 가라앉힌 뒤 입을 한껏 벌리고 소리쳤다.

"내가 찾을 거야. 반드시!"

눈 더미에 스케이트 날이 상해서 튜즈데이가 넘어질 뻔했지만, 비틀거리는 튜즈데이가 기대도록 프로미스가 거대한 머리통을 낮췄다.

비명을 지르며 휘몰아치는 돌풍을 타고 눈이 더 많이 쏟아지자 프로미스가 튜즈데이 앞에 우뚝 서서 튜즈데이 몸이 상하지 않게 몸으로 추위를 막았다.

여정이 불가능해 보이는 순간, 프로미스가 튜즈데이를 감쌌다. 털로 튜즈데이를 고치처럼 휘감고 보호했다.

곰은 소녀를 수호했다.

소녀는 곰을 지켰다.

둘은 그렇게 살아갔다.

🌲 🌲 🌲

캐나다 해안에서 한참 떨어진 곳, 얼어붙은 북쪽 깊은 바다에 사방이 얼음으로 둘러싸인 섬이 있다. 누구나 알고 있는 그런 흔한 얼음이 아니다. 신비로운 빛을 발하는 얼음 속에는 범고래 지느러미, 아기 장화 한 짝, 오래전 침몰한 배의 선수상처럼 영원히 잊힌 것들이 많이 갇혀 있다.

늦봄이면 얼음 곳곳이 녹아서 광활하고 차가운 바다로 흘러간다. 오월에서 팔월 사이에는 간신히 남은 살얼음이 섬에 있는 불가사의한 호수 위로 성에가 내려앉아 반짝일 때만 얼핏 보일 뿐이다. 가을이 오면 바다가 서서히 얼어붙는다. 그러다가 마침내 두꺼운 얼음이 한 치 빈틈없이 끼면, 곰들이 돌아온다.

해마다 그런 밤이면, 섬사람들은 잃어버린 아이가 어디에서라도 나타나 돌아오기를 기대하며 숨을 죽이고 기다린다.

섬에는 이처럼 어둡고도 밝은 이야기, 슬픈 사건, 믿기지 않을 만큼 흥미진진한 탈출기가 많다. 마브 잭슨은 이 모든 이야기를 알았다. 마브한테서 가장 놀라운 면은 얼굴에 있는 초승달 모양 흉터가 아니라 흉터가 생긴 이유기 때문이었다. 마브와 함께 영원히 살아남을 이야기였다. 무심한 사람한테도 깊은 인상을 남길 이야기였다. 그래서 마브가 섬 어디를 가든지, 사람들은 끝까지 희망을 포기하지 않은 소년이라고 마브를 알아봤다. 마브는 칠흑같이 캄캄한 밤에 야생 곰을 얼음 위로 이끌어 섬이 오래전에 잃어버린 여자아이를 찾은 소년이었다.

신화와 마블.

사람들은 이를 기적으로 여길 수밖에 없었다. 섬사람 모두 나름대로 저 어딘가에 소녀가 있다는 사실을 절대 설명하지 못하리라는 것을 알기 때문이었다. 소녀는 전설 속 존재이자 신화에 나오는 곰과 춤춘 여자아이가 되었을지도 몰랐다. 하지만 소녀를 만난 사람들은 여자아이가 진짜임을 알았다.

여러 해 동안 트러커와 마브, 코비는 11월 7일, 마브 생일이 오면 차를 몰고 튜즈데이를 마지막으로 봤던 얼음에 가서 아름다운 흰색 가죽 스케이트를 한 켤레 놓고 왔다. 겨울 여왕을 위한 선물이었다. 튜즈데이가 스케이트를 보고 자기가 사랑받았음을 기억하기를 바라는 마음으로 준비한 선물이었다.

코치는 경기장 밖 불을 끄지 않았다. 경기장 문도 항상 살짝 열어두고 난로 위에는 늘 핫 초콜릿을 준비해 두었다. 튜즈데이가 돌아오거나 길을 헤매던 어느 영혼이라도 안식처를 찾아 들어올 때를 대비해서였다. 유난히 깊은 겨울밤이 지난 아침이면 핫 초콜릿이 종종 사라지기도 했다. 문 앞으로 이어진 곰 발자국 한 쌍과 누군가 스케이트를 세워서 날 끝으로 걸은 흔적이 그 옆에 나란히 찍혀 있기도 했다.

처음에는 코치도 마브만큼이나 상실감에 힘들어했다. 하지만 어째서인지 튜즈데이 안전은 그다지 걱정하지 않는 눈치였다. 그저 얼음 위 소녀는 '저 어딘가'에 존재하리라 믿었다.

그리고 코비는 코치와 살았다. 어차피 빨간 머리 소년은 어린 시절 대부분을 얼음판에서 보냈다. 하지만 이제 소년은 난생처음으로 따뜻함도 추위 못지않게 근사하고 멋지다는 사실을 배웠다.

두 사람은 한 공동체로서 서로를 돌봤다. 활활 타오르는 불가에 앉아 각자 이야기를 들려주고, 겨울 별빛과 하키로 가슴을 환히 밝혔다. 성에가 내려앉아 반짝이는 불가사의한 호수에서 일 년 내내 스케이트를 타며 북극곰들과 나란히 살아갔다.

마브는 첫눈이 내리면 언제나 횃불을 손에 들고 강으로 갔다. 때로는 얼음에 비친 자기 모습을 바라보거나 조금이라도 뭔가 마법 같은 걸 찾으며 한밤중까지 기다렸다. 하지만 끝까지 눈에 보이는 것이라고는 별빛이 전부였다.

하지만 한 번, 열여덟 번째 생일 아침에 일어나 보니 정원에 아름다운 어린아이 눈사람이 서 있었다. 세심하게 곱슬머리를 조각한 눈 소녀 옆에는 반짝이는 검은 돌멩이로 눈동자를 박아 넣은 새끼 곰도 한 마리 같이 있었다. 마브 가슴은 희망으로 부풀었다.

그들은 그렇게 살아갔다.

많은 겨울이 지나고

겨울 햇살이 얼어붙은 파도에 입을 맞추었다. 마브는 한 손으로 목발을 짚어서 절룩이는 걸음걸이에 균형을 잡고 천천히 바닷가를 거닐었다. 야구 모자챙을 아래로 내렸다. 흉터를 가리려는 의도가 아니었다. 흉터는 마브한테서 가장 멋진 것인 데다가 생애 최고이자 최악이었던 밤을 잊지 않게 해주기 때문이었다. 마브는 그저 눈을 가리고 잠시 평화로움을 맛보려고 모자를 내렸다.

캐넉스 하키팀에서 뛴다는 사실은 마브가 다른 차원에서도 마법처럼 경이롭다는 의미였다. 마브는 밴쿠버 팬들과 후원자, 지역민들이 가슴을 활짝 열고 환영해 준 스타 하키 선수였다. 고향 섬에서는 한때 플로리안이 받았던 사랑만큼 큰 사랑도 받았다. 뭐, 그 정도면 비슷했다. 꼭 사실그대로를 알아야 하겠다면 섬에서 가장 많이 사랑받는 사람은 여전히 플로리안이었다. 이미 오래전에 은퇴해서 이젠 캐넉스 팀을 위한 선수를 선발하고 있는데도 말이다.

마브는 곰을 사랑하는 것처럼 동료 선수들을 뜨겁게 사랑했다. 마브는 운명처럼 퍽이 얼음 위로 미끄러져 정확히 골대에 들어가서 승리하는 기쁨보다 더 큰 환희를 알지 못했다. 다른 것은 전부 다 사라졌다. 거의 모든 것이 말이다.

튜즈데이는 아직도 마브한테 생일 선물이자 가장 위대한 모험이었다. 하지만 차차 세월이 지나면서 마브는 튜즈데이가 가버렸다는 사실을 받아들여야 했다. 그래야 한다는 것을 머리로는 알았지만 가슴이 따라주지 않았다. 마브는 가슴이 얼마나 큰 희망을 품을 수 있는지 배웠다.

마브가 저 어딘가에 튜즈데이가 있음을 보여주는 증거라고 받아들인 불가사의한 일들은 소소하게 더 있었다. 어느 해 크리스마스에는 『얼음의 딸과 전래동화 모음집』 책에서 뜯어낸 책장 한 장이 집 앞으로 배달되기도 했다. 누군가 봉투 겉에 '마블'이라고 딱 한 단어 써서 직접 문으로 넣어 놨다.

마브는 지금도 그 책장을 지갑 안에 넣어서 간직하고 있었다.

또 한 번은 10년 전쯤에 트러커 아저씨, 코비와 함께 튜즈데이 생일 스케이트를 눈 위에 두려고 제법 먼 얼음까지 나간 적이 있었는데 그곳에서는 작은 노란색 북극 양귀비들이 신화 속 소녀가 준비한 선물인 듯 일행을 기다리고 있었다.

코비가 줄곧 꽃을 보관하다가 코치님이 돌아가시기 직전에 코치님한테 드렸다. 마브가 선물을 두러 갔던 것은 그때가 마지막이었다. 그 후 마브와 코비는 훈련으로 바빠서 시간을 못 냈다. 하지만 트러커와 리언은 신의를 지키며 해마다 차를 몰고 얼음으로 나갔다.

마브와 코비는 플로리안 도움을 받아서 일 년 간격으로 곰 섬에서 떠났

다. 두 소년 모두 어린 시절 꿈을 끝까지 밀고 나갔다. 둘 다 직업 선수가 되어 NHL(*북미아이스하키 리그)에서 뛰었다. 두 선수는 고향 사람들이 자랑스러워하는 기적이 되었다. 두 사람은 두 번 다시 서로 경쟁하지 않았다. 한때 텅 비었던 자리를 형제애가 채웠다.

각자 다른 팀에서 활약하는 곰 섬 출신 두 선수는 하키 철마다 북미 전역 하키 경기장에서 한 번씩은 마주쳤다. 둘은 서로를 보며 웃고, 껴안고, 손을 높이 들어 손뼉을 마주 치고 거칠게 맞붙었다. 어느 경기장에 있든 상관없이, 동일한 은하계를 가로지르는 두 개의 달처럼 둘 사이에 존재하는 시간과 공간, 거리를 항상 예민하게 인식했다. 누구 하나 본 사람은 없지만, 18번을 단 빨간 머리 소년은 매번 경기를 시작하기 전에 눈을 보호하는 투명 플라스틱 판을 꿰뚫고 등 번호 7번 선수를 향해 눈빛을 환히 빛내며 한쪽 눈을 재빨리 찡긋해 보였다. 빨간 머리 소년이 말로는 절대 하지 않을 천 가지 얘기를 담은 눈빛이었다. 사랑한다. 네 뒤는 내가 맡을게. 넌 내 가족이야.

마브가 눈앞에서 나풀거리는 눈송이를 손가락으로 잡았다. 겨울다운 겨울에 고향을 찾은 건 수년만이었다. 해 질 녘부터 레이븐 강에서 첫눈 내리기를 뜨겁게 기다리며 얼어붙은 수면에 희미하게 비치는 자기 모습만 들여다본 지도 오래였다. 튜즈데이 꿈을 꾼 것도 옛날 일이었다.

마브는 부상을 당해서 몇 달 쉬어야 했다. 마브는 목발에 온몸을 기대며 깊은 한숨을 길게 내쉬었다. 훈련 기간에 맞춰서 제때 낫지 않으면 모든 것이 끝장날지도 몰랐다. 마브는 너무 깊이 생각하지 않으려고 입술을 깨물었다.

집으로 돌아오는 건 좋았지만 쉽지 않았다. 북극곰 숫자가 줄어드는 걸 지켜보기가 괴로웠다. 북극곰을 살리고 섬을 곰들의 낙원으로 만들기 위해 분투하는 엄마 얼굴에 근심이 깊어지는 걸 보기도 힘들었다. 유년 시절 기억 속으로 다시 들어오는 것도 어려웠다.

마브는 머뭇거리며 해빙에서 돌아서서 뽀드득거리는 눈을 밟고 조심조심 걸음을 옮겨 집으로 향하기 시작했다.

소리가 났다. 얼음 위로 미끄러지는 스케이트 날에 얼음이 썰리는 소리였다. 그러더니 예전처럼 누군가 지켜보는 듯한 느낌이 불현듯 들어 슬그머니 어깨 너머를 쳐다봤다. 개가 한 마리 있거나 하늘을 맴도는 새가 있으려니 생각했다. 바닷가는 거의 텅 비었다. 늦은 오후였는데 벌써 어스름한 석양에 하늘이 물들어 갔다. 마브는 고개를 돌려 다른 쪽을 봤다. 바닷가에서 숲으로 접어드는 곳에 줄지어 자란 나무들이 보였다.

하지만 아무것도 없었다.

마브는 외투를 여몄다. 비틀거리며 걷기 시작했는데 소리가 다시 들려왔다. 얼핏 노랫소리를 들은 것 같았다. 발목이 아팠지만 최대한 재빨리 휙 돌아섰다. 하지만 그저 경쾌한 바람 소리뿐이었다.

이제는 땅거미가 빠르게 내려앉고 있었지만 마브는 얼어붙은 채 온통 먹구름 그림자로 뒤덮인 바다로 나가고 싶었다.

마브는 차마 고개를 돌리지 못하고 가만히 서서 앞만 내다보았다.

그런데 저기 저 앞에 무언가가 있었다. 한데 뭉친 공기처럼 그림자도 없는 여자가 바람 속에서 스케이트를 타고 나왔다. 큰 키에 몸이 가냘프고 풍성한 검은색 곱슬머리는 태곳적 별빛을 따다 바른 듯 한밤처럼 짙푸르게 반짝이고 있었다. 여느 피겨스케이트 선수들이 그렇듯이 등을 완벽히 곧게 펴고 있었다. 여자가 뿜어내는 우아한 기운에 마브는 거의 넋을 잃었다.

'횃불도 없이 얼음에 오다니, 저 여자는 누구지?'

여자 위 허공에는 눈에 보이지 않는 어떤 끔찍한 상처의 잔해 같은 슬픔이 구름처럼 걸려 있었다.

여자는 얼음 위로 미끄러지며 멈춰 서서 한 손을 눈 위 이마에 올리고 정면으로 마브를 쳐다보았다. 마브가 헉 소리를 냈다.

'내가 너를 찾을게.'

마브처럼 여자도 피부가 갈색이었다. 눈동자는 별 사이사이 어둠처럼 한없이 깊었다. 팔 곳곳에서 발톱에 긁힌 은빛 흉터가 반짝였다. 손목에 있는 어떤 것이 마브 시선을 사로잡았다. 빛바랜 보라색 작은 팔찌 같았다. 마브는 그대로 굳어버렸다.

프로미스 목줄.

입이 바짝 말랐다. 그 순간 마브는 프로미스가 세상을 떴다는 사실을 확실히 알았다.

마브는 모자를 벗고 천천히 여자를 향해 다가갔다. 서두르지 않았다. 여자가 사라지는 것을 바라지 않았다. 또 한 번 꿈이 되어버리는 것을 원치 않았다. 여자도 동시에 움직이기 시작했다. 천천히 마브 쪽으로 미끄러져 왔다. 그때 마브는 봤다. 여자 뒤에는 그림자 대신 진짜 새끼 야생 곰 세 마리가 있었다. 여자가 곰들의 여왕인 듯 여자를 따라오고 있었다.

순식간에 마브 심장이 되살아났다. 그 애였다. 튜즈데이였다. 튜즈데이가 섬으로 북극곰들을 데려오고 있었다. 녹아가는 땅에서도 곰들이 굶주리지 않고 사랑받으며 자유롭게 다닐 수 있는 피난처를 찾아오고 있었다.

세상이 사라지고 튜즈데이만 남았다. 떠오르는 달, 마브 평생 매일 밤 모든 하늘을 비춰준 달이었다. 시간은 의미를 잃었다. 마브는 다섯 살이었다. 열세 살이었다. 그리고 서른한 살이었다. 매 순간 튜즈데이는 마브의 북극성이었다. 진정한 기적의 북극곰. 기꺼이 폭풍 속으로 뛰어들고 얼어붙은 강을 가로지르고 목숨을 앗아갈지도 모르는 야수한테 맞설 수 있는 이유였다.

어둠을 경이롭게 하는 빛이었다.

"마블."

바람에 실려 이름이 들려왔다. 환희에 찬 미소가 튜즈데이 얼굴에 번졌다. 마브는 부상 따위는 모조리 잊은 듯 튜즈데이를 향해 힘차게 달려갔다.

254

옮긴이 김래경

김래경은 경희대학교에서 영어교육을 전공했습니다. 옮긴 책으로는 ≪포그≫ ≪붉은 저택의 비밀≫ ≪상어 이빨 소녀≫ ≪소년, 새, 그리고 관 짜는 노인≫ ≪닭다리가 달린 집≫ 등이 있습니다. 현재 좋은 책을 찾아 기획하고 번역하는 전문 번역가로 활동하고 있습니다.

북극곰의 기적

2021년 7월 19일 1판 1쇄 발행

글쓴이 | 케리 버넬
옮긴이 | 김래경

발행인 | 지준섭
책임편집 | 구미진

출판등록 | 2018년 10월 25일 제25100-2018-000071호
주소 | 서울시 노원구 마들로5길 25, 102동 105호
전화 | 010-5342-4466 **팩스** | 02-933-4456

ISBN 979-11-90618-19-9 43840